MIA C. BRUNNER

Mordsklamm

BIERSELIG TOT Die Brauerei »Baschtl-Bräu« nahe der Starzlachklamm läuft gut, bis der Braumeister am Morgen des 10-jährigen Jubiläumsfestes der Brauerei im Sudkessel eine Leiche entdeckt. Hauptkommissar Florian Forster, der zufällig Gast auf dem Fest ist, übernimmt die Ermittlungen. Wer ist der Tote? Und warum fehlt ihm ein Fuß? Ist der Konkurrenzkampf zwischen den Allgäuer Brauereien wirklich so groß, dass deshalb ein Mensch sterben musste? Auch die Suche nach dem verschwundenen Körperteil stellt den Allgäuer Hauptkommissar vor ein scheinbar unlösbares Problem. Florian Forster ermittelt in alle Richtungen, findet aber weder den fehlenden Fuß noch ein Motiv. Erst als ein zweiter Mord geschieht, begreift er schließlich die Zusammenhänge, die viel weitreichender sind, als anfangs vermutet. Er kommt dem skrupellosen Täter immer näher und gerät schließlich selbst in tödliche Gefahr.

Mia C. Brunner wurde in Wedel in der Nähe von Hamburg geboren. Seit 15 Jahren lebt sie mit ihrem Mann und ihren zwei Töchtern im Allgäu. Waren es früher nur Kurzgeschichten, die sie für ihre Kinder schrieb, machte sie später ihre ersten Krimierfahrungen mit selbstverfassten Dinnerkrimis, in denen sie ihre Faszination fürs Schreiben und ihre Leidenschaft fürs Kochen verbinden konnte. Nach »Schattenklamm«, »Schonfrist« und »Tödliche Klamm« ist »Mordsklamm« ihr vierter Allgäu-Krimi im Gmeiner-Verlag.

MIA C. BRUNNER

Mordsklamm

Allgäu-Krimi

GMEINER

Immer informiert

Spannung pur – mit unserem Newsletter informieren wir Sie regelmäßig über Wissenswertes aus unserer Bücherwelt.

Gefällt mir!

Facebook: @Gmeiner.Verlag
Instagram: @gmeinerverlag
Twitter: @GmeinerVerlag

MIX
Papier aus verantwortungsvollen Quellen
FSC® C083411
www.fsc.org

Besuchen Sie uns im Internet:
www.gmeiner-verlag.de

Im Ehnried 5, 88605 Meßkirch
Telefon 07575/2095-0
info@gmeiner-verlag.de

1. Auflage 2020

Lektorat: Christine Braun
Herstellung: Mirjam Hecht
Umschlaggestaltung: U.O.R.G. Lutz Eberle, Stuttgart
unter Verwendung eines Fotos von: © Sascha / stock.adobe.com
Druck: CPI books GmbH, Leck
Printed in Germany
ISBN 978-3-8392-2739-8

Personen und Handlung sind frei erfunden.
Ähnlichkeiten mit lebenden oder toten Personen
sind rein zufällig und nicht beabsichtigt.

1

Der helle Schein des Vollmondes fiel durch das große Dachfenster auf den frisch polierten Edelstahl, ließ die silbernen Flächen hell aufleuchten und warf mattes Licht in die mitternächtliche Dunkelheit.

Es war fast unerträglich heiß in dem kleinen Nebenraum des großen Gebäudes, in dem sich trotz der geöffneten Fenster die Hitze hielt wie in einer alten Nachtspeicherheizung. Die sommerlichen Rekordtemperaturen hatten Süddeutschland seit ein paar Tagen fest im Griff. Selbst jetzt – Stunden nach dem Sonnenuntergang – war kaum Abkühlung zu spüren.

Hier im Sudhaus der Brauerei, in dem den ganzen Tag über die kochenden Kessel den Bereich in eine Sauna verwandelt hatten, war es besonders schlimm. Der Schweiß lief einem in Rinnsalen von der Stirn, obwohl man sich kaum bewegte. Es nützte überhaupt nichts, sich das feuchte Gesicht mit den Unterarmen abzuwischen. Auch der Rest des Körpers war schweißnass. Die Haare tropften, als wäre man frisch aus der Dusche gekommen. Das T-Shirt klebte am Oberkörper wie eine zweite Haut. Eine Haut, die unangenehm war und aus der man schnell herauswollte.

Die Brauerei lief seit Jahren hervorragend. Von Beginn an konnten der Bierabsatz und die Gewinne stetig und deutlich gesteigert werden. Der kleine Betrieb hatte sich durch besondere und ausgefallene Biere sowie jährliche Brauereifeste in der Region mehr und mehr einen Namen gemacht und sich unter all den größeren und viel älteren

Traditionsbetrieben immer besser behauptet. Die Nische, die er inzwischen wirtschaftlich füllte, reichte, um sich zu vergrößern. Aus diesem Grund war der Betrieb vor einem guten Jahr umgezogen. Hier, in dem viel größeren Gebäude, konnte nicht nur die Bierproduktion, sondern auch der Absatzmarkt gesteigert werden. Die Umgebung mit den vielen Gastwirtschaften im nahen Umkreis bot die Chance, noch erfolgreicher zu werden.

Die Brauerei befand sich jetzt in dem ehemaligen Stallgebäude eines alten Bauernhofes in der Nähe der Starzlachklamm im touristisch sehr beliebten Oberallgäu. Sonthofen, Hindelang, Rettenberg und Blaichach waren nur wenige Kilometer entfernt. Der Grünten, der Wächter des Allgäus, der direkt hinter der Brauerei in den Himmel ragte, war wie die umliegenden Orte selbst ein beliebtes Ausflugsziel.

In diesem neuen und funktionalen Betrieb war alles hochmodern. Alle Sud- und Reinigungsprogramme liefen computergesteuert, die Buchhaltung war dank der Software um einiges leichter und mit viel weniger Personal zu bewerkstelligen.

Aus diesem Grund müsste heute eigentlich niemand im Betrieb sein, obwohl der große Sud für das Sommerfest in drei Wochen anstand.

Das zehnjährige Brauereijubiläum in diesem Jahr sollte mit einem ganz besonderen Bier gefeiert werden. Mit einem Bier gebraut zur Sommersonnenwende, und die war heute. Dass außerdem auch der Vollmond am Himmel stand, machte das Bier noch edler. Mit diesen Argumenten würde jede einzelne Flasche zu etwas Ausgefallenem werden und mit Sicherheit reißenden Absatz finden. Die ersten Vorbestellungen waren schon vor Wochen eingegangen. Vor zwei Tagen kamen die Etiketten für diese spezielle Abfüllung von der Druckerei. Jetzt musste nur noch der Sud gelingen, aber da würde es sicher keine Schwierigkeiten geben. Auch der heutige Vorfall würde dem Erfolg dieses Bieres nicht im Wege stehen. Im Gegenteil. Alles lief bisher perfekt, dank der elektronischen Programmierung.

Obwohl alle Prozesse von Maschinen gesteuert wurden und ein Computerprogramm den gesamten Sud ausführte, musste man dennoch manchmal manuell in die Bierherstellung eingreifen. Zum Beispiel dann, wenn dem fast fertigen Gebräu ganz besondere Zutaten beigegeben werden sollten, die das Bier noch ein Quäntchen besser und wertvoller machten.

Der Mann in dem dunkelblauen T-Shirt, das ein Logo der Brauerei auf Brust und Rücken zierte, öffnete das Mannloch am Sudkessel, klappte den runden Deckel weit zur Seite und trat einen Schritt zurück, als heiße Dampfschwaden aus der Öffnung strömten und den Raum in einen nebligen und noch heißeren Hexenkessel verwandelten. Dann hob er den schweren nackten Körper an, der vor seinen Füßen lag, schob ihn Kopf voraus über die Kante und ließ ihn hineingleiten in die warme Maische. Das rotierende Rührwerk und die zischenden Heizkessel im Nebenraum übertönten das platschende Gluckern, als der Körper in die breiige Flüssigkeit tauchte. Lautes Rufen oder Hilfeschreie wären vermutlich ebenfalls in den Umgebungsgeräuschen untergegangen. Doch dazu war es gar nicht gekommen. Er hatte das Überraschungsmoment ausgenutzt, hatte einfach von hinten zugeschlagen, und sein Gegner war umgefallen wie ein schwerer Malzsack.

Da alte Schmutzwäsche nicht in ein frisches Bier gehörte, hatte er sein Opfer entkleidet. Das war unangenehm, aber notwendig.

Ob er letztendlich einen toten oder nur einen bewusstlosen Mann in die Maischepfanne geworfen hatte, wusste er nicht. Doch das machte keinen Unterschied. Jetzt war er auf jeden Fall tot. Und in ein paar Stunden würde er auch noch gut durchgegart sein, wenn der Treber ausgesiebt und die 80 Grad heiße Würze in diesem Gefäß zwei Stunden gekocht hatte.

Was wohl von einem menschlichen Körper übrig bleibt nach dem Kochvorgang und der anschließenden Reinigung mit hochprozentiger heißer Lauge?

Vermutlich nicht sehr viel.

Er schloss zufrieden lächelnd die Luke, drehte den großen Schraubverschluss am Mannloch fest zu und sah noch einmal durch die Glasscheibe in die heiße Maische. Dampfschwaden stiegen auf und bildeten einen dichten, undurchdringbaren Nebel im Gefäß.

Schade. Der Körper war nicht zu sehen.

Vielleicht war er inzwischen untergegangen, vielleicht war er bereits ins Rührwerk geraten. Wer konnte das wissen.

Also hob er die Eisenstange auf, an der Blut und Haare klebten, warf sie zu den anderen Edelstahlteilen in die große, mit Desinfektionsmittel gefüllte Wanne neben der Tür zum Kesselraum und verschüttete großzügig einen laugehaltigen Reiniger auf dem gesamten Boden des Sudhauses. Griffe, Hebel und Glasscheibe polierte er mit einem feuchten Tuch. Dann kontrollierte er zum letzten Mal den Verlauf des Sudprozesses am Computer, quittierte die Störmeldung weg, die sein manueller Eingriff in den Brauprozess ausgelöst hatte, schnappte sich die Kleidung seines Opfers und verließ schließlich zufrieden lächelnd die Brauerei.

Jetzt würde endlich alles besser werden.

Jetzt brach eine andere Zeit an.

Jetzt hatte er endlich das Leben, das ihm schon immer zustand.

Alles lief wieder in geordneten Bahnen.

2

»Ich habe dir doch gleich gesagt, ich gehöre nicht hierher«, bemerkte Paula mürrisch und fächerte sich mit dem kleinen Programmheft etwas Luft zu. Die Temperaturen waren heute fast unerträglich. Die Sonne schien – genau wie in den letzten fünf Tagen – unerbittlich vom wolkenlosen Himmel. Draußen zeigte das Thermometer fast 34 Grad an. Hier drinnen war es nur unwesentlich kühler.

»Alle starren mich an«, jammerte Paula. »Ich sehe einfach nicht aus wie eine dieser Mütter, die zum Jahresabschlussfest ihres Kindes geht. Ich gehöre nicht dazu.«

Jessica sah ihre Freundin zweifelnd an. »Könnte auch daran liegen, dass der Ausschnitt deines Sommerkleids fast bis zum Bauchnabel reicht. Hättest du nicht ausnahmsweise etwas Sittsameres anziehen können? Immerhin ist das hier eine Grundschulveranstaltung und keine Speeddating-Show.«

»Aber dort hätte ich mit diesem Outfit sicher alle Typen bekommen, oder?«, lachte Paula und zwinkerte dem Mann eines entgegenkommenden Elternpaares ungeniert zu, der seinen Blick nicht von ihr lassen konnte, bis er von seiner Frau einen deftigen Hieb mit dem Ellenbogen in die Seite bekam. »Außerdem ist es verdammt heiß heute, da muss man so viel Haut zeigen wie möglich.« Ohne die Menschen in ihrer Umgebung zu beachten, fächerte sich Paula mit dem Programmheft der Theateraufführung wieder hektisch Luft zu, warf den Kopf zurück und seufzte zufrieden. »Ja, das tut gut.«

Einige der umstehenden Gäste schauten etwas pikiert zu Paula hinüber. Eine ältere Lehrerin rümpfte missmutig die Nase und sah Jessicas Freundin tadelnd an.

»Hoffentlich kommt Florian ausnahmsweise einmal rechtzeitig«, sagte Jessica jetzt mehr zu sich selbst. Sie sah sich suchend um. »Svenja hat sich so gewünscht, dass auch er ihren Auftritt sieht. Sie wäre sehr enttäuscht, wenn er es nicht schafft.«

Es war Svenjas letztes Jahr auf der Gustav-Stresemann-Grundschule. Nach den Sommerferien würde sie das Gymnasium besuchen und ihr kleiner Bruder Tobias nach mehreren Jahren im Kindergarten hier in dieser Grundschule eingeschult werden.

Wie die Zeit verging.

Jetzt lebten sie alle schon drei Jahre im Allgäu. Aber waren sie wirklich hier angekommen? Für Svenja und Tobias – die zwei Kinder ihrer Schwester Susanne, die bei Jessica lebten – konnte sie die Frage eindeutig beantworten. Die beiden liebten Kempten, hatten viele Freunde gefunden und erinnerten sich kaum an ihr altes Leben in Hamburg. Jessica selbst allerdings vermisste ihre alte Heimat und ertappte sich in letzter Zeit immer häufiger bei dem Gedanken, wieder in den Norden zu ziehen. Zum Schulwechsel beziehungsweise Schuleintritt der Kinder wäre es eigentlich ideal. Wer weiß, wann es einen ähnlich perfekten Zeitpunkt geben würde.

»Hi, Jessy.« Florian stand plötzlich hinter den beiden Frauen und legte den Arm um die Schultern seiner Freundin. »Hi, Paula. Himmelherrgott, Paula«, jetzt lachte er laut. »Bei deinem Anblick fällt es verdammt schwer, dir anständig in die Augen zu schauen.«

»Danke für diese netten Worte«, trällerte Paula fröhlich. »Ich glaube, ich passe doch ganz gut hierher. Ich mische das prüde Pack ein bisschen auf. Dieses stocksteife Gehabe tut niemandem gut.« Sie drehte sich auf dem Absatz um und verschwand in der Menschenmenge vor dem großen Buffet.

»Ist alles in Ordnung mit dir?«, wandte sich Florian an Jessica. Diese antwortete nicht, und Florian spürte ein leichtes Unbehagen bei ihr. Deshalb hakte er vorerst nicht nach, sondern fragte stattdessen: »Wo sind die Kinder?«

»Svenja ist hinter der Bühne und zieht sich für die Vorstellung um, Tobi ist mit meinem Vater draußen auf dem Schulhof.«

Florian sah sie durchdringend an. »Irgendetwas ist mit dir.«

»So ein Quatsch«, winkte Jessica gespielt fröhlich ab. »Svenja wird sich freuen, dass du es noch zu ihrer Aufführung geschafft hast. Wie war der Vortrag?«

»Ich hab es überstanden«, sagte Florian und rieb sich den Nacken. »Ich glaube immer noch nicht daran, dass diese Präventionsveranstaltungen irgendetwas bringen.«

Warum ausgerechnet er den Infovormittag in der 9. Klasse der Hauptschule leiten musste, war ihm ein Rätsel. Normalerweise wurden ältere Kollegen oder pensionierte Beamte geschickt. Außerdem hatte er den Glauben an den Erfolg solcher Veranstaltungen verloren, seit er vor Jahren einer Gruppe Jugendlicher die Auswirkungen von Alkohol und diversen Drogen zu verdeutlichen versucht hatte und nur zwei Jahre später einer dieser jungen Menschen an einer Überdosis gestorben war. Vorträge konnten rein gar nichts verhindern – davon war Florian seither überzeugt.

»Man kann den jungen Menschen nie genug einbläuen, was passiert, wenn sie Straftaten begehen«, sagte Jessica, wirkte aber bereits wieder abwesend, denn sie sah sich suchend nach ihrem Vater um. In ein paar Minuten begann das Theaterstück. Sie sollten sich langsam einen Platz suchen.

»Du musst endlich Nägel mit Köpfen machen, Florian.« Herbert Grothe sah seiner Tochter nach, die mit Paula und seinem Enkelsohn Tobias die Turnhalle durch die große Doppeltür verließ, als die Theatergruppe nach einer halben Stunde Aufführung eine kleine Pause einlegte. Jetzt war er mit Florian allein.

»Was?« Der Freund seiner Tochter klang abwesend.

»Ich weiß, ich sollte mich da nicht einmischen«, begann Jessicas Vater und tippte Florian vorsorglich an den Oberarm, damit dieser ihm endlich seine volle Aufmerksamkeit schenkte. »Gedenkst du meine Tochter eigentlich irgendwann zu heiraten? Ihr seid schon mehrere Jahre zusammen.«

Florian sah verwirrt zu Herbert hinüber. »Das stimmt nicht«, erwiderte er ungehalten. »Mehrere Jahre sind das noch lange nicht. Wir waren zwischendurch öfter getrennt. Eine Zeit lang dachte ich, sie würde sich im Allgäu nicht richtig einleben.« Er schüttelte ungläubig den Kopf und lächelte dann. »Ich bin deshalb heilfroh, dass sie mir bisher nicht weggelaufen ist.«

»Dann weißt du also, dass sie seit ein paar Wochen eine Wohnung in Hamburg sucht?«, fragte Herbert überrascht, erkannte aber an dem entsetzten Ausdruck auf Florians Gesicht, dass dieser die Information heute zum ersten Mal hörte. »Aber sie hat noch nichts entschieden«, versuchte er deshalb schnell zu beschwichtigen. »Und ich glaube ehrlich gesagt auch nicht, dass sie es wirklich macht. Nach Hamburg umziehen, meine ich.« Herbert seufzte verzweifelt.

»Sie tut was?«, brachte Florian nach einigen Sekunden schließlich heraus. »Das ist ein Scherz, oder?«

»Wenn sie … ein wenig mehr … Sicherheit hätte«, versuchte Jessicas Vater es erneut, wurde aber von seinem Wunschschwiegersohn unterbrochen.

»Jessica wohnt in meinem Haus. Sie hat mein Versprechen, dass ich immer für sie da bin. Die beiden Kinder liebe ich, als wären es meine eigenen. Jessica weiß das. Wir gehören zusammen. Und sie hat einen Ring von mir, mit dem ich ihr einen Heiratsantrag gemacht habe. Indirekt zumindest«, fügte er leise hinzu. »Sie trägt ihn aber nicht. Ich akzeptiere, dass sie nicht heiraten will, doch dass sie hinter meinem Rücken ihren Abgang plant, ist nicht fair.«

Er stand auf, bahnte sich einen Weg durch die Sitzreihe zum Mittelgang und verließ die Turnhalle, ohne sich zu verabschieden.

3

Die einzige Information, die sie bekommen hatten, bevor sie sich auf den Weg nach Missen machten, war die eines Leichenfundes in einem Pensionszimmer eines kleinen Hotels.

Hauptkommissar Detlef Kern und Hauptkommissarin Jessica Grothe trafen etwa zeitgleich mit der Spurensicherung am Tatort ein, stiegen die Stufen zum ersten Stock hinauf und folgten dem Fingerzeig des Hotelbesitzers, der mit versteinerter Miene vermied, sie direkt anzusehen, und immer zwei Schritte hinter den beiden Ermittlern blieb. Ein toter Gast machte sich nicht besonders gut und konnte durchaus den einen oder anderen Pensionsgast dazu veranlassen, den Urlaub in diesem Hotel sofort abzubrechen.

»Wann haben Sie den Mann gefunden?«, fragte Jessica den Hotelbesitzer, während sie versuchte, mit ihrem Kollegen Kern Schritt zu halten. Der lange Flur, durch den sie gingen, schien frisch renoviert. Es roch nach Wandfarbe, und der dunkle Teppichboden sah aus, als wäre er erst kürzlich verlegt worden.

»Der Herr Guggenmoos und seine Frau sind seit fast 14 Tagen unsere Gäste. Sie kommen seit 20 Jahren regelmäßig ins Allgäu und wohnen immer in unserem kleinen Hotel. Sehr nette Leute«, berichtete der Hotelier und blieb abrupt stehen, als Hauptkommissar Kern die verschlossene Zimmertür als Erster erreichte und die Hand auf die Klinke legte. »Die beiden haben gestern nicht am Frühstücksbuffet teilgenommen, was ungewöhnlich war«, sagte er, und seine

Stimme wurde bei jedem Wort leiser. »Als sie heute wieder nicht im Speisesaal erschienen, haben wir uns Sorgen gemacht und nach ihnen gesehen.« Er warf einen Blick auf den älteren Hauptkommissar, wandte sich dann ab, lehnte sich rückwärts an die Wand und starrte auf den Boden.

Jessica sah, wie Detlef Kern in das Zimmer schaute, schluckte und sich mehrfach bekreuzigte, bevor er einen Schritt zurückging und sich mit beiden Händen durch sein schütteres Haar fuhr.

»Himmelherrgott«, stöhnte er. »Das ist ja grauenvoll.«

Für das, was Jessica empfand, als sie selbst wenig später das Zimmer betrat, hatte sie keine Worte. Entsetzen und Abscheu trafen es wohl am ehesten.

Der Tote auf dem Bett war in typisch Allgäuer Tracht gekleidet, doch fehlten die Schuhe. Dafür trug er einen Hut mit imposantem Gamsbart. Sein Alter schätzte Jessica auf Mitte bis Ende 60.

Auf dem Weg hierher hatte sie mit ihrem Kollegen Kern über mögliche Todesursachen gemutmaßt. Beide waren zu dem Schluss gekommen, dass ihnen ein natürlicher Tod am liebsten wäre. Wenn er einen Herzinfarkt oder Schlaganfall erlitten hätte – wenn kein Fremdverschulden vorlag. Aber bei diesem Anblick gab es absolut keinen Zweifel: Das war ein brutaler Mord.

Der Körper des Mannes war übersät mit Schnittwunden. Das ehemals weiße Trachtenhemd hing in Fetzen herunter und war vollgesogen von dunkelroten, inzwischen getrockneten Blutflecken. Nur der breite Mittelsteg der Hosenträger über seiner Brust war nahezu unversehrt und das gestickte Edelweiß darauf hell und sauber. Selbst die typisch grünen Verzierungen auf der dunklen Lederhose konnte man kaum noch erkennen, denn die gesamte Hose war voller Blut und wies trotz des festen Leders einige Schnitte auf. Es wirkte, als hätte der Mann mit einem übergroßen Bären gekämpft, bevor er starb. Doch dann wären die Schnitte nicht so präzise platziert worden. Den gesamten Körper von Herrn Guggenmoos zierten blutige Kreuze – viele Schnitte in seiner Haut, manche kurz und oberflächlich, andere tief bis auf die Knochen.

Der Oberkörper lehnte aufrecht an dem breiten, mit Tierschnitzereien versehenen Kopfteil des Bettes, fixiert vermutlich mit der Tatwaffe. Die breite, lange Klinge eines großen Dolches war tief in seine Kehle gerammt worden, hinten wieder ausgetreten und hatte sich in das Holz gebohrt, genau an der Stelle, an der neben dem Kopf die Schnitzerei eines röhrenden Hirsches hervorschaute. Es sah ein wenig so aus, als würde der durchbohrte Hirsch vor Schmerz stumm aufschreien.

»Scheiße, was ist denn mit dem passiert?« Der Rechtsmediziner Erwin Buchmann erschien in der Zimmertür und blieb beim Anblick der Leiche kurz stehen. Als er sich gefasst hatte, trat er neben Jessica, klopfte ihr zur Begrüßung aufmunternd auf die Schulter und nickte Hauptkommissar Kern zu.

»Der Mann heißt Hans Guggenmoos«, bestätigte Jessica, als sie seinen Ausweis aus der Geldbörse gezogen hatte, die auf der Anrichte unter dem Fenster lag. »Wo ist seine Frau? Der Hotelchef sagte doch, die beiden hätten hier gemeinsam Urlaub gemacht.«

Hauptkommissar Kern zuckte mit den Schultern. In seiner gesamten Polizeilaufbahn hatte er nie eine derart übel zugerichtete Leiche gesehen. Das Schlimmste, was ihm je untergekommen war, war eine mehrere Wochen alte Wasserleiche. Und das lag über 20 Jahre zurück.

»Ist der Mann schon lange tot, Ewe?«, wandte sich die Hauptkommissarin an den Rechtsmediziner, der die Leiche bereits untersuchte.

»Auf jeden Fall länger als einen Tag. Ich würde sagen seit zwei Tagen. Das Blut ist eingetrocknet. Wahrscheinlich kam er vorgestern im Laufe des Tages zu Tode«, überlegte er. »Aber das ist nur grob geschätzt, Jessica. Nimm mich bitte nicht zu wörtlich, bevor ich ihn genauer untersucht habe.«

Jessica nickte.

»Wir sollten das Zimmermädchen und die anderen Gäste befragen, Detlef«, schlug sie vor. »Gibt es hier im Hotel Überwachungskameras?« Als keiner antwortete, ging sie zur Tür, schaute in den Gang und richtete ihre Frage an den Hotelier, der immer noch an die Wand gelehnt etwa drei Meter von der Tür stand. Dieser schüttelte mechanisch den Kopf.

»Meinst du, die Frau ist entführt worden?«, wandte sich Jessica erneut an ihren Kollegen.

Doch Kern, der nach wie vor gebannt auf die Leiche starrte, hob erneut die Schultern.

»Vielleicht war *sie* es«, sagte er schließlich. »Vielleicht hat Frau Guggenmoos ihren Mann umgebracht und ist jetzt untergetaucht. Wir sollten sie zur Fahndung ausschreiben. Schau zusammen mit dem Hotelier, ob du im Handy des Toten ein Foto seiner Frau findest, das wir verwenden können. Er weiß, wie sie aussieht.« Jessica sah sich suchend um, fand aber kein Handy. Vielleicht war es in einer Schublade.

»Willst du behaupten, dass die Ehefrau die Mörderin ist, Detlef? Das ist doch unmöglich, oder Ewe?«, fragte Jessica und winkte einen Kollegen der Spurensicherung heran, der ihr die Schubladen der Anrichte unter dem Fenster öffnen sollte. Im Gegensatz zu ihr trug er Latexhandschuhe.

Der Rechtsmediziner Erwin Buchmann sah von dem toten Herrn Guggenmoos auf und Jessica direkt in die Augen. »Du meinst, weil das Festtackern am Bettgestell mehr Kraft benötigt, als eine schwache Frau aufbringen kann?« Er grinste. »Sie hätte einen Vorschlaghammer verwenden können, um den Dolch durch Kehle und Holz zu treiben. Die Klinge ist fast fünf Millimeter dick, die hätte sich dabei nicht verbogen. Im Übrigen hätte vermutlich auch ein männlicher Täter Hilfsmittel gebraucht. Das Bett ist aus tropischem Hartholz. Da braucht man viel Wumms, um etwas darin zu versenken.«

»Verstehe«, murmelte Jessica. »Ich glaube das trotzdem nicht!«

Die zwei Schubladen waren leer.

»Wenn wir die Frau gefunden haben, wissen wir mehr«, bemerkte Kern, drehte sich um und verließ das Hotelzimmer. »Ich befrage das Personal«, rief er noch aus dem Flur. »Du treibst ein Foto der Frau auf und leitest die Fahndung ein.«

»War das Durchstoßen der Kehle die Todesursache?«, wollte Jessica vom Rechtsmediziner wissen, während sie suchend durch das Zimmer streifte, ohne dabei die anwesenden Beamten der Spurensicherung zu stören. In der Brieftasche des Ermordeten hatte sie kein Foto der Ehefrau gefunden. Wenn kein Handy mit Fotos auftauchte, musste sie eine Personenabfrage in Hamburg machen, denn das Ehepaar lebte laut Personalausweis von Herrn Guggenmoos im schönen Stadtteil Blankenese am Hamburger Elbstrand.

»Der Dolchstoß hat dem Mann die Halsschlagader durchtrennt«, berichtete Ewe, legte seine Finger an die linke Halsseite des Opfers und sah sich die Wunde genauer an. »Aber er war schon vorher tot. Ansonsten hätten wir hier an den Wänden meterhohe Blutspritzer. Der Mann ist jedoch sehr langsam verblutet. Vermutlich ist die Wunde am Torso auf Höhe der rechten Niere diejenige, welche …« Der Rechtsmediziner deutete mit seiner Hand auf den dunklen, getrockneten Blutfleck im Laken neben dem Körper. »Allein das hier sind schätzungsweise fast zwei Liter.«

»Okay, dann schick mir den Bericht, sobald du fertig bist.« Jessica verließ ebenfalls den Raum und zog ihr Smartphone aus der Hosentasche. Wenn sie heute in Hamburg auf den Ämtern noch jemanden erreichen wollte, dann musste sie sich beeilen, denn es war Freitag und kurz vor Mittag. Außerdem wollte sie früh in den Feierabend gehen, um mit Florian etwas zu unternehmen. Ihr Vater verschaffte ihnen einen letzten kinderfreien Abend, bevor er morgen seine Heimreise nach Hamburg antrat.

*

»Haben Sie bei uns angerufen?«, rief Hauptkommissar Forster der jungen Krankenpflegerin entgegen, die ihnen auf dem langen Gang entgegeneilte.

Die Frau mit glänzend schwarzem Haar und dem typisch thailändischen Gesicht mit leicht dunklem Teint und mandelförmigen Augen nickte heftig, kam näher und blieb dann abrupt vor ihm und Kommissar Willig stehen.

»Sie sind aber leider zu spät«, verkündete sie, aber es klang nicht wie ein Vorwurf. »Die Frau, deretwegen ich Sie angerufen habe, ist verschwunden.«

»Okay.« Florian Forster schob beide Hände in die Taschen seiner Uniformhose und sah den Gang hinauf. Die Notaufnahme des Kemptener Krankenhauses befand sich im Erdgeschoss eines Nebengebäudes. Der fensterlose Gang mit den vielen Türen links und rechts schien durch die sich ständig wiederholenden Deckenleuchten, deren Licht den glänzenden Boden beschienen und sich dort spiegelten, beinahe unendlich. »Sie sagten, es handle sich um einen Verdacht auf häusliche Gewalt. Wie kommen Sie darauf?«

»Die Frau wurde vor einer Stunde in die Notaufnahme eingeliefert, mit einer tiefen Platzwunde an der Stirn, und behauptete, sie sei die Treppe runtergefallen.«

»Mhm«, brummte Forster und sah die Pflegerin durchdringend an. »Aber das wäre doch möglich, oder?«

»Vielleicht«, gab diese zu. »Zusätzlich zur Platzwunde hatte sie aber auf der gesamten rechten Gesichtshälfte blaue Flecken, außerdem Verletzungen an den Unterarmen und am Rücken. Glauben Sie mir, Herr Hauptkommissar. Ich kann Hämatome durch körperliche Gewalt inzwischen ganz gut von anderen unterscheiden. Die blauen Flecken zeigten unterschiedliche Stadien des Heilungsprozesses. Die Frau war völlig verängstigt und mager und wollte nicht, dass ihr Mann informiert wird. Außerdem gab sie falsche Personalien an. Eine Frau Gisela Mayer – wie sie sich nannte – gibt es nicht.«

»Das hört sich tatsächlich verdächtig an«, gab Hauptkommissar Forster zu, und sein Kollege Willig nickte heftig und machte dabei ein äußerst bedauerndes Gesicht. »Damit wir der Sache nachgehen können, brauchen wir aber mehr als einen falschen Namen.«

»Da hätte ich etwas«, sagte die Schwester und lächelte verlegen. »Die Dame hat so schnell die Flucht ergriffen – sie ließ ihre Handtasche im Untersuchungszimmer zurück. Warten Sie kurz, ich hole sie.«

Sie drehte sich um und lief schnellen Schrittes den Gang hinunter, bog nach links ab und war verschwunden.

Hauptkommissar Forster indes beobachtete belustigt seinen Kollegen Willig, der keinen Hehl daraus machte, dass er den leichten Hüftschwung der bildhübschen Krankenschwester äußerst sexy fand und ihr mit großen Augen und leicht geöffnetem Mund hinterhergaffte. Als er den Blick seines Kollegen bemerkte, lächelte er etwas dämlich.

»Was hältst du davon, Berthold«, fragte Florian amüsiert und ging zwei Schritte zurück, »wenn du allein auf die Schwester wartest? Ich gehe schon zum Auto.«

»Ist gut, Chef, ähm, ähm …«, stotterte Berthold und schaute zu Boden.

»… Florian«, half der ihm weiter und grinste breit. »Nur tu mir bitte einen Gefallen: Ohne ihre Telefonnummer gehst du hier nicht weg. Und ich meine nicht diejenige der geflüchteten Frau, sondern die der süßen Krankenpflegerin. Haben wir uns da verstanden?«

Berthold nickte. Seine Wangen färbten sich dunkelrot. »Klar, Chef, ähm, Florian.«

*

»Du kommst spät«, begrüßte Jessica ihren Freund, als dieser erst nach 19 Uhr das Haus betrat und die Treppe zum ersten Stock hinauflief. »Den Tisch habe ich auf 19.30 Uhr bestellt. Schaffst du das? Oder soll ich anrufen, dass wir uns verspäten?«

»Bin in fünf Minuten fertig«, rief Florian im Vorbeilaufen, ohne Jessica anzusehen, und verschwand im Bad. Keine Minute später hörte man bereits das Wasser in der Dusche rauschen.

Der Besuch bei Ulrike Hildebrandt, der Frau, die aus dem Krankenhaus geflüchtet war, war frustrierend gewesen. Der dicke Verband um ihren Kopf war professionell angelegt, verdeckte jedoch nicht die zahlreichen alten, bereits gelb verfärbten Hämatome an ihrer Schläfe. Auch hatte sie Probleme, ihren linken Arm zu heben, und hielt ihn deshalb leicht gebeugt und dicht an ihrem viel zu dürren Körper. Ihre Stimme war leise und klang gebrochen. Auf ihren Mann, der heute nicht anwesend war, ließ sie aber nichts kommen. Er habe mit ihrem Treppensturz absolut nichts zu tun. Er sei ein guter Ehemann und sie selbst einfach viel zu ungeschickt. Auf Florians Frage, warum sie im Krankenhaus falsche Personalien angegeben hatte, entschuldigte sie sich und versprach, die Angelegenheit Anfang nächster Woche aufzuklären. Sie begründete ihre Vorgehensweise damit, dass ihr Mann sich immer so viele Sorgen um sie mache. Sie wollte deshalb verhindern, dass er von ihrem Unfall erfuhr. Als sie den Hauptkommissar bat, ihrem Mann nichts zu verraten, wurde aus Florians anfänglichem Misstrauen ein solches Unbehagen, dass er Frau Hildebrandt ernst ansah und heftig den Kopf schüttelte.

So sehr er sich auch anstrengte, er konnte einfach nicht begreifen, warum manche Frauen ihre prügelnden Ehemänner schützten und damit riskierten, immer und immer wieder Opfer von Gewalt zu werden. Also beschloss er in diesem Moment, Frau Hildebrandt in der nächsten Woche erneut zu besuchen und dann hoffentlich auch ihren Mann anzutreffen. Wenn die Frau sich nicht selbst half, würde er es tun, indem er den Ehemann beiseitenahm und ihm verdeutlichte, was ihm drohte, wenn er weiterhin seine Frau halb totschlug. Prügelnde Männer waren meist leicht reizbar. Vielleicht gelang es ihm, Herrn Hildebrandt so zu provozieren, dass der Mann seine Hand gegen ihn erhob. Dann hätte er einen Grund, ihn aufs Revier mitzunehmen. Und wenn er ihn erst einmal im Verhörraum hatte, dann konnte er dem Kerl sagen, was er von Männern hielt, die Frauen verprügelten.

Florian dachte noch immer an seine Begegnung mit Ulrike Hildebrandt, als er bereits mit Jessica im Restaurant saß. Abwesend schaute er durch die große Panoramascheibe, ohne den atemberaubenden Blick über Kempten wahrzunehmen. Das Restaurant »Skylounge« im 13. Stock eines Geschäftshauses in der Innenstadt lieferte mit zwei komplett verglasten Seitenwänden die beste Aussicht über die Häuser der Alpenmetropole in ganz Kempten. Der wolkenlose Sommerhimmel, die strahlende Abendsonne, die üppig grünen Flächen um die Burgruine »Burghalde« im Stadtzentrum und der reflektierende Wasserspiegel der grünblauen Iller zeigten die Stadt heute von ihrer allerschönsten Seite. Doch die Gedanken ließen Florian nicht los.

»Erde an Florian«, witzelte Jessica, als er ihren dritten Versuch, ein Gespräch zu beginnen, erneut wortlos ignorierte. »Wo bist du denn? Kommst du heute noch zurück zu mir, oder soll ich mich zu anderen Gästen setzen? Ich würde mich gern unterhalten.«

»Entschuldige.« Er sah sie an und lächelte mechanisch. »Worüber willst du reden?«

»Keine Ahnung«, plapperte sie drauflos. »Egal worüber. Vorhin zum Beispiel habe ich dich gefragt, ob du nicht Lust hast, unseren Plan, das Wohnzimmer zu renovieren, endlich in die Tat umzusetzen. Vielleicht könnten wir morgen in den Baumarkt fahren und nach Wandfarbe schauen. Ein neues Sofa wäre auch super.«

Florian musterte sie durchdringend, doch sein Gesichtsausdruck war völlig unergründlich.

»Wozu?«, fragte er schließlich, ohne den starren Blick von ihr abzuwenden. »Solltest du dich nicht lieber um Wandfarbe für dein neues Wohnzimmer in Hamburg kümmern?«

Jetzt war es Jessica, deren Gesicht ausdruckslos wurde. Sie atmete mehrmals tief ein und aus, blinzelte die aufsteigenden Tränen weg und fragte: »Sollte ich?«

Florian klopfte angespannt mit dem Zeigefinger der flachen Hand auf die weiße Tischdecke, bis er sich darüber bewusst wurde. Dann nahm er seine Hand vom Tisch, legte sie unter dem Tisch auf sein Bein und ballte sie zur Faust.

»Du kennst meine Antwort, Jessy«, sagte er leise und klang verzweifelt. »Aber ich habe eine weitere Frage an dich. Was mache ich falsch?«

»Ich habe nie gesagt, dass du etwas falsch machst«, polterte Jessica. Immer wenn sie sich in die Enge gedrängt fühlte, wurde sie ungehalten und verlieh ihrer Stimme einen scharfen Unterton. Sie versteckte so ihre Unsicherheit.

»Jessy, bitte«, begann er erneut. »Wenn du mir nicht sagst, was ich ändern muss, damit du bei mir bleibst, dann werden wir uns verlieren. Ich komme allein einfach nicht darauf. Nenne es typisch männliche Engstirnigkeit, nenne es Allgäuer Machogehabe, aber ich dachte immer, du gehörst zu mir.« Er schüttelte lächelnd den Kopf, sah jedoch an ihrem Gesichtsausdruck, dass der Versuch, die Situation durch Selbstironie aufzulockern, absolut fehlschlug.

»Ich habe dir einen Heiratsantrag gemacht«, erinnerte Florian sie unnötigerweise an dieses Ereignis vor ein paar Monaten, als sie ihn wortlos hatte abblitzen lassen. »Vielleicht warst du noch nicht so weit, dann tut es mir leid. Da du nach dem schlimmen Vorfall mit deiner Schwester bei mir wohnen geblieben bist, hatte ich die Hoffnung, dass ich dir genauso viel bedeute wie du mir und du deine Zukunft mit mir teilen willst. Ich hab dich lieb, Jessy.« Als er über dem Tisch nach ihrer Hand griff, zog sie sie erschrocken weg.

»Ich würde alles dafür tun, damit du bei mir bleibst, Jessy. Aber ganz ehrlich«, Florian wurde mit jedem Wort leiser, »ich werde dich nicht aufhalten, wenn du unbedingt gehen willst.«

»Es bleibt mir doch gar nichts anderes übrig, als nach Hamburg zu gehen«, brachte sie schließlich heraus. Sie klang, als wäre sie nach einer großen körperlichen Anstrengung total außer Atem.

»Ich verstehe dich einfach nicht, Jessy. Was habe ich falsch gemacht?«, wiederholte er seine erste Frage.

Urplötzlich sprang sie auf, starrte ihn über den Tisch hinweg wütend an und verschränkte die Arme vor der Brust, vermutlich um zu verhindern, dass sie mit ihren Händen aus lauter Verzweiflung die Gläser vom Tisch fegte. »Einmal in deinem Leben«, rief sie laut, »hättest du doch dein verdammtes Ehrgefühl, deine ach so tief in deiner Seele verankerte Moral, deinen beinahe grotesken Gerechtigkeitssinn und dein dummes Heldspielen –«, sie brach ab und holte tief und hektisch Luft. »Warum meinst du immer, genau zu wissen, was gut ist für andere, für mich, für die Kinder? Einmal in deinem Leben hättest du all das außer Acht lassen können. Für mich, wenn du mich doch so sehr liebst, wie du immer behauptest«, fauchte sie verächtlich, drehte sich auf dem Absatz um und schickte sich an, das Lokal zu verlassen, ohne die durch ihren Wutausbruch aufgeschreckten und verwirrten Gäste an den anderen Tischen auch nur eines Blickes zu würdigen.

»Verstehe ich das richtig, Jessy?«, rief er ihr hinterher. »Du wünschst dir, dass ich deine Schwester getötet hätte, anstatt ihr das Leben zu retten? Das wirfst du mir vor?«

»Genau das werfe ich dir vor«, schrie sie, blieb abrupt stehen und drehte sich zu ihm um. Ihre Augen füllten sich mit Tränen.

»Aber das wäre falsch gewesen, Jessy. Du weißt das. Ich glaube, dass hinter diesen Vorwürfen etwas anderes steckt. Den wahren Grund willst du mir nicht nennen. Wenn du dazu bereit bist, bin ich da«, bot er an. Seine grenzenlose Verzweiflung sah man ihm nicht an.

Sie verließ das Restaurant ohne ihn. Er bezahlte das Essen und die Getränke, spendierte den etwa 20 anderen Gästen als Wiedergutmachung ein Glas Sekt, fuhr mit dem Fahrstuhl zur Tiefgarage hinunter und fand Jessica in seinem Auto sitzend. Sie hatte den Zweitschlüssel benutzt, den sie immer in ihrer Handtasche bei sich trug, genau wie er einen Schlüssel für ihren Wagen besaß.

»Geht es dir besser?«, fragte er ohne den leisesten Vorwurf in seiner Stimme, als er auf der Fahrerseite einstieg und den Schlüssel ins Zündschloss steckte.

Jessica nickte nur stumm und starrte aus dem Fenster.

»Willst du nach Hause?« Er startete den Wagen und lenkte ihn Richtung Ausfahrt.

Dieses Mal schüttelte sie den Kopf.

Die ganze Fahrt über sagte er nichts, bis er nach guten zehn Minuten sein Auto auf den Schotterparkplatz am Bachtelweiher steuerte, den Wagen parkte und den Zündschlüssel aus dem Schloss zog. »Gehst du mit mir spazieren?«

»Gern«, antwortete sie leise. »Was hältst du von Sand?«

»Ähm …« Florian dachte angestrengt nach. »Ja, Sand

ist … ähm … toll. Wofür?« Er hatte keine Ahnung, was Jessica von ihm wollte.

»Sand wäre doch die perfekte Wandfarbe für unser neues Wohnzimmer, oder?« Sie lächelte zaghaft, sah dann aber, dass ihr Freund sie verständnislos anstarrte. »Die Farbe sieht aus wie der helle Sand am Nordseestrand, den ich so liebe«, erklärte sie. »Kannst du dir vorstellen, dass wir in unserem Wohnzimmer in Kempten ein bisschen norddeutsches Flair reinbringen, oder kommt das für dich gar nicht infrage?«

»In Kempten?«, brachte er schließlich heraus. »Bei mir in Kempten? Nicht in Hamburg?«

»Nicht in Hamburg.« Sie nickte zur Unterstützung ihrer Worte. »Wenn ich darf, möchte ich gern bei dir bleiben.«

4

Er kam erst am kommenden Donnerstag dazu, die von ihrem Ehemann verprügelte Frau erneut aufzusuchen. Da Ulrike Hildebrandt keine Anzeige erstattet hatte, gab es für Hauptkommissar Forster eigentlich keine Veranlassung, in diesem Fall zu ermitteln. Doch die Sache ließ ihm keine Ruhe. Also fuhr er nach Feierabend zum Haus der

Hildebrandts und klingelte kurz vor 18 Uhr an der Haustür. Sein Kollege Berthold begleitete ihn, stand neben ihm und drehte sich immer wieder nervös um.

»Was ist denn mit dir los, Berthold?«, fragte Florian amüsiert und klingelte erneut, als nach fast einer Minute niemand geöffnet hatte.

»Es ist verdammt einsam hier draußen«, flüsterte Berthold angespannt. Das Haus lag weitab am Waldrand in Durach. Das nächste Haus war 100 Meter entfernt. »Wer weiß, ob der Ehemann hier irgendwo rumhängt. Dem passt es bestimmt nicht, dass wir da sind.«

»Aber wir sind doch zu zweit, Berthold«, lachte Florian Forster und klopfte seinem Kollegen aufmunternd an den Oberarm. »Der hat gegen uns beide gar keine Chance.«

Dass er sich mit dieser Aussage etwas zu weit aus dem Fenster lehnte, konnte Florian in diesem Moment noch nicht wissen. Als die Tür aufging, blieb ihm das Lachen jedoch im Hals stecken.

»Was kann ich für Sie tun?«, fragte der Mann auf der anderen Seite der Türschwelle. »Warum klingeln Sie ununterbrochen? Ich versuche, meine Tochter ins Bett zu bringen.«

Erst jetzt bemerkte der Hauptkommissar das Baby auf dem Arm des Mannes. Es wirkte auf dem muskulösen Unterarm von Herrn Hildebrandt so klein und unscheinbar, dass Florian es zuerst übersehen hatte. Der Mann war riesig. Zwar vermutlich etwas kleiner als Berthold, der mit seinen über zwei Metern Körpergröße jeden überragte, den Florian kannte, doch dieser Hildebrandt war beinahe so breit wie hoch. Ein riesiger Berg purer Muskelmasse. Die Oberarme könnte Florian mit seinen Händen nicht umgreifen. Kiefer- und Wangenknochen zeichneten sich in seinem Gesicht deutlich ab, die Augen waren dunkel, wirkten fast schwarz. Er trug einen Dreitagebart, und seine etwas zu langen Haare waren ungekämmt, aber er wirkte keinesfalls ungepflegt, nur etwas gestresst. Der Mann war höflich und sah erschreckenderweise sogar sehr freundlich aus.

»Kripo Kempten, Hauptkommissar Forster«, stellte Florian sich vor und zog seinen Dienstausweis aus der Hosentasche. »Ich und mein Kollege Willig wollten uns noch einmal nach Ihrer Frau erkundigen. Immerhin war sie schwer verletzt.«

Herr Hildebrandt sah ihn völlig verdattert an. »Das verstehe ich nicht«, begann er, verlagerte den kleinen Körper seiner Tochter vom einen auf den anderen Arm und bat die zwei Beamten mit einer ausladenden Handbewegung ins Haus und in die Küche. »Ulrike ist doch nur die Treppe hinuntergefallen. Woher wissen Sie denn von ihrem Unfall?« Er setzte sich auf die Eckbank unter dem Fenster.

»Unfall«, platzte Florian verächtlich heraus, fing sich aber schnell wieder. »Ihre Frau war letzte Woche im Krankenhaus und eine der Krankenschwestern hat aufgrund der vielen alten Verletzungen die Kripo eingeschaltet, wegen Verdachts auf häusliche …«

»Aber das verstehe ich nicht«, wiederholte der Ehemann und legte seine inzwischen schlafende Tochter neben sich auf ein großes Kissen auf der Eckbank und seine große Hand auf den Bauch des Babys, damit es nicht hinunterfallen konnte. »Ulrike war im Krankenhaus? Davon wusste ich nichts. War die Verletzung so schlimm?«

»Das müssten Sie am besten wissen, Herr Hildebrandt. Wo ist Ihre Frau jetzt? Ich würde mich gern davon überzeugen, dass es ihr gut geht.«

»Sie schläft schon. Es war ein anstrengender Tag«, sagte Herr Hildebrandt und fügte nach kurzem Zögern hinzu:

»Sie glauben, ich habe meine Frau die Treppe hinuntergestoßen?« Er sah verzweifelt aus.

»Nein«, erwiderte der Hauptkommissar, zog einen der Stühle unter dem Tisch hervor, drehte ihn um und platzierte ihn direkt neben dem Mann. Dann setzte er sich, die Rückenlehne zwischen seinen Beinen, und legte die verschränkten Arme auf das kunstvoll geschwungene und mit Blumen verzierte Holz der Lehne. »Ich glaube, Sie benutzen Ihre Ehefrau regelmäßig als Punchingball. Sie hat so große Angst vor Ihnen, dass sie Sie nicht anzeigt. Doch lassen Sie sich eins von mir sagen: Ich verachte Männer, die ihre Frauen verprügeln, und ich werde alles in meiner Macht Stehende dafür tun, Sie hinter Gitter zu bringen. Und jetzt möchte ich mit Ihrer Frau sprechen, Herr Hildebrandt.«

»Nein«, hielt der Familienvater dagegen, wenn auch sehr leise. Er wirkte plötzlich gar nicht mehr groß und gefährlich, sondern war mit leerem, traurigem Blick verzweifelt in sich zusammengesunken. »Meine Frau schläft. Kommen Sie bitte morgen wieder, Herr Hauptkommissar. Ich bringe jetzt meine Tochter ins Bett.«

Da sie keine rechtliche Grundlage hatten, das Gebäude zu durchsuchen oder mit der verletzten Frau zu sprechen, mussten Hauptkommissar Forster und sein Kollege Willig das Haus und das Grundstück verlassen. Florian war mehr als frustriert. Außerdem befürchtete er, die junge Ehefrau mit seinen zurzeit völlig haltlosen Behauptungen und der Drohung gegen diesen Hildebrandt erst recht in Gefahr gebracht zu haben. Was, wenn der Mann nun aus unterdrückter Wut erneut auf seine Frau losging? Ob er sich auch an dem kleinen Kind vergriff? Oder war er tatsächlich so friedlich, wie er sich gab? Vielleicht war die Frau wirklich nur die Treppe hinuntergefallen? Dem Aussehen ihrer Verletzungen nach zu urteilen, war das allerdings nahezu unmöglich. Es sei denn, ein solcher Treppensturz kam bei ihr häufiger vor.

Als Florian gegen 20 Uhr endlich die Haustür des alten Stadthauses aufschloss, in dem er mit ein paar Jahren Unterbrechung seit seiner Geburt lebte, stolperte er im Flur beinahe über die drei großen Rucksäcke, die für den morgigen Ausflug mit Herbert, Jessica und den Kindern fertig gepackt bereitstanden. Herbert hatte seinen Besuch um zwei weitere Wochen verlängert und würde im Anschluss die beiden Kinder zu Beginn der Sommerferien für drei Wochen mit nach Hamburg nehmen.

Florian und Jessica hatten sich für morgen freigenommen. Der Ausflug war eine Art Abschiedserlebnis mit der gesamten Familie, denn zu einem späteren Zeitpunkt gab es keine Möglichkeit für die beiden Hauptkommissare, einen gemeinsamen freien Tag zu bekommen. Es war Urlaubszeit.

»Ich habe endlich eine gute Idee für Samstagabend«, begrüßte ihn Jessica und zog ihn ins Wohnzimmer. Da ihr Vater noch vor Ort war, wollten Florian und sie am Samstag ihren gemeinsamen Abend von letzter Woche wiederholen. Seit ihrem Streit in der »Skylounge« war sie wie ausgewechselt. Florian wusste aber, dass sich ihr Gemütszustand schnell wieder ändern konnte. Auch war ihm nach wie vor nicht klar, was ihr solchen Stress gemacht hatte und vermutlich immer noch machte. Oder hatte sich ihr eigentliches Problem plötzlich in Luft aufgelöst?

»Na, dann sag. Wo geht es am Samstag hin?« Er hatte ihr die Entscheidung überlassen, und der Grund dafür war mehr als selbstsüchtig, das wusste er. Doch er brauchte nach all ihren Zurückweisungen und Anschuldigungen der letzten Wochen und Monate endlich die Bestätigung, dass ihr etwas an ihrer gemeinsamen Beziehung lag, dass er für sie wichtig war und nicht austauschbar oder gar auslöschbar.

»Die Brauerei Baschtl-Bräu bei Sonthofen feiert ihr jährliches Sommersonnenwend-Fest und ihr zehnjähriges Jubiläum. Dort könnten wir hingehen«, schlug sie vor. »Du trinkst doch gern Bier. Und das Wetter soll super werden am Wochenende.«

»Okay, dann machen wir das. Kommt Paula mit?«

»Ich habe sie noch nicht gefragt«, gab Jessica zu. »Sie hat einen neuen Freund und ich wusste nicht, ob es dir recht ist. Immerhin ist das unser Abend.« Sie sah ihn etwas unsicher an.

Hatte sie die gleiche Angst davor, mit ihm allein den Abend zu verbringen, wie er? Einen solchen Ausbruch wie letzte Woche wollte er so schnell nicht noch einmal erleben. »Frag sie. Und sie soll den Typen mitbringen, den sie sich geangelt hat. Ich frage noch Ewe. Wird bestimmt lustig.«

5

Die Landschaft war atemberaubend.

Das satte Grün der Wiesen leuchtete mit dem strahlenden Blau des Himmels um die Wette. Keine einzige Wolke war zu sehen und die Sonne stand so hoch, dass nicht einmal der imposante Grünten, der sich direkt vor ihnen erhob, viel Schatten auf die malerische Landschaft werfen konnte. Es war das perfekte Wetter für einen Biergartenbesuch, und schon von Weitem konnte man die Blaskapelle und das Lachen der Gäste hören, die am Brauereifest teilnahmen.

Der Weg zum Brauereigelände war einspurig asphaltiert und führte stetig bergauf. Unten hatten die Veranstalter eine Straßensperre und einen kleinen Parkplatz errichtet, um die Gäste davon abzuhalten, mit ihrem Auto direkt zur Brauerei hochzufahren, denn auf dem Brauereiparkplatz neben dem Gebäude waren Bierbänke und Sonnenschirme aufgestellt. Eine Bühne für die Kapelle und ein Bierausschank standen direkt an der Hauswand.

Doch der kleine Parkplatz auf der frisch gemähten Wiese neben der Absperrung war total überfüllt gewesen, als Florian und Jessica ankamen. Sie und Jessicas Freundin Paula mitsamt ihrem neuen Freund hatten aber neben der Burgberger Pfarrkirche noch eine Lücke fürs Auto gefunden. Zum Glück, denn ansonsten hätten sie auf einen der zusätzlich eingerichteten Pendelparkplätze in Blaichach oder Sonthofen ausweichen und auf den Bus warten müssen.

»Warum siehst du mich immer so komisch an?« Jessica zupfte etwas unsicher am Ausschnitt ihres Dirndls herum und blickte verstohlen zu Paula, die es mit ihrem eigenen Dirndl wieder sehr übertrieben hatte. Manchmal dachte Jessica, Paula könnte gleich nackt herumlaufen, das machte kaum einen Unterschied. Obwohl sie selbst in ihrem Dirndl lange nicht so viel Haut und Brust zeigte wie Paula, fühlte sie sich unwohl, auch weil Florian sie nicht aus den Augen ließ.

»Du hast keine Ahnung, wie sexy du aussiehst«, flüsterte Florian ihr ins Ohr, drehte sie zu sich herum und sah ihr tief in die Augen. »Meinetwegen kannst du öfter Dirndl tragen.«

»Ich komme mir darin total verkleidet vor«, gab Jessica zu. »In Norddeutschland sind die Trachtenkleider wesentlich sittsamer. Hochgeschlossen und lang.« Sie wies mit ihrer Hand zuerst auf ihren Hals, um kurz darauf auf ihre Füße zu zeigen. »Richtig lang, fast bis zum Boden.«

»Im Norden gibt es Tracht?«, fragte er, schien aber nicht wirklich interessiert, denn jetzt zog er seine Freundin ganz nah an sich und legte seine Hände auf ihren Hintern. »Herr im Himmel, du siehst nicht nur verdammt heiß aus, du fühlst dich auch gut an. Und du riechst sehr verführerisch.«

»Da drüben wird ein Tisch frei«, hörte er Paula rufen. »Schnell, sonst schnappt sich den ein anderer.« Paula griff nach der Hand ihres Begleiters und lief los, so schnell es in ihren Sandalen mit den hohen Absätzen ging.

Jemand tippte Florian von hinten auf die Schulter.

»Florian? Du hier? Das ist eine Überraschung.« Ein junger Mann in einem dunkelblauen Poloshirt mit dem Logo der Brauerei baute sich grinsend neben Florian auf, der sichtlich genervt von der Störung ein etwas mürrisches Gesicht zog und sich ärgerlich zu dem Störenfried umdrehte. Doch seine Miene änderte sich schlagartig, als er ihn erkannte.

»Hubi? Markus Hubertus? Dich habe ich ja ewig nicht gesehen! Arbeitest du hier?« Florian ließ Jessica los, gab dem Mann seine Hand und klopfte ihm gleichzeitig mit der Linken auf seinen rechten Oberarm. »Wie lange ist das her? Fast 20 Jahre?«

»Mindestens. Wir haben zusammen Abitur gemacht, vor einer halben Ewigkeit«, wandte sich der Brauereimitarbeiter jetzt an Jessica und streckte ihr seine Hand entgegen.

»Markus Hubertus«, stellte er sich vor. »Willkommen im Baschtl-Bräu! Ich bin hier der Braumeister.«

»Freut mich. Jessica Grothe.« Jessica nahm Hubertus' Hand und lächelte herausfordernd. »Wenn man schon einmal einen Braumeister persönlich trifft, kann man dann vielleicht einen Blick in die Brauerei werfen? Das würde mich durchaus interessieren.«

»Klar. Gern. Nur gehen wir dann am besten hinten rein. Die offiziellen Führungen beginnen erst am Nachmittag. Nicht, dass plötzlich jeder Gast jetzt schon eine haben möchte.« Florians alter Schulfreund legte seinen Arm wie selbstverständlich um die Schultern von Jessica und schob Florian mit der freien Hand an dessen Rücken vor sich her und um das große Stallgebäude herum, an dessen Front in großen Lettern der Name der Brauerei angebracht war.

»Das Baschtl-Bräu ist erst vor gut einem Jahr hierher umgezogen«, erklärte er, während er den Nebeneingang, der sich genau gegenüber der Festgesellschaft auf der anderen Seite des Gebäudes befand, aufschloss und seine Gäste schnell hineinschob. »Vorher waren wir neun Jahre in einem kleinen Hinterhof einer alten Gastwirtschaft bei Immenstadt beheimatet.«

»Wow«, platzte Jessica heraus, als Markus das Licht einschaltete und der riesige, fensterlose Raum plötzlich erstrahlte. »Diese Dinger sind ja gigantisch groß. Ist da das Bier drin?«

»Das sind unsere ZKTs – zylindrokonische Tanks«, erklärte Markus und lachte. »Dort gärt und reift das Bier, bevor es später abgefüllt wird. Dort hinten ist die Fass- und die Flaschenabfüllung.« Er zeigte auf eine Maschine am anderen Ende der Halle. »Und da sagt *Mann* immer, es komme Frauen nicht auf die Größe an. ›Gigantisch groß‹«, wiederholte er Jessicas Worte, allerdings sehr leise und nur an Florian gerichtet. Jessica bekam von dem Gespräch nichts mit, und Florian sah den Braumeister so bitterböse an, dass dieser erneut heftig lachen musste.

»Und wo wird das Bier gemacht?« Jessica wirkte aufgeregt. »Ich habe mal gehört, dass man Bier in großen Kupferkesseln kocht, weil Kupfer Eigenschaften hat, die für die Bierherstellung von Vorteil sind.«

»Diese Behauptung ist nach heutigem Stand der Wissenschaft so nicht mehr tragbar«, erklärte der Braumeister, der sich sichtlich geschmeichelt fühlte, dass Jessica Interesse an seiner Arbeit zeigte. Er legte erneut den Arm um ihre Schultern und ging mit ihr zwischen den meterhohen, silber glänzenden Tanks umher. »Heutzutage nimmt man Kessel aus Edelstahl. Die sind leichter zu reinigen und deshalb hygienischer. Außerdem haben sie die gleichen positiven Eigenschaften wie Kupfer. Die negativen entfallen sogar, zum Beispiel –«

»Ich bin eigentlich hier, um Bier zu trinken«, fiel Florian seinem alten Schulfreund ins Wort. »Und von meiner Freundin lässt du die Finger. Du hast dich in der Hinsicht wohl nicht geändert. Schon damals in der Schule hast du uns allen reihenweise die Mädels ausgespannt.«

Der Braumeister hob ertappt beide Hände in die Luft und grinste. »Wenn du hier im Allgäu mit einer solchen exotischen Schönheit ankommst, darfst du dich nicht wundern, Flo. Wo bist du denn her?«, wandte er sich erneut an Jessica. »Ich mag es, wie du sprichst.«

»Ich komme aus Hamburg und ich spreche hochdeutsch«, lachte Jessica. »Nichts Besonderes also.«

»Hier schon. Vor allem hier auf dem Land«, behauptete Markus. »Eine kühle Norddeutsche also.« Er grinste breit. »Dann trinkst du vermutlich lieber Pils als gutes Allgäuer

Bier. Aber möglicherweise kann ich dich mit unserem Sommersonnenwend-Sud vom Gegenteil und von meinen ganz persönlichen Fähigkeiten überzeugen.«

»Sehr witzig, Markus«, grummelte Florian gereizt. »Sind wir hier fertig? Unsere Freunde warten draußen.«

»Die Sudkessel, Florian. Wir müssen uns noch die Sudkessel aus Edelstahl ansehen«, erinnerte ihn Jessica und sah erwartungsvoll zum Braumeister.

»Auf jeden Fall«, stimmte Markus Hubertus ihr zu und ließ Florians Freundin nicht eine Sekunde aus den Augen. »Das Sudhaus ist dort hinter der Tür.«

6

Der eben noch so smart und selbstbewusst aufgetretene Braumeister wirkte plötzlich, als hätte er einen Geist gesehen. Er starrte in die offene Luke des vorderen Sudkessels, in dem er aus Vorführgründen am Computer kurz vorher das Licht eingeschaltet hatte, und wich trotz des bestialischen Gestanks, der sich langsam im Raum ausbreitete, keinen Millimeter zurück.

»Heiland ... Kreuz-Kruzifix, was ist das?«, brachte er gepresst heraus. Nun ging er doch ein paar Schritte zurück und hielt schützend seine Hände vor Nase und Mund. Der süßliche, modrige Geruch war nicht nur unangenehm, er brannte auch im Hals und in der Nase. »Ist das ein Mensch?«

Florian, der bis zu diesem Zeitpunkt ausschließlich damit beschäftigt war, Jessica nicht aus den Augen zu lassen und auf jedes kleinste Zeichen für ihr eventuelles Interesse an Markus Hubertus zu achten, wurde schlagartig hellhörig, stürmte zur Luke und sah ebenfalls in den hell erleuchteten Kessel.

Über einem dicken Rohr im Sudgefäß hing der fast komplett skelettierte Körper eines Menschen ohne Arme und Unterschenkel. Manche der fehlenden Knochen lagen auf dem blitzblank gereinigten Edelstahlboden des großen Kessels. Florian konnte eine knöchrige Hand mit nur drei Fingern und einen zertrümmerten Fuß sehen. Die Knochen waren nahezu klinisch sauber, schneeweiß und gänzlich ohne Haut. An wenigen Stellen des Körpers hing noch eine stinkende, ledrig glibberige Masse. Man konnte nur vermuten, dass diese einmal menschliche Sehnen und Haut gewesen waren. Ein groteskes Bild eines gereinigten, beinahe sterilen Massakers. Was war hier passiert?

»Jessy, ruf bitte die Spurensicherung an und hole dann Ewe her«, befahl Florian und wandte sich an den Braumeister. »Ist in diesem Gefäß in letzter Zeit Bier gebraut worden? Ich meine, ist es möglich, dass der Kerl mitgekocht wurde?«

Markus Hubertus sah ihn entsetzt an und schüttelte heftig den Kopf. »Nein. Das ist nicht möglich. In diesem Kessel wurde vor mehreren Wochen das letzte Mal Bier gebraut. Während meines Urlaubs. Nein. Das kann … nicht …« Er stockte, verstummte schließlich, drehte sich um und erbrach sich mitten auf den gefliesten Fußboden.

Dann wischte er sich mit zitternder Hand das Erbrochene von den Mundwinkeln, starrte Florian verzweifelt an und schüttelte erneut den Kopf. »Ich muss zum Ausschank«, stammelte er und torkelte unsicher Richtung Ausgang. »Ich muss … ich muss … die Leute wegschicken. Der Sommersonnenwend-Sud … Keiner darf ihn trinken.«

*

»Wo ist denn das ganze Zeug hin?« Die Stimme des Rechtsmediziners Erwin Buchmann dröhnte aus dem Sudkessel heraus. Die Beamten der Spurensicherung suchten fieberhaft nach Spuren, Fingerabdrücken und einer eventuellen Tatwaffe, seit sie wussten, dass der Mann, der fast nur noch aus Knochen bestand, vermutlich einen Schlag auf den Kopf bekommen hatte.

»Was für Zeug meinst du, Ewe?« Florian blickte zum wiederholten Mal durch die Luke ins Innere des Sudgefäßes und sah zu seinem Freund hinunter, der vorsichtig zwischen den Knochen herumlief, Fotos machte und sich den einen oder anderen größeren Splitter genauer ansah.

»Ich meine den Rest des Körpers«, rief der Rechtsmediziner von unten hinauf. »Die Haut und die Organe.«

Der Hauptkommissar zuckte unwissend mit den Schultern und sah sich suchend nach Markus um.

»Wäre gut, wenn wir etwas mehr Gewebe hätten als diesen kläglichen Rest an ein paar wenigen Knochen«, fuhr Erwin Buchmann fort.

»Wieso ist an dem Skelett eigentlich keine Haut mehr dran?«, fragte Florian und wusste bereits in dem Moment, als er die Frage unbedacht ausgesprochen hatte, dass er die Antwort darauf gar nicht hören wollte.

»Hast du schon einmal Hühnersuppe gemacht?« Ewes Worte hallten blechern von den Wänden des Gefäßes wider. »Wenn du das Suppenhuhn lange genug kochst, dann löst sich das Fleisch auch von ganz allein von den Knochen.«

»Und wo ist das Fleisch jetzt hin?«, wollte Florian wissen.

»Genau das habe ich doch eben auch gefragt.« Der Rechtsmediziner klang ungehalten. »Nimm dir endlich den Braumeister vor. Der kann dir bestimmt sagen, wo die ausgekochten Malzreste hingehen, wenn der Kochvorgang abgeschlossen ist. Hier unten ist eine Ableitung.« Er zeigte auf eine Stelle im Boden des Kessels. »Doch wo fließt die ganze Soße hin? Vielleicht finde ich dort noch Reste von meiner Leiche.«

»Der Treber?«, fragte der Braumeister, der immer noch gegen seine Übelkeit kämpfte und blass und zitternd auf einer der mittlerweile leeren Bierbänke im Außenbereich saß. »Den holt ein Bauer aus der Nachbarschaft ab. Für seine Rinder und Schweine.«

»Kannst du mir die Adresse geben, Markus?« Florian Forster rieb sich ungeduldig den Nacken. Er hatte Jessica gebeten, Paula und ihren neuen Freund nach Hause zu bringen und anschließend selbst heimzufahren und auf ihn zu warten. Ein Hauptkommissar reichte hier am Tatort vollkommen aus. Sein Kollege Berthold würde sicher gleich eintreffen, um ihn später mit nach Kempten zu nehmen.

»Natürlich, Flo. Aber ich glaube, von dem Treber ist nichts mehr übrig. Den werden die Tiere bereits gefressen haben.«

»Oh Gott«, stöhnte Florian. »Muss ich dann noch das Veterinäramt informieren?«

»Keine Ahnung«, erwiderte der Braumeister. »Mir macht viel mehr Sorgen, was aus dem guten Ruf der Brauerei wird. Der Chef hat erst kürzlich so viel Geld in die neue Anlage investiert. Wenn jetzt alles den Bach runtergeht, dann sitzt er auf einem riesigen Berg Schulden. Und ich bin meinen Job los.«

»Der Chef? Gehört die Brauerei nicht dir? Dein Vater hieß doch Sebastian, wenn ich mich richtig erinnere. Ich dachte, du hättest die Brauerei ihm zu Ehren Baschtl-Bräu genannt. Da hab ich wohl falsch gedacht. Kann ich deinen Chef dann bitte jetzt sprechen?«

Markus Hubertus schüttelte den Kopf. »Er ist mit seiner Frau im Urlaub. Deshalb war die Brauerei in den letzten Wochen geschlossen. Er heißt auch Sebastian mit Vornamen. Sebastian Lenz«, informierte ihn Markus. »Morgen kommt er wieder. Ich habe ihm aber bereits eine Nachricht geschrieben.« Markus zog sein Smartphone aus der Hosentasche und hielt es Florian entgegen.

Der warf nur einen kurzen Blick darauf und fragte: »Und hat er bereits geantwortet?«

»Nein. Er sitzt vermutlich gerade im Flieger. Die beiden waren in Thailand, da dauert die Heimreise schon ein paar Stunden.«

»Dann lasse ich ihn am besten direkt vom Flughafen abholen«, überlegte Florian laut. Er dachte kurz nach. »Sag mal, Markus. Warum kam Herr Lenz denn nicht zum Jubiläumsfest zurück? Sollte ein Chef bei einer solchen Veranstaltung nicht vor Ort sein?«

»Er wollte einen längeren Urlaub machen, und ich habe ihm versprochen, das Fest zu managen. Dafür genehmigte er mir vor dem Fest mehrere freie Tage.«

»Wer arbeitet sonst noch in der Brauerei? Wer hat einen

Schlüssel? Wer kann die Anlage bedienen und kennt sich aus?«

»Nur ich. Und der Chef. Und vielleicht noch seine Frau, aber die hat keine Ahnung von dem Computerprogramm, nur einen Schlüssel.«

Florian sah, wie Markus angestrengt nachdachte.

»Die Aushilfskräfte – zwei junge Männer aus Blaichach – gehen uns manchmal bei der Fassabfüllung zur Hand. Einen Schlüssel besitzen sie allerdings nicht. Als ich gestern nach dem Rechten gesehen habe, waren alle Türen abgeschlossen.«

»Dabei ist dir der Tote im Sudhaus nicht aufgefallen?« Der Hauptkommissar sah den Braumeister ungläubig an.

»Leider nicht. Sonst hätte ich doch ein anderes Bier ausschenken lassen und nicht dieses verdammte Leichenbier. Oh Gott, was soll jetzt aus dem Baschtl-Bräu werden?«

*

»Du bist spät«, begrüßte ihn Jessica vom Sofa aus, als er kurz vor Mitternacht endlich nach Hause kam. Florian ließ sich auf den Sessel gegenüber der Couch fallen und legte die Füße auf den Glastisch, der zwischen ihm und seiner Freundin stand. »Bist du in dem Fall denn weitergekommen? Habt ihr die Identität der Leiche schon herausgefunden?«

»Ewe sagt, männlich und mittleren Alters. Aber du kennst ihn ja. Er legt sich nicht sofort fest, obwohl ich glaube, er weiß anfangs mehr, als er zugibt. Schön, dass du auf mich gewartet hast und noch nicht schlafen gegangen bist.«

»Oh, das war keine Absicht. Bin auch gerade erst gekommen. Ich musste Paula beruhigen. Sie war sehr aufgebracht, weil sie *beinahe* das verseuchte Bier getrunken hätte. Und du weißt, Paula beruhigt sich nicht so schnell«, sagte Jessica, beugte sich vor und schob etwas grob die Beine ihres Freundes vom Tisch. »Meinst du, dass ich mit meinen verzweifelten Versuchen, dich zu erziehen, irgendwann Erfolg haben werde?«

Florian schüttelte lachend den Kopf. »Das glaube ich nicht«, erwiderte er, vermied es aber, die Füße erneut auf den Tisch zu legen. Stattdessen lehnte er sich zurück und verschränkte die Arme hinter dem Kopf. »Meinst du, du könntest das Dirndl noch einmal für mich anziehen?«

»Das glaube *ich* nicht.« Jetzt war es Jessica, die den Kopf schüttelte. Sie hatte bereits ein altes T-Shirt und eine kurze Pyjama-Shorts zum Schlafen an.

»Schade«, sagte Florian enttäuscht, wechselte dann aber das Thema. »Ich habe mir deine norddeutschen Trachten vorhin im Internet angesehen. Berthold hat mich nach Hause gefahren, da konnte ich die Zeit im Auto nutzen.«

»Und? Nicht sexy, oder?«, fragte Jessica und zwinkerte ihrem Freund zu.

Florians Blick verriet, dass er anderer Meinung war. Er biss sich auf die Unterlippe und ließ Jessica nicht aus den Augen. »Schade, dass du keine solche typische Hamburger Tracht besitzt. Die sieht so schön streng aus. Du würdest darin wirken wie eine strenge Lehrerin. Eine sexy strenge Lehrerin.«

»Und das würde dir gefallen?« Jessica klang amüsiert und entsetzt zugleich, lachte aber, als Florian eifrig nickte.

»Zieh doch das Dirndl noch einmal für mich an. Nur ganz kurz. Nur, bis wir im Schlafzimmer sind. Bitte«, flehte er und schaute treuherzig zu ihr hinüber.

»Du bist unmöglich«, schimpfte Jessica gespielt empört.

»Ich verrate dir etwas: Ich habe tatsächlich eine norddeutsche Tracht. Die ziehe ich jetzt an und dann schauen wir mal, wie es so um deine Algebra und deine Grammatik bestellt ist.« Sie verließ das Zimmer, ohne sich noch einmal zu ihm umzusehen.

Als sie kurz darauf das Wohnzimmer wieder betrat, erwartete sie, dass Florian vor Lachen vom Sessel kippen und sich nicht mehr einkriegen würde.

Doch ihr Freund saß noch genauso ruhig auf dem Sessel, wie sie ihn verlassen hatte, und musterte sie von oben bis unten. Er sah aus, als wäre er nicht mehr in der Lage, sich zu bewegen, denn er rührte sich keinen Millimeter und atmete flach. Sein Blick hatte etwas Lauerndes.

»Und? Gefällt dir meine norddeutsche Tracht? Hochgeschlossen – wie ich gesagt habe«, plapperte Jessica drauflos und zwinkerte ihm erneut zu. »Aber streng finde ich das eigentlich nicht.«

Es vergingen einige Sekunden, bevor er auf ihre Frage reagierte.

»Was trägst du drunter?«, wollte er wissen, beugte sich vor, rieb seine Hände an dem Jeansstoff seiner Oberschenkel und ballte sie zu Fäusten. Jetzt hielt er die Luft an. Er sah aus wie ein wildes Tier, das sich zum Angriff bereit machte.

»Nichts«, sagte Jessica leise. »Siehst du – absolut nichts!« Mit einem Ruck riss sie alle silbernen Druckknöpfe an ihrem quietschgelben Friesennerz auf einmal auf und präsentierte Florian dieses Nichts mit einem breiten Grinsen im Gesicht.

7

Das Erste, was Florian dachte, als er am späten Sonntagmorgen das Präsidium betrat und in seinem Büro den Besitzer des Baschtl-Bräu begrüßte, war, ob alle Brauerei-Inhaber so gut aussahen. Der Mann vor ihm trug eine beige Sommerhose, ein luftiges dunkelblaues Hemd mit kurzen Ärmeln, teure Schuhe und eine goldene Armbanduhr. Außerdem hatte er dieses smarte Aussehen eines Hollywoodschauspielers der 60er-Jahre.

Seine Kollegen hatten den Mann direkt am Flughafen abgepasst und hergebracht. Er wirkte beunruhigt, machte aber trotzdem einen souveränen und selbstbewussten Eindruck.

»Wer ist denn nur der arme Mann, den Sie in meiner Brauerei gefunden haben, Herr Hauptkommissar? Ihre Kollegen waren leider nicht sehr auskunftswillig.« Sebastian Lenz, der Brauerei-Inhaber, der seinem Aussehen nach unter 40 Jahre alt war, setzte sich ungefragt auf den Besucherstuhl an Florians Schreibtisch und blickte erwartungsvoll zu ihm auf.

Florian ging um den Schreibtisch herum und setzte sich ebenfalls. »Leider kann ich Ihnen auch nicht mehr sagen, Herr …«, er schaute auf die Notizen vor sich auf dem Tisch, »Herr Lenz. Haben Sie eventuell eine Idee, wer die Person sein könnte?«

Der Brauereibesitzer schüttelte bedauernd den Kopf. »Da fällt mir absolut niemand ein. Tut mir leid. Ach, es ist furchtbar. Wer macht denn so etwas Grausames?«

»Vermutlich jemand, der Sie nicht mochte. Immerhin hat der Täter Ihnen einen großen finanziellen Schaden zugefügt. Gibt es jemanden, der Ihnen Ihren Erfolg neidet? Oder der Sie aus persönlichen Gründen nicht mag? Es muss nicht direkt mit Ihrem Geschäft zu tun haben.«

»Ja, dieser Vorfall ist bitter für die Brauerei. Ich hoffe, wir schaffen es, das Vertrauen der Kunden zurückzugewinnen. Wir sind erst seit ein paar Monaten in der Region und haben einige neue Kunden. Es wird wohl schwierig werden, diese Kunden zu halten. Und vertuschen lässt sich die Sache kaum mehr bei all den Zeugen auf dem Sommerfest. Herrgott, das ist wirklich tragisch und wird mir finanziell das Genick brechen – vermutlich«, sinnierte Lenz, ohne dabei jammernd oder bemitleidenswert zu klingen. Er analysierte seine Situation realistisch und neutral.

»Aber wer will Ihnen schaden?«, erinnerte Hauptkommissar Forster den Brauereibesitzer an seine letzte unbeantwortete Frage.

»Niemand«, kam es spontan von Herrn Lenz, bevor er seine Stirn in Falten legte und auf einen Punkt an der Wand hinter dem Hauptkommissar starrte. »Natürlich habe ich Konkurrenten. Meine recht junge Brauerei hat den alteingesessenen zwar den einen oder anderen Kunden abspenstig gemacht, doch ich kenne die Besitzer der umliegenden Brauereien, und keiner von denen würde einen Menschen töten. Wirklich nicht!«

»Geben Sie mir bitte trotzdem die Adressen der Brauereien und die Namen der Inhaber«, sagte Florian, bevor er sich einige Notizen auf einem losen Zettel machte. »Wir wissen noch nichts Genaues über den Todeszeitpunkt. Fest steht jedoch, dass die Leiche ins Bier geworfen und mitgekocht wurde. Sie lag bei der späteren Reinigung bereits im Sudkessel. Deshalb vermuten wir als Todeszeitpunkt den 21. Juni, Sommeranfang. Wo waren Sie denn, als dieser spezielle Sommersonnenwend-Sud eingebraut wurde?«

»Das war kein Bier, in dem die arme Person mitgekocht wurde, sondern Würze. Entschuldigen Sie, Herr Hauptkommissar Forster, aber ich als Braumeister kann so etwas nicht unkorrigiert lassen«, belehrte ihn Lenz. »Bier ist es erst später, wenn die Hefezellen –«

»Herr Lenz«, unterbrach Florian Forster den erneuten Monolog des Brauereibesitzers unwirsch. »Wo waren Sie zu dem Zeitpunkt, den ich Ihnen eben genannt habe? Oder war Ihr Kollege Hubertus für diesen besonderen Sud ganz allein zuständig?«

»Weder noch«, gab Lenz bereitwillig Auskunft. »Wir hatten beide Urlaub. Meinen Angestellten hatte ich bereits eine Woche vor dem besagten Sud in den Urlaub geschickt mit der Bitte, das Sommerfest ein paar Wochen später allein zu managen. Ich selbst flog am folgenden Tag nach Thailand.«

»Und wer bitteschön hat dann das Bier gemacht?«, wollte der Hauptkommissar wissen, machte sich weitere Notizen auf seinen Zettel und wartete ungeduldig auf eine adäquate Erklärung.

»Der Computer«, antwortete Lenz und lächelte überheblich. »Ich hatte ihn so programmiert, dass alles von allein lief. Über meinen Laptop konnte ich noch am Flughafen München sehen, dass alles vernünftig eingestellt ist und sich keine Fehler eingeschlichen haben. In Phuket, Thailand, habe ich dann Tage später das Ergebnis überprüft. Mit dem Sud war alles in Ordnung. Keine Fehlermeldung. Ansonsten hätte Markus kommen und manuell eingreifen müssen. Doch das war, wie gesagt, nicht nötig.«

»Verstehe. Also hat in dieser Zeit – in über drei Wochen – niemand nach Ihrer Brauerei geschaut?«

»Ich gebe zu, das war ein großes Risiko, denn der Gärprozess müsste durchaus täglich überprüft werden. Ich habe so etwas auch noch nie zuvor riskiert, aber es ging nicht anders. Der Urlaub sollte meine Ehe retten, den musste ich nehmen. Und meistens geht mit den Suden alles gut. Auch dieses Mal – dachten wir. Markus hat mir vor ein paar Tagen per Mail geschrieben, dass alles reibungslos funktioniert hat. Wäre das nicht der Fall gewesen, hätten wir für das anstehende Fest auf Lagerbestände für den Ausschank zurückgegriffen. Aber das Bier war perfekt.«

»Trotz der zersetzten Leiche im Sudvorgang?« Florian rümpfte die Nase und sah den Brauereibesitzer entsetzt an. »Gibt es nicht irgendwelche Messwerte, die durch einen mitgekochten Körper von der Norm abweichen?«

»Herrgott, das weiß ich nicht. Damit habe ich absolut keine Erfahrung, wie Sie sich denken können. Hätte ich gewusst, dass wir einen Menschen mitgekocht haben, dann hätte ich den kompletten Sud in den Kanal gelassen, das können Sie mir glauben, Herr Hauptkommissar. Doch sensorisch war alles perfekt. Das hat jedenfalls Markus gesagt, und der ist ein erfahrener Braumeister, dem ein Fehlgeschmack durchaus aufgefallen wäre.« Der smarte Brauereibesitzer Sebastian Lenz lehnte sich auf dem Stuhl zurück und fuhr sich mit beiden Händen durchs Haar. Dann lächelte er verlegen.

»Bei all der Tragik, die dieser Vorfall hat, Herr Hauptkommissar«, begann er, setzte sich wieder aufrecht hin, beugte sich vor und legte die Unterarme auf den Schreibtisch vor ihm. »Als ich erfahren habe, dass in meinem Bier ein Mensch mitgekocht wurde, ist mir eine Geschichte eingefallen, die ich während meines Studiums vor vielen Jahren gehört habe.«

Als Hauptkommissar Forster nicht nachhakte und ihn nur ausdruckslos ansah, fuhr er fort: »Es soll hier in Süddeutschland im späten Mittelalter einen Bräu, also einen Brauer, gegeben haben, der seinen Konkurrenten ermordet und anschließend den Kopf der Leiche bei all seinen Suden mitgekocht haben soll. Sein Bier war gefragt, er kam mit dem Brauen kaum hinterher und wurde reicher und reicher. Erst als der Bräu starb, fanden die Dorfbewohner die Überreste des bis dato vermissten Konkurrenten.« Lenz lachte laut auf. »Wenn einer der konkurrierenden Braumeister aus der Nachbarschaft in meinem Bier schwimmt, dann muss ich mir um meine Zukunft keine Sorgen mehr machen. Oder, Herr Forster? Vorausgesetzt, diese abstruse Legende stellt sich als Wahrheit heraus.«

»Das finde ich nicht witzig, Herr Lenz«, entgegnete der Hauptkommissar angewidert, sah Lenz ärgerlich an und schüttelte den Kopf. »Ein Mensch ist brutal zu Tode gekommen. Ihre Bemerkung ist mehr als pietätlos.«

»Ja, Sie haben recht. Das war geschmacklos«, bedauerte der Brauerei-Inhaber, nickte und schaute beschämt zu Boden. »Ich hoffe natürlich sehr, dass Sie schnell einen Schuldigen finden.«

*

Dieser Mordfall war völlig undurchsichtig. Auch nach einer weiteren Stunde Befragung kam Florian der Aufklärung keinen Schritt näher. Er hoffte, dass Ewe ihm Anfang nächster Woche sagen konnte, wer der Tote in der kochenden Würze war. Hoffentlich ließ sich nach dem stundenlangen Kochvorgang die DNA noch bestimmen. Und selbst dann musste es einen registrierten Vermissten geben, dem die DNA zugeordnet werden konnte, sonst nutzte die genetische Information wenig. Fingerabdrücke wurden in der Umgebung des Sudkessels keine gefunden. Doch vielleicht hatten sie ausnahmsweise einmal Glück im Unglück. Nächste Woche würde er zusammen mit Berthold die umliegenden Brauereien abklappern. Vielleicht fand er nicht sofort einen Täter, aber wenigstens ein Motiv wollte er so schnell wie möglich feststellen. Wenn es keine Richtung gab, in die man ermitteln konnte, vermutete man immer nur ins Blaue hinein, und dann war ein Mordfall neben all seiner Dramatik einfach nur frustrierend.

8

Die Fahndung nach der vermissten Ehefrau von Herrn Guggenmoos, den Hauptkommissar Kern und Jessica vor über einer Woche in dem kleinen Missener Hotel ermordet vorgefunden hatten, lief erst seit drei Tagen. Das lag vor allem daran, dass es Jessica nicht gelungen war, die Hamburger Kripobeamten von der Dringlichkeit zu überzeugen, ihr schnell ein Foto der Frau zu besorgen. Die Hauptkommissarin hatte die Hamburger Beamten schließlich regelrecht mit Anrufen bombardiert, doch ihre norddeutschen Kollegen ließen sich Zeit, die ihnen hier im Allgäu jetzt fehlte.

Jessica glaubte nach wie vor nicht daran, dass Frau Guggenmoos ihren Mann getötet hatte. Ihre Ermittlungen ergaben, dass die Verdächtige das Hotel, sollte sie geflohen sein, nur zu Fuß verlassen haben konnte. Ein Taxi hatte sie nicht genommen. Auch mit dem Bus war sie nicht gefahren, da die Buslinie 23, die durch Missen führte, aufgrund einer Straßenreparatur für mehrere Tage unterbrochen gewesen war.

Hätte Frau Guggenmoos dann nicht ihr eigenes Auto genommen, um schnellstmöglich wegzukommen? Der dunkelrote Mercedes allerdings stand noch immer vor dem Gasthof. Ihr gesamtes Gepäck befand sich im Hotelzimmer. Und die Jacke, die sie laut Auskunft des Hoteliers ständig getragen hatte, hing am Haken neben der Zimmertür. Das Einzige, was die Beamten der Spurensicherung nicht gefunden hatten, waren ihre Geldbörse und ihr Ausweis.

Hatte sie vielleicht einen Komplizen? Oder war die Frau entführt worden? Doch warum? Das Ehepaar Guggenmoos hatte keine Kinder und aufgrund ihres fortgeschrittenen Alters vermutlich auch keine Eltern mehr. Eine eventuelle Lösegeldforderung machte dementsprechend keinen Sinn.

Um nähere Informationen über den finanziellen Hintergrund des Ehepaares und Auskunft über mögliche Verwandte zu bekommen, hatte sich Jessica am heutigen Vormittag erneut an die Hamburger Dienststelle gewandt, die sich um die Beschaffung des Fahndungsfotos gekümmert hatte. Sie glaubte nicht daran, dass die Hamburger Kollegen diese Aufgabe schneller erledigten als die erste.

Als bereits eine Stunde später ihr Diensttelefon klingelte und das Display eine Hamburger Nummer anzeigte, traute sie ihren Augen kaum.

»Hauptkommissarin Grothe«, meldete sich Jessica, schlug die Akte zu, die aufgeschlagen auf ihren Beinen lag, und legte sie auf die Ordner auf ihrem kleinen Schreibtisch. Außer der Tastatur und dem Bildschirm passte kaum noch etwas auf die Arbeitsfläche des winzigen Tisches.

»Jessica? Bist du das?«

Die Stimme, die ihr aus der Leitung entgegenschallte, erkannte sie nicht auf Anhieb, doch sie kam ihr bekannt vor.

Der junge Mann am anderen Ende lachte. »Jessica Grothe, Herrgott noch mal, was verschlägt dich Hamburger Deern bloß zu den Schluchtenscheißern?«

»Wer spricht denn da, bitte?«, fragte sie etwas ungehalten. »Rufen Sie an, um mir die gewünschten Informationen zu Familie Guggenmoos zu geben?«

Ihr Gesprächspartner lachte erneut. »Wenigstens hast du noch diesen süßen Hamburger Schlag in deiner Stimme und bist noch nicht total bayrisch. Ich bin's, Malte Lübke, seines Zeichens der erfolgreichste und gut aussehendste Hauptkommissar Hamburgs!«

»Na, darüber lässt sich streiten«, bemerkte Jessica amüsiert. »Malte Lübke. Du hast deine Prüfung also doch noch bestanden?«

»Beim zweiten Versuch … mit Auszeichnung«, betonte er nicht ohne Stolz. »Beim ersten Mal hast du mich zu sehr abgelenkt.«

»Natürlich. Einer muss ja schuld sein.« Jessica stand auf und begann, in ihrem und Kerns Büro im obersten Stockwerk des Polizeipräsidiums umherzugehen. Ihr Kollege war diese Woche krankgeschrieben. »Du rufst an, um mir etwas zu meinem Fall zu sagen, oder?«

»Ja, aber zuerst will ich wissen, was dich nach Bayern verschlägt. Verstehst du deine Kollegen überhaupt, wenn die nur bayrisch sprechen?«

»Hier spricht niemand bayrisch. Ich bin im Allgäu!«, erklärte Jessica und erinnerte sich schmunzelnd daran, wie ihr Florian am Anfang ihrer Beziehung ausführlich die Unterschiede zwischen den Dialekten in Süddeutschland unterbreitet hatte und nebenbei erwähnte, dass es für einen Allgäuer das Schlimmste war, als Bayer betitelt zu werden. Umgekehrt war es vermutlich genauso. »Was ist jetzt mit den Finanzauskünften? Und wie kommt es, dass meine Anfrage heute so schnell bearbeitet wird?« Diesen Seitenhieb konnte sie sich nicht verkneifen.

»Meine Kollegen hatten Angst, dass du sonst wieder alle paar Minuten anrufst. Du warst ganz schön nervig. Aber das warst du schon immer.«

»Wie bitte? Ich habe hier einen Mordfall aufzuklären, da kann ich erwarten, dass man mir wichtige Informationen nicht vorenthält.«

Erneut hörte sie den Hamburger Hauptkommissar lachen.

»Dann wollen wir dir bei deinem Mordfall natürlich umgehend helfen«, sagte Malte Lübke und klang nun nüchtern und professionell ernsthaft. »Ich schicke dir nachher die Kontoauszüge von Hans und Renate Guggenmoos per Fax. Vorab ein paar Infos zum Familienhintergrund. Hast du etwas zu schreiben parat?«

*

Das Ehepaar Guggenmoos war weder sehr wohlhabend noch hatte es reiche Verwandtschaft. Scheinbar lebte nur noch eine kinderlose verwitwete Tante von Renate Guggenmoos. Eine 95-jährige Dame, die seit Jahren in einem schlichten Altenheim wohnte und an fortgeschrittener Demenz litt. Laut Malte Lübke erkannte sie nicht einmal mehr ihre Pfleger, die sie täglich betreuten, geschweige denn ihre Nichte Renate, die sie regelmäßig besuchte.

Die Kontoauszüge der Eheleute wiesen zwar monatliche Rentenbezüge auf und einen kleinen Betrag, der sich als Mieteinnahme einer Wohnung in Fuhlsbüttel entpuppte, aber alles in allem war das Ehepaar nicht reich. Bis auf ihre Eigentumswohnung in Blankenese und die kleine vermietete Wohnung hatten die beiden keinerlei Ersparnisse. Auch der Urlaub war nicht zufällig. Herr Guggenmoos war gebürtiger Allgäuer und besuchte einmal im Jahr das Grab seiner Eltern in Missen. Er hatte einen Bruder, eine Schwägerin und zwei Neffen, die sein Elternhaus in Börlas bewohnten.

Der Hamburger Hauptkommissar Lübke hatte gute Arbeit geleistet und Jessica sämtliche Erkenntnisse, Adressen und Bankdaten im Anschluss an ihr Telefonat sofort gefaxt.

»Mein aktueller Fall macht mich fertig«, begann Jessica beim gemeinsamen Abendessen mit Florian. »Wir haben überhaupt keine Anhaltspunkte. Der Täter hat keine Spuren hinterlassen und die Ehefrau ist nach wie vor verschwunden.« Sie schob ihren halb vollen Teller beiseite, verschränkte die Arme über dem Kopf und lehnte sich zurück.

Die Kinder waren zusammen mit ihrem Vater seit zwei Tagen in Hamburg. Florians Mutter Maria, die bei ihnen im Haus lebte, machte zusammen mit ihrer Freundin eine mehrwöchige Kreuzfahrt. Sie hatten sie heute gemeinsam zum Münchener Flughafen gebracht. Nun waren sie in dem alten Stadthaus für die nächsten Wochen allein.

»Mir geht es ähnlich. Isst du das nicht mehr?« Ohne eine Antwort abzuwarten, griff Florian nach Jessicas Teller und schob die Reste mit der Gabel auf seinen eigenen hinüber. »Ein gutes Rumpsteak darf man nicht verkommen lassen.«

»Ich bin kurz davor, den Suchradius auszuweiten. Die nähere Umgebung des Hotels in Missen haben wir bereits abgesucht, aber von der Frau fehlt jede Spur.« Sie seufzte erneut. »Ich hasse es, wenn ich keine Ideen mehr habe.«

»Glaubst du, die Frau ist auch tot?«

Jessica zuckte mit den Schultern.

Florian schob sich das letzte Stück Fleisch in den Mund, legte sein Besteck auf dem Teller ab und wischte sich wenig galant den Mund mit dem Handrücken ab. »Und wenn sie doch die Täterin ist?«

»Vielleicht. Aber warum? Ich finde einfach kein Motiv.«

»Eifersucht? Die beiden waren lange verheiratet. Eventuell hat er sie mit der Zeit so genervt, dass sie es nicht mehr ausgehalten hat. Oder er hat sie schlichtweg betrogen. Oder sie ihn«, tippte Florian, doch er verstand zu gut, wie ärgerlich es war, wenn man kein Motiv fand und nur spekulierte, was der Grund für einen Mord sein konnte.

»Wie sieht es denn bei dir aus?«, wollte Jessica wissen. »Habt ihr den Mann aus dem Sudkessel identifizieren können?«

»Nein, aber Ewe ist es tatsächlich gelungen, die DNA zu bestimmen.« Florian klang begeistert, als er ausführlich berichtete, was er inzwischen wusste. »Der tote Körper des Mannes hat mehrere Stunden in warmer Maische gelegen. Im Anschluss wurde er über zwei Stunden bei etwa 80 Grad gekocht und danach sorgte die Reinigungslauge endgültig dafür, dass die Knochen blitzblank waren und die Haut und die Organe sich fast komplett aufgelöst haben. Und trotz alldem haben Ewe und die Labortechniker im Rückenmark noch intakte DNA gefunden. Faszinierend, oder?«

»Aber ihr habt keine Vergleichsprobe, nicht wahr? Wird denn jemand vermisst, auf den die Angaben passen?« Jessica stand auf und begann die Geschirrspülmaschine einzuräumen.

»Das ist mein Problem«, gestand Florian. »Keine passenden vermissten Personen, die DNA nicht im System, nirgends Fingerabdrücke. Die ganze Brauerei war klinisch rein. Außer von Markus gab es keine Spuren. Fingerabdrücke von Herrn Lenz haben sie dagegen nur im Büro gefunden.«

»Meinst du, es war Markus?« Jessica drehte sich zu ihrem Freund um und sah ihn durchdringend an.

»Nein, nicht Markus. Sein Entsetzen war nicht gespielt, als er die Leiche gefunden hat. Aber ich habe noch ein weiteres Problem.« Er stand auf und griff nach der Pfanne, die noch auf dem Herd stand. Dann legte er sie in die Spüle und goss eine große Portion Spülmittel darauf.

»Was für ein Problem?« Jessica schloss die Klappe der Spülmaschine und schaltete das Gerät an.

»Ewe sagt, er habe nicht alle Körperteile gefunden. Es fehlen zwei Finger und ein kompletter Fuß. Wir haben alles abgesucht.«

»Oh je. Vielleicht hatte der Mann schon vor seinem Tod nur noch drei Finger«, sagte Jessica. »Könnte doch sein.«

»Nein, laut Ewe nicht. Die Finger sind eindeutig post mortem abgetrennt worden, wie der Fuß. Vermutlich durch das Mahlwerk im Kessel. Wann genau, also in welchem Prozess der Bierherstellung, kann man kaum sagen. Deshalb ist es schwierig zu bestimmen, ob die Teile im Treber, im Tank oder im Kanal gelandet sind. Ewe vermutet, dass es bereits vor dem Reinigungsvorgang passiert ist, weil die Bruchstellen am Knochen von dem aggressiven Reiniger ebenso stark angegriffen sind wie die restlichen Knochen, aber sicher ist er sich nicht. Wenn es so wäre, würde der Kanal wegfallen.«

»Hat man das kontaminierte Bier inzwischen nicht auch in den Kanal entsorgt?«, fragte Jessica verwirrt. »Das muss doch vernichtet werden.«

»Natürlich muss es das. Es soll Anfang nächster Woche kontrolliert aus dem Tank durch einen Filter abgelassen werden, um die eventuellen Knochenreste aufzufangen. Diesen Filter habe ich heute organisiert. Ich hoffe, er kommt morgen oder übermorgen an.«

»Verstehe. Da haben wir ja beide richtig Glück mit unseren Fällen. Scheinbar unlösbar bringt doch am meisten Spaß, oder?«

9

Hauptkommissar Forster stieg auf der Beifahrerseite des Streifenwagens aus, hielt kurz inne und rieb sich mit zwei Fingern seiner rechten Hand über die Augen.

»Soll ich allein hineingehen, Chef?«, bot Berthold an, schloss die Fahrertür und wartete, dass Florian seine Tür zuschlug, damit er das Fahrzeug mit dem Funkschlüssel verriegeln konnte.

Als der Hauptkommissar sich nicht rührte, ging Berthold um den Wagen herum und hielt seinem Vorgesetzten den Schlüssel entgegen. »Setz dich einfach wieder rein. Ich schaff das schon allein«, sagte er und konnte sich ein leichtes Grinsen nicht verkneifen.

»Ich komme mit«, beschloss Florian, ließ die Tür los, an der er sich festgehalten hatte, schwankte kurz und lehnte sich rückwärts gegen den Streifenwagen. »Gib mir eine Minute, Berthold.«

Ihre Befragung der Brauereibesitzer in der Umgebung des Baschtl-Bräu hatte er sich einfacher vorgestellt. Im direkten Umfeld des Tatortes gab es vier weitere Brauereien, die nach Aussage des Brauerei-Inhabers Lenz alle einige Kunden an ihn verloren hatten. Bei den Kunden handelte es sich um Gastwirtschaften, kleine Hotels und Pensionen, die ihr Bierangebot aufgrund der günstigeren Konditionen der Baschtl-Bräu-Brauerei in den letzten Jahren umgestellt hatten. Zwei Getränkemärkte in Immenstadt und Sonthofen hatten das Bier zwar ins Sortiment aufgenommen, doch ob es die anderen Biere verdrängte oder nur ein zusätzliches Angebot für die Kundschaft darstellte, konnte ihm weder Sebastian Lenz noch einer der drei bisher befragten Braumeister sagen. Dafür war das Baschtl-Bier in dieser Gegend noch nicht lange genug auf dem Markt. Um eine Antwort darauf zu bekommen, müsste er vermutlich in besagten Supermärkten direkt nachfragen, aber das schien Florian etwas übertrieben.

Die frische Luft tat ihm gut.

Unmittelbar an der Hauptstraße, die sich durch das Dorf schlängelte, stand das graue Gebäude mit der riesigen Glasfront an der Westseite. Gleich daneben diente ein steinerner Torbogen als Einfahrt. Er war zu einer Zeit gebaut worden, als noch Kutschen das Bier abholten. Die großen Sattelschlepper und Biertransporter von heute passten nicht durch das Steintor. Für sie gab es eine weitere Einfahrt etwa 50 Meter weiter hinter dem Gebäude.

Der Besucherparkplatz der Brauerei lag auf der gegenüberliegenden Straßenseite und war leicht abschüssig. Durch ein paar alte Weiden konnte man etwas entfernt, umringt von Wiesen, den Großen Alpsee sehen.

»Wie heißt denn hier der Braumeister?«, wollte Florian wissen und versuchte, mit Berthold Schritt zu halten. Sie überquerten die Straße und gingen auf das Tor zu. »Damit ich vorbereitet bin«, fügte er hinzu und bewunderte im Vorbeigehen die großen Kupferkessel des alten Sudhauses, die man durch die Glasscheibe sehen konnte.

»Der Braumeister ist ein gewisser Herr Voßkugler, der Brauereibesitzer heißt Rosenberger«, erklärte Berthold, blieb stehen und drehte sich zu dem Hauptkommissar um. »Aber das habe ich dir im Auto schon erzählt.«

»Ja, ich erinnere mich.« Florian rieb sich wieder die Augen und fuhr sich mit beiden Händen durch sein Haar.

»Herrgott, Berthold. Sag mir, wie du es schaffst, das Bier abzulehnen, wenn man es dir anbietet? Ich packe auf gar keinen Fall eine weitere Maß«, jammerte er. Verstohlen spähte er durch das Tor in den Innenhof der Brauerei, doch dort war keine Menschenseele zu sehen. Vermutlich war gerade Mittagspause.

»Es gibt Männer«, begann Berthold und versuchte, nicht allzu breit zu grinsen, »die können einfach keiner Versuchung widerstehen, sagt meine ältere Schwester Angela immer. Und jetzt weiß ich auch, was sie damit meint. Du kannst nicht Nein sagen, Chef. Jedenfalls nicht zu Bier.«

»Doch, das kann ich. Ich bin schließlich im Dienst«, beschloss Florian und klang sehr überzeugt. »Sag mir nur, wie du es machst, Berthold. Du musstest noch überhaupt nichts trinken. Und mir drängen sie das Bier immer auf, obwohl ich dankend ablehne.«

Bertholds Tipps beherzigte Florian nur wenig später im Gärkeller, der im zweiten Untergeschoss der Brauerei lag. Hier war es feucht und kalt. Kondenswasser tropfte von der Decke und überzog die großen liegenden Edelstahltanks mit einer nasskalten Schicht. Schon auf der Treppe nach unten hatte er die Hände tief in die Hosentaschen geschoben. Obwohl er unten beinahe gestolpert und hingefallen wäre, weil er mit dem Fuß an einer erhöhten Türschwelle hängengeblieben war, ließ er die Hände, wo sie waren. Er schaute sich interessiert um und vermied es, den Braumeister und den Brauereibesitzer, die sich beide mit in den Keller bemüht hatten, länger als nötig anzusehen.

»Sie müssen unser Bier probieren, Herr Hauptkommissar«, sagte Herr Rosenberger, der Brauereibesitzer. »Es ist das beste hier im Allgäu. Wir sind mehrfach ausgezeichnet worden. Unser Braumeister Voßkugler ist ein wahres Genie in seinem Fach und bereits seit über 15 Jahren bei uns«, lobte der Eigentümer der Brauerei.

Florian hörte diese und ähnliche Worte bereits zum vierten Mal am heutigen Tag. Auch vier Brauereibesichtigungen hatte er inzwischen durch.

»Bitte machen Sie uns die Freude und probieren Sie selbst. Es wird Ihnen munden, Herr Hauptkommissar.« Rosenberger griff nach einem Maßkrug.

Bevor er ihn unter den kleinen Hahn halten konnte, der das Bier ausließ, schüttelte Florian heftig den Kopf. »Recht herzlichen Dank, aber wir sind im Dienst«, sagte er und wechselte schnell das Thema. »Kennen Sie Herrn Lenz, den Besitzer des Baschtl-Bräu, auch persönlich?«

»Aber klar.« Es war Braumeister Voßkugler, der die Frage beantwortete. »Wir haben einen jährlichen Stammtisch, der rotierend in jeder Brauerei im gesamten Allgäu stattfindet. Im letzten Jahr hat unser Betrieb ihn veranstaltet. Herr Lenz besucht den Stammtisch regelmäßig seit mehreren Jahren. Der Mann ist zwar sehr von sich überzeugt und etwas überheblich, aber immer höflich und versteht sich mit jedem«, fügte Voßkugler hinzu, ohne dass Florian danach fragte. »Der Vorfall in seiner Brauerei ist tragisch, doch Sie liegen mit Ihrer Vermutung falsch, Herr Forster. Das Biergeschäft ist heute nicht mehr leicht, die Absatzmärkte sind hart umkämpft. Aber wir sind die älteste Brauerei in der Region und haben eine ausreichend große Stammkundschaft, die uns die Treue hält. Ebenso geht es den anderen Brauereien in der Region. Die Baschtl-Brauerei hat nur eine kleine, unbedeutende Nische gefüllt.«

Auch diese Einschätzung hörte Florian Forster am heutigen Tag nicht zum ersten Mal. Ein Motiv für einen Mord oder auch nur einen Sabotageakt konnte er in keiner der Brauereien sehen.

»Könnte die von Ihnen erwähnte *überhebliche Art* des Brauereibesitzers eventuell bei irgendjemandem für Unmut gesorgt haben?«, fragte Berthold, der an der Türschwelle zum Kellerraum stehengeblieben war und bisher nur still beobachtet hatte. »Manche Menschen mögen keine Angeber«, fügte er erklärend hinzu.

Doch der Brauereibesitzer schüttelte nachdenklich den Kopf. »Das kann ich mir nicht vorstellen. Wer ihn nicht mag, meidet ihn. Und so schlimm ist es gar nicht mit seiner Prahlerei«, überlegte Rosenberger und schüttelte seinen Kopf erneut, dieses Mal etwas energischer.

»Na ja«, mischte sich Voßkugler ein. »Es gab da einen Vorfall auf dem letztjährigen Brauereifest in Sebastians Brauerei. Ein Gast hat ihm eine verpasst. Lenz hatte sogar eine kleine Platzwunde an der Stirn. Soviel ich weiß, hat er den Vorfall jedoch nicht angezeigt. Obwohl damals die Polizei dort war. Lenz hat gemeint, der Kerl hätte wohl zu tief ins Bierglas geschaut, und wollte nicht, dass er unnötig Scherereien bekommt.«

»Und wer war der betrunkene Schläger?«, wollte Florian wissen. Wenn der Vorfall nicht angezeigt worden war, lagen die Personalien des Angreifers im Präsidium höchstwahrscheinlich auch nicht vor.

»Das weiß ich nicht. Ich war nicht dabei, sondern habe nur davon gehört. Die Polizeibeamten sind schnell wieder abgezogen und der wütende Faustschwinger ebenso«, erklärte Voßkugler und grinste. »Betrunkene gibt es auf solchen Festen immer. Manche sind friedlich, manche rasten halt aus.«

Nach ein paar weiteren Fragen wollte Florian sich

schließlich verabschieden und streckte den beiden Männern seine Hand entgegen.

Brauereibesitzer Rosenberger drückte ihm den inzwischen vollen Maßkrug in die Hand und griff nach einem zweiten. »Dann vielen Dank für Ihren Besuch in unserer Brauerei, Herr Hauptkommissar. Auf erfolgreiche Ermittlungen und dass niemals das Bier ausgehen möge in unserem schönen Allgäu. Prost!« Er schlug den Glaskrug an denjenigen des Hauptkommissars und nahm einen großen Schluck.

Einige Sekunden lang starrte Florian auf die perfekte Schaumkrone seines Bieres. Dann seufzte er ergeben und nickte. »Auf Ihre Brauerei, Herr Rosenberger. Herr Voßkugler«, wandte er sich auch an den Braumeister, »dann werde ich doch mal probieren, was Sie hier Herrliches zusammengebraut haben.«

10

Neben dem großen Edelstahltank, dem ersten an der linken Außenwand des Stallgebäudes, stand Sebastian Lenz, der Brauereibesitzer. Heute trug er das dunkelblaue Firmen-Poloshirt mit dem Brauereiemblem und eine Arbeitshose in der gleichen Farbe. Er sah besorgt aus, half aber bereitwillig mit, als sein Angestellter Markus Hubertus zusammen mit zwei Beamten der Spurensicherung den schweren Schlauch an den Ablauf des Tanks anbrachte und das andere Ende über den großen, unten offenen Behälter mit dem feinmaschigen Stahlsieb hängte.

»Sie können sich nicht vorstellen, Herr Hauptkommissar«, sagte Lenz zu Florian Forster, der mit etwas Abstand vor der Tür zum Labor die ganze Aktion beobachtete, »wie mir das alles in der Seele schmerzt. Bier in den Kanal zu lassen ist immer schrecklich, doch dieses Bier war etwas ganz Besonderes.«

»Ja, allerdings«, bemerkte der Hauptkommissar sarkastisch. »Da lag eine Leiche drin.«

Sebastian Lenz zuckte bedauernd mit den Schultern und blickte bestürzt zu Boden. »Natürlich, das stimmt. Und das ist fürchterlich«, begann er, sah dann auf und schüttelte den Kopf. »Doch abgesehen von all diesen grauenvollen Umständen war mein Bier etwas Einmaliges. Es war mein Zehnjahres-Sud, ein Jubiläumsbier, ein besonderer Sud mit einer neuen Rezeptur, die ich vor über einem Jahr entwickelt habe und die extra für den zehnjährigen Brauereigeburtstag aufgespart wurde. Dieses Bier habe ich bereits beworben und die Nachfrage war riesig. Damit wären auf einen Schlag und in kürzester Zeit ein Fünftel meiner Schulden getilgt gewesen. Und jetzt …«, er seufzte laut.

»Markus hat mir vorhin erzählt, dass ein gewisser Herr Ferdinand Köbler sich hier ein paar Wochen vor Ihrem Urlaub unheimlich aufgeführt haben soll«, wechselte Florian Forster das Thema. »Ist das der gleiche Mann, der Ihnen auf dem Fest im letzten Jahr die Platzwunde verpasst hat?«

»Ach, der Köbler«, schmunzelte Lenz und schüttelte seinen Kopf. »Der hat mir sicher keine verpasst. Der ist fast 80 Jahre alt und eigentlich ein guter Kunde. Leider etwas cholerisch veranlagt. Ich hatte Mühe, ihn wieder aus der Brauerei hinauszubefördern. Ihm gehört eine Gastwirtschaft in Sonthofen, die wir seit etwa einem Jahr beliefern.«

»Wir wären dann so weit«, hörte Florian Markus rufen, bevor er nach den genauen Umständen des cholerischen Anfalls von diesem Herrn Köbler fragen konnte. »Sollen wir den Wechsel jetzt öffnen?«

Der Hauptkommissar nickte. Braumeister Hubertus griff nach dem Wechsel und ließ das Bier aus dem Tank durch den Schlauch und durch das Sieb in den Kanal ab.

»Die Bierproben habt ihr genommen, oder?« Die Frage kam vom Chef persönlich. »Sie sagten, Sie bräuchten noch Proben fürs Labor«, wandte sich Lenz erneut an den Hauptkommissar.

»Ja, die Proben sind schon in meinem Auto«, antwortete Florian dem Brauereibesitzer und wies mit seiner Hand zum einzigen Fenster auf dieser Hausseite. Dahinter befand sich der Parkplatz.

»Und es ist wirklich nur in diesem Tank Bier vom Sonnenwend-Sud? Was enthalten die anderen?« Florian hatte bei seinen gestrigen Brauereibesichtigungen gelernt, dass Bier zur Lagerung gekühlt werden musste. Die zwei Tanks neben demjenigen, aus dem gerade das Bier abgelassen wurde, waren feucht von Kondenswasser. Also waren sie kälter als die Raumtemperatur und beinhalteten folglich Bier.

»In Tank fünf und sechs ist unser Helles. Das wird morgen abgefüllt und geht noch am selben Abend raus«, erklärte Lenz und wies mit dem Daumen auf das große Plakat hinter ihm direkt neben der Tür zum Büro.

»›Hüttenzau-Bier, kristallklar wie das Wasser der Starzlach‹«, las Florian vor. »Sie nehmen Wasser aus der Starzlachklamm zum Bierbrauen?«

Lenz schmunzelte. »Aber klar«, sagte er, lachte dann laut und zwinkerte dem Hauptkommissar zu. »Die Starzlach entspringt irgendwo zwischen dem Grünten und dem Wertacher Hörnle, fließt unweit von hier vorbei und mündet in die Ostrach. Wir haben einen eigenen Brunnen hinter der Brauerei und benutzen zusätzlich Stadtwasser aus der Leitung. Beides kommt ursprünglich aus den Bergen, also das Stadtwasser vermutlich auch aus der Starzlach. Wir werben nur mit Tatsachen!« Er zwinkerte erneut. »Wollen Sie unser Hüttenzau-Bier mal probieren, während wir hier warten?«

Hauptkommissar Forster schüttelte etwas zu heftig seinen Kopf und schob instinktiv beide Hände in die Hosentaschen. »Ich bin im Dienst.«

»Haben Sie denn den Treber, den Bauer Schöller abgeholt hat, inzwischen untersucht?«, wollte Lenz wissen, kam zum Hauptkommissar herüber und lehnte sich mit dem Rücken an die Wand neben der Tür zu seinem Büro. »Der Treber war noch nicht an das Vieh verfüttert, nehme ich an.«

»Nein, war er nicht. Da hatten wir Glück«, sagte Florian, ohne die zwei Beamten und Markus aus den Augen zu lassen, die bisher nichts gefunden hatten. »Der Treber ist beschlagnahmt, der Container versiegelt. Wir kümmern uns darum, sobald wir diese Aktion abgeschlossen haben. Wenn wir hier keinen Erfolg haben, hoffen wir auf den Treber.«

»Verstehe. Dann drücke ich die Daumen, dass Sie etwas finden.«

Davon ging der Hauptkommissar nicht aus, obwohl er ebenfalls darauf hoffte. Dass man im Treber, also in über einer Tonne breiiger Getreidesubstanz, ein paar Knochen oder kleine Knochensplitter finden konnte, hielt er erst recht für ausgeschlossen. Dann eher noch im Bier. Aber Markus Hubertus hatte erklärt, dass die Flüssigkeit vom Sudkessel durch eine Pumpe in den Tank geleitet wurde. Diese Pumpe blockierte bei größeren Fremdkörpern. Da die Befüllung des Tanks jedoch ohne Störung verlaufen war, dürften im Bier keine Feststoffe sein.

Umso erstaunter war Florian, als jemand plötzlich rief: »Da, das könnte ein Teil eines Fußes sein!«

*

Das Gebäude schien noch vor den zwei Weltkriegen gebaut worden zu sein. Die Wände waren schief, die Decken niedrig und mit dunklen, schweren Holzbalken gestützt. Kleine Holzfenster gaben den Blick zur Straße und Richtung Westen zum hübsch dekorierten Biergarten frei, der ringsum mit einer hohen Mauer von Nebengebäuden und der Straße abgegrenzt und wunderbar schattig von der riesigen Krone eines imposanten Kastanienbaumes überspannt war.

Die Inneneinrichtung wirkte etwas altmodisch, doch sauber und einladend. Auf den Fensterbänken standen Töpfe mit frischen, üppig blühenden Pflanzen. Die Bedienungen trugen allesamt Dirndl oder Tracht und übertrumpften sich regelrecht mit Freundlichkeit und Aufmerksamkeit.

Ferdinand Köbler bildete allerdings eine krasse Ausnahme.

»So a sau-seggl-bleder Siach!«, schrie er und schwang dabei drohend seine Faust. »Der will eisr G'schäft am End no ganz himacha!«

Die wenigen Gäste, die sich im Inneren der Gastwirtschaft aufhielten, drehten sich irritiert um.

»Sie mögen den Herrn Lenz nicht. Das habe ich bereits verstanden«, sagte Florian und hob beschwichtigend die Hände. »Was hat er Ihnen denn getan? Sie haben ihn Anfang Juni in seiner Brauerei aufgesucht. Was wollten Sie von ihm?«

»Des goht di an alta Scheiß a, was i mit deam do zum Schaffa g'hett hob«, brüllte Köbler. »Au wenn du moinsch, weil vo dr Polizei bisch, du wärsch ebbs B'sonders. Mei Zuig regel i immer no ganz alloi.« Er fuchtelte wieder mit der Faust vor Florians Gesicht, machte aber keine Anstalten, ihn tatsächlich anzugreifen.

»Jetzt lass aber mal guat sei, Vattr«, mischte sich eine Frau in einem teuren dunkelgrünen Dirndl ein, griff nach der erhobenen Faust ihres Vaters, drückte sie herunter und schob den alten Herrn mit sanfter Gewalt hinter den Tresen und durch die Tür zur Küche. Dann kam sie zurück und sah den Hauptkommissar verlegen an.

»Entschuldigen Sie bitte den Auftritt vo mei'm Vattr«, sagte sie bedauernd. »Er isch manchmal a bizla schwierig.«

»Schon gut. Aber was meinte Ihr Vater denn damit, dass Lenz ihn ruinieren wolle? Gibt es Ärger mit dem Besitzer des Baschtl-Bräu?«, fragte der Hauptkommissar, setzte sich auf einen der Hocker direkt an der Theke und legte seinen linken Arm auf die glatte, frisch polierte Holzfläche des Tresens. »Ich habe auf der Speisekarte gelesen, dass Sie in Ihrer Wirtschaft fast ausschließlich Baschtl-Bier anbieten.«

»Des stimmt scho«, bestätigte die Frau, die Florian auf etwa 50 Jahre schätzte. »Mit dem Bier an sich hot's no nie Probleme geba.«

»Und was regt Ihren Vater dann so auf?«

»Ach, dr Vattr«, lachte sie, rieb sich mit dem Handrücken über die Stirn, griff über die Theke und angelte sich ein Glas Wasser, das dort stand und nur noch halb gefüllt war. »Derf i Ihnen au was anbieten, Herr Hauptkommissar? Goht natürlich aufs Haus.« Ihr letzter Satz war nur geflüstert und sie sah verstohlen zur Küchentür, als befürchtete sie, ihr Vater würde gleich wieder herausstürmen. Vermutlich mochte er es gar nicht, wenn sie Freigetränke ausschenkte.

»Vielen Dank«, winkte Florian ab und schüttelte den Kopf. »Können Sie mir sagen, wo Ihr Vater um den 21. oder 22. Juni war?«

»Wenn Sie glauben, er hat was mit dem Toten im Bier zu tun, dann irren Sie sich, Herr Forster.« Sie schmunzelte. »Dr Vattr beffzgat bloß, der hot no nie jemand bissa. Und er hot ja au eigentlich gar koin Grund, sich über dr Sebastian Lenz zum ärgra«, erklärte sie dem Hauptkommissar, nahm einen großen Schluck aus ihrem Wasserglas und platzierte es wieder hinter dem Tresen. »Er regt sich bloß so unbandig auf, weil dr Lenz im Frühjahr den Hektoliterpreis fürs Hüttenzau-Bier angehoben hat. Des Bier lauft bei uns super. Dr Vattr luagat scho seeeehr aufs Geld, aber er weiß au, dass der Preis immer no unter dem von dr Konkurrenz liegt, und er dät sich lieber an Arm abreissa, als auf des guate und vergleichsweise ginschtige Bier vom Lenz zum verzichta.«

»Der Huara-Siach isch so a Lumpabeitel, so a kreuzdepperter«, hörte Florian den Gastwirt aus der Küche fluchen. Er stand auf, lächelte und hob zum Abschied die Hand.

»Und der neugierige Polizischt kriagt koi Freibier. Koi oinzige Halbe. Hosch mi verstanda?! Mir sind doch itt bei dr Wohlfahrt!«

*

Im Labor der Rechtsmedizin lief die Klimaanlage tadellos. Im Gegensatz zu ihrem Büro unterm Dach des Präsidiums oder der Hitze draußen war es hier herrlich kühl und angenehm erfrischend.

»Wenn es bei dir nicht so streng riechen würde, würde ich glatt mit dir tauschen, Ewe«, begrüßte Jessica den Rechtsmediziner und besten Freund von Florian. »Was ist das überhaupt für ein penetranter Geruch? Sonst riecht es hier immer wie beim Zahnarzt. Heute allerdings mehr nach … Stinkefüßen.«

Ewe lachte schallend. »Das sind gekochte Schweinshaxen. Ich experimentiere gerade etwas herum.«

»Also Eisbeine«, sagte Jessica und sah sich um. Über einem Bunsenbrenner am Labortisch stand ein Topf mit kochendem Wasser. »Und was gibt's dazu? Sauerkraut?«

»Das ist eine Versuchsreihe. Schweinefleisch hat verglichen mit Menschenfleisch ähnliche Parameter und reagiert deshalb nahezu identisch. Ich will sehen, was mit Fleisch und Knochen beim Kochvorgang während der Bierherstellung passiert. Laut Florian behauptete der Braumeister nämlich, im Bier können keine Knochen sein. Aber sie haben welche gefunden. Falls du sie sehen willst – die Überreste liegen dort drüben.« Er zeigte auf eine kleine silberne Schale auf einem glänzend polierten Untersuchungstisch.

Jessica ging zum Tisch hinüber und sah neugierig in die Schüssel hinein. »Und das Wenige hier soll zusammen einen ganzen Fuß und zwei Finger ergeben?«, fragte sie verwundert, als sie nur fünf kleine Knochensplitter entdeckte.

»Nein«, bestätigte Ewe. »Das sind nur Splitter eines Mittelfußknochens. Mehr war nicht in dem Bier. Jetzt müssen wir den Container mit dem Treber durchsuchen.«

»Verstehe. Und wenn die Knochen durch den Gulli in der Kanalisation gelandet sind?«

»Das wäre zwar möglich, aber auch in den Abflüssen gibt es Filter. Die sind zwar recht grob und fangen nicht alles auf, doch so ein Fersenknochen lässt sich nicht so leicht zertrümmern. Zumindest den hätten wir in den Sieben gefunden. Da war jedoch nichts.« Ewe ging zum Topf mit dem Eisbein und prüfte die Temperatur. »Ich darf nicht über 80 Grad kommen«, erklärte er und stach vorsichtig mit einem Messer in das Fleisch. Dann überprüfte er den Wecker neben dem Topf. »Nur noch 25 Minuten und das Teil macht keine Anstalten, sich vom Knochen zu lösen.«

»Kannst du mir inzwischen mehr zu meiner Leiche sagen?«, wechselte Jessica das Thema. Schließlich war sie gekommen, um neue Ideen für ihre eigene Ermittlung zu bekommen. »Irgendetwas, das mir weiterhilft? Ich bin echt verzweifelt, Ewe.«

Der Rechtsmediziner drehte sich zu der Hauptkommissarin um, schob die Hände in seine Hosentaschen und lehnte sich an die Arbeitsfläche neben dem Bunsenbrenner. »Dass der tiefe Schnitt in der linken Körperseite des Opfers die Todesursache war, habe ich dir bereits in meinem Bericht mitgeteilt. Die Niere und ein Teil des Darms wurden dabei zerstört. Der Dolch, der im Hals des Opfers steckte, war auch für die Nierenverletzung verantwortlich.«

»Ja, das habe ich gelesen. War der Angriff mit dem Dolch sofort tödlich? Du hast die Anzahl der kreuzförmigen Schnitte dokumentiert und eine These formuliert. Du glaubst, dass der Täter den stehenden Herrn Guggenmoos von hinten angegriffen und ihm den Messerstich in die Seite zuerst zugefügt hat. Aber das Blut war doch auf dem Bett. Hat er ihn dann auf dem Bett angegriffen?«, fragte Jessica, zückte ihr Smartphone und rief ihr Notizbuch auf, für den Fall, dass sie Informationen, die sie hoffentlich von Ewe bekam, aufschreiben musste.

»Das ist alles so weit richtig«, erklärte der Rechtsmediziner und lächelte. »Eine gute Frage, Jessica. Ich kann nur Vermutungen anstellen, aber der Winkel der Einstichstelle lässt eigentlich nur eine Möglichkeit zu. Guggenmoos muss gestanden haben, als ihn der Messerhieb traf.«

»Und wieso war auf dem Teppich dann kein Blut? Dort, wo der Mann gestanden hat, meine ich«, sagte Jessica. »Wird man nach so einem Angriff sofort bewusstlos oder ist man noch irgendwie handlungsfähig?«

»Du meinst, ob Herr Guggenmoos sich noch wehren konnte?«, fragte Ewe, und als Jessica nickte, fügte er hinzu: »Das ist durchaus möglich, doch im Fall von Herrn Guggenmoos habe ich keine Abwehrverletzungen gefunden. Außerdem würde das wiederum eher für Blut auf dem Teppich sprechen. So vermute ich hingegen, dass der Dolch so lange in der Wunde steckte, bis der Mann auf dem Bett lag. Dann wurde er herausgezogen und das Blut konnte ungehindert fließen, wie Wein aus einer entkorkten Flasche. Er hat nur noch kurz gelebt, maximal zwei oder drei Minuten.«

»Also muss der Täter das Opfer auf dem Bett hingesetzt haben«, überlegte Jessica, tippte ihre Informationen in das Smartphone und sah zu Ewe auf. »Der Mann ist vielleicht auf das Bett gefallen oder geschubst worden, aber er hat sich nach einer solchen Verletzung bestimmt nicht so an das Kopfteil des Bettes gesetzt, wie wir ihn aufgefunden haben. Oder?«

»Das glaube ich auch nicht«, bestätigte der Rechtsmediziner nickend.

»Dann kann es die Ehefrau nicht sein«, war sich Jessica sicher. »Laut Foto, das nach Auskunft der Hamburger Kripo kein Jahr alt ist, ist die Frau schmal und zierlich, der Ehemann wog aber bestimmt 90 Kilo.«

»95,8 Kilo«, warf Ewe ein und fing sich einen dieser strengen Blicke ein, von denen Florian ihm berichtet hatte. Sie trafen seinen besten Freund immer dann, wenn Jessica anfing, leicht gereizt auf Florian zu reagieren. Ewe grinste und zwinkerte ihr zu.

»Der Mann war auf jeden Fall viel zu schwer für die Frau. Sie hätte das nicht allein geschafft«, überlegte Jessica. »Sie kann es nicht gewesen sein.«

»Oder sie hatte einen Komplizen«, sagte Ewe, griff nach dem Messer, drehte sich um und stach erneut prüfend in das heiße Schweinefleisch. »Das hier wird nichts. Irgendetwas stimmt nicht. Florian soll noch mal nachfragen, ob die Kochzeiten stimmen, oder ob wir das falsch verstanden und aufgeschrieben haben. Mit den bisherigen Angaben funktioniert es nämlich nicht.«

11

Der Mann ihr gegenüber hatte eine erschreckende Ähnlichkeit mit Hans Guggenmoos, dem Mordopfer aus dem Gästezimmer des Missener Hotels. Obwohl er ein paar Jahre jünger und gute 20 Kilogramm leichter war als sein Bruder, hätten sie rein optisch eineiige Zwillinge sein können.

»Haben Sie meinen Bruder … gesehen … dort in dem Hotelzimmer?«, fragte Leopold Guggenmoos. Seine Stimme klang gebrochen und etwas heiser. Er schenkte der Hauptkommissarin einen Kaffee ein und hatte Mühe, die Thermoskanne ruhig zu halten, denn seine Hände zitterten. »Ich meine … haben Sie gesehen … ähm … Hat er sehr gelitten?« Seine Frau, die neben ihm am Esstisch saß, legte ihm tröstend die Hand auf den Unterarm, als Herr Guggenmoos die Kanne abgestellt hatte und die Hände vor sich auf die bestickte Tischdecke legte. »Ich weiß nur …«, fuhr er fort, schloss die Augen und seufzte. »Man hat uns nur erzählt, dass er erstochen wurde. Und ich hoffe jetzt … Ich hoffe …«

»Ich werde Sie nicht belügen, Herr Guggenmoos«, begann Jessica, griff über den Tisch und legte ihre Hand auf seine. »Die … ähm … Der Körper ihres verstorbenen Bruders war kein schöner Anblick. Doch ich habe mit unserem Rechtsmediziner gesprochen und er hat mir versichert, dass Ihr Bruder sofort tot war. Er hat nicht leiden müssen. Das ist nur ein kleiner Trost in der schweren Zeit, die Sie gerade durchleben«, versuchte sie, den trauernden Mann zu beruhigen, und ließ seine Hand wieder los. »Es tut mir unendlich leid.«

»Danke.« Herr Guggenmoos versuchte zu lächeln. »Das ist tatsächlich ein wenig tröstlich.«

Weil ihr Kollege Detlef Kern immer noch krankgeschrieben war, hatte sich Jessica entschlossen, das Ehepaar Guggenmoos allein aufzusuchen, obwohl sie vieles dafür gegeben hätte, wenn Detlef ihr die Lüge abgenommen hätte. Das Mordopfer musste laut Ewe mehrere Minuten leiden. Jeder, der sich schon einmal schwer verletzt hatte, konnte nachempfinden, wie schrecklich lang ein paar wenige Minuten waren, wenn man unerträgliche Schmerzen hatte. Aber das musste der Bruder des Opfers nicht wissen. Er hatte es schließlich schon schwer genug.

»Ihr Bruder Hans und seine Frau haben hier im Allgäu Urlaub gemacht. Warum haben die beiden sich ein Zimmer in einem Gasthof genommen? Ihr Haus ist doch groß genug«, begann Jessica mit der Befragung, nachdem Leopold Guggenmoos sich ein wenig beruhigt hatte. Das Wohnzimmer, in dem sie saßen, maß schätzungsweise 40 Quadratmeter. Die Diele gleich am Eingang war ähnlich groß. Das gesamte Haus hatte zwei komplette Etagen plus ausgebautem Dachboden. »Warum haben die beiden nicht bei Ihnen in einem Gästezimmer gewohnt?«

»Oh nein, das haben sie nie gemacht«, lachte Frau Guggenmoos. »Mein Schwager und meine Schwägerin sind absolute Frühaufsteher und wollten uns nicht stören, obwohl wir ihnen immer wieder versicherten, dass es uns nichts ausmacht.« Dann sah sie die Hauptkommissarin ernst an. »Ich kann es immer noch nicht begreifen«, flüsterte sie. »Wären sie hier gewesen, wäre mein Schwager noch am Leben.«

»Haben Sie schon eine Spur von Renate?«, wollte Leopold Guggenmoos wissen. »Ich bete jeden Tag dafür, dass sie noch am Leben ist.«

»Leider hat unsere Fahndung bisher nichts ergeben«, gab Jessica zu. »Eine Entführung kann jedoch inzwischen mit großer Sicherheit ausgeschlossen werden, denn dann hätte sich bereits jemand mit einer Forderung gemeldet. Wann haben Sie die beiden das letzte Mal gesehen?«

»Zur Taufe unseres Enkelsohnes. Am Sonntag vor …«, Leopold Guggenmoos seufzte vernehmlich, bevor er seinen Satz beendete, »… vor dem Mord.«

»Verstehe.« Die Hauptkommissarin zog ihr Smartphone aus der Hosentasche und rief den Kalender auf. Dann notierte sie das Datum in ihrem Notizbuch.

»Aber telefoniert haben wir noch am Dienstag in der Früh.« Die Stirn von Frau Guggenmoos zierten tiefe Falten, als sie angestrengt nachdenkend auf ihre Hände starrte. »Ja, am Dienstag, ich musste Renate am Telefon abwürgen, weil ich einen Arzttermin hatte. Sie sagte, sie wollten einen Ausflug machen ins Kleinwalsertal. Es gibt dort ein nettes Lokal, in dem die beiden sich vor Jahren kennengelernt hatten. Es war …« In ihren Augen standen Tränen, als sie zur Hauptkommissarin aufsah. Ihr Mann nahm ihre Hand und drückte sie sanft. »An diesem Dienstag war ihr 40. Hochzeitstag.«

Jessica hielt einen Moment inne und wartete, bis Frau Guggenmoos mit einem Papiertaschentuch ihre Tränen getrocknet hatte, bevor sie ihre Befragung fortsetzte. Als die Frau ihr gegenüber zaghaft lächelte und ihr zunickte, wollte Jessica wissen, warum sie und Leopold nicht beunruhigt waren, als sie nach diesem Dienstag mehrere Tage nichts von Hans und Renate gehört hatten. Außerdem ließ sie sich noch einmal ausführlich über die finanziellen Hintergründe informieren und fragte schließlich, ob die Ehe glücklich war.

»Die Ehe war durchweg glücklich. Die beiden waren ein Herz und eine Seele. Mein Bruder hat seine Frau über alles geliebt. Ihretwegen hat er auf das Recht des Älteren verzichtet, unser Elternhaus zu erben«, berichtete Leopold Guggenmoos. »Unsere Eltern sind früh gestorben. Ich konnte meinem Bruder Hans nur einen kleinen Teil seines Erbes am Haus auszahlen, ansonsten hätte dieses Haus verkauft werden müssen. Er wohnte damals bereits mit Renate in Hamburg. Hans kaufte sich von dem Geld eine kleine Wohnung und vermietete sie. Hätte er auf seinen gesamten Anteil bestanden, hätte er sich drei solcher Wohnungen leisten können. Dieses Haus ist viel wert. Doch er hat verzichtet. Er war ein guter, großzügiger Mann.«

Als Jessica nach über zwei Stunden das große Bauernhaus der Familie Guggenmoos verließ, in ihr Auto stieg und vom Grundstück fuhr, war sie nicht schlauer als zuvor. Sie hatte gehofft, einen Hinweis zu bekommen auf ein mögliches Motiv. Weder der ermordete Mann noch seine Frau hatten Freunde in der Gegend, die sie zusätzlich befragen konnte. Wenn sie doch nur die verschwundene Ehefrau Renate endlich aufspüren würde. Immerhin hatte sie die Bestätigung, dass die Vermisste ein Handy besaß. Anhand einer Ortung könnte sie vielleicht etwas mehr Licht ins Dunkel bringen und die Frau aufspüren. Jessica hoffte, dass Renate Guggenmoos den entscheidenden Hinweis zur Lösung ihres Falles geben konnte.

12

Endlich machten die Polizeibeamten ihre Arbeit richtig.

Seit Tagen beschattete er das Haus. Bereits vor über einer Woche hatte er gehofft, dass sich seine Aufgabe hier erledigt hat, als zwei Beamte zur Wohnung gefahren und im Mehrfamilienhaus gegenüber verschwunden waren. Doch bereits nach wenigen Minuten waren die zwei unverrichteter Dinge wieder herausspaziert, ohne die Leiche gefunden und ohne den geringsten Verdacht geschöpft zu haben. Dämliches Gesindel.

Dieses Mal allerdings waren erheblich mehr Beamte vor Ort, außerdem parkte der Firmenwagen eines ortsansässigen Schlüsseldienstes in der schmalen Gasse vor dem Haus und blockierte die enge Straße. Hier im Stadtteil Blankenese standen die Häuser nah beieinander und die meisten Zufahrten waren nur für kleine Autos geeignet. Stellplätze entlang den Straßen waren Mangelware. Viele Anwohner parkten deshalb weiter weg in extra angelegten Parkbereichen und gingen zu Fuß über kleine Treppen oder schmale steile Wege zu ihren Wohnungen und Häusern. Die exklusive Hanglage, die auch den Häusern in dritter, vierter und fünfter Reihe zum Elbstrand einen unverbaubaren Blick auf den Fluss boten, machte die Straßenführung nicht gerade einfacher, verlieh diesem außergewöhnlichen Stadtteil aber ein ganz besonderes Flair.

Wieso sie erst heute kamen, war ihm schleierhaft. Immerhin hatte er den Ermittlern den Weg auf jede erdenkbare Weise geebnet. Kurz vor dem Besuch der ersten Beamten hatte er die Bankkarte der Frau mehrfach benutzt und Geld von ihrem Konto abgehoben. Außerdem hing ihr Handy seit fast zwei Wochen eingeschaltet am Ladegerät in ihrer Wohnung. Warum hatten sie es bisher nicht geortet? Wie dämlich musste man eigentlich sein, um zur Polizei zu kommen?

Er hatte schon so viel Zeit vertrödelt, die er sinnvoller hätte nutzen können. Sogar seinen Urlaub musste er bereits zweimal verlängern. Jetzt konnte er endlich wieder nach Hause fahren und sich seiner eigentlichen Aufgabe widmen und beenden, was er angefangen hatte.

Als einer der jüngeren Beamten aus dem Haus trat, sein Handy zückte, wild gestikulierend telefonierte und gleichzeitig den zwei Verkehrspolizisten am Gartentor Befehle zurief, nickte der Mann hinter der Gardine auf der anderen Straßenseite zufrieden, klappte sein Laptop zu, zog den Stecker vom Ladekabel aus der Dose und verstaute alles in der schmalen Ledertasche. Dann sah er noch einmal verstohlen durchs Fenster, machte kehrt, verließ den Raum und zog die Wohnungstür leise hinter sich zu. Unten an der Straße, die den weißen Sandstrand von der ersten Häuserreihe trennte, stand sein Mietauto. Bevor er einstieg, um den langen Heimweg anzutreten, verstaute er seine Tasche auf dem Rücksitz des Kleinwagens, ging ein Stück die Straße hinunter und suchte sich einen freien Platz auf der überdachten Terrasse eines edlen Straßencafés. Er bestellte sich einen Milchkaffee und ein großes Stück Streuselkuchen. Diesen krönenden Abschluss seines Urlaubs hatte er sich redlich verdient.

*

Er konnte den Blick nicht abwenden, obwohl der Anblick der toten Frau das Grauenvollste war, das er je gesehen hatte. Er fühlte sich wie einer dieser elenden Schaulustigen, die mit ihrem Handy Schwerverletzte eines Unfalls filmten, anstatt ihnen zu helfen. Malte Lübke verabscheute diese Menschen abgrundtief. Jetzt war er selbst zu einem dieser emotionslosen Monster geworden. Immerhin hatte er als Vorgesetzter seinem jüngeren Kollegen noch aufgetragen, die Spurensicherung und einen Notarzt zu rufen, obwohl es für einen Arzt schon längst zu spät war. Seitdem war er unfähig zu denken, geschweige denn sich zu rühren.

Was war hier geschehen?

Sie starrte ihn an. Kalt. Die Gesichtshaut fahl und trocken, die Lippen qualvoll verzogen, als hätte sie auch jetzt noch Schmerzen.

Ihr Kopf lehnte am Rahmen des Bettes, ihr Hals war mit einem dicken Drahtseil, das sich tief in die Haut geschnitten hatte und ihren geschundenen Körper in aufrecht sitzender Position hielt, am Rahmen des Bettgestells befestigt. Aus der Wunde an ihrem Hals war Blut ausgetreten, ihren Körper hinuntergelaufen und inzwischen zu einer klumpig braunen Kruste getrocknet, die ihrer Haut etwas Reptilienartiges verlieh. Die Matratze unter ihr hatte sich dunkelrot verfärbt, vermutlich durch das Blut aus einer weiteren Wunde an ihrem Oberkörper, die Hauptkommissar Lübke nicht sehen konnte. Dafür bemerkte er die vielen dunkelrot verkrusteten Kreuze auf ihren nackten Beinen.

Der Anblick war grauenvoll grotesk. Welch unerträgliche Schmerzen diese arme Frau erleiden musste, bevor sie endlich gestorben war. Malte Lübke konnte es sich nicht ausmalen.

Das Schlimmste allerdings – er wusste selbst nicht genau, warum er ausgerechnet diese Tatsache als das Schlimmste betrachtete – war die Kleidung. Vermutlich war dieses Kleidungsstück alles, was die Ermordete trug, denn die Knöpfe waren nicht komplett geschlossen und gaben den Blick auf die nackte Haut frei. Eine Brust war unbedeckt und ebenfalls mit einem eingeritzten Kreuz grauenvoll verziert.

Der Stoff wirkte rein, war kaum blutig und glänzte in der Sonne, die durchs Schlafzimmerfenster fiel.

Die tote Renate Guggenmoos trug einen gelben Regenmantel.

13

»Danke, dass du gekommen bist, Markus«, begrüßte Hauptkommissar Forster seinen ehemaligen Schulkameraden und wies ihn an, sich zu setzen. »Ich muss noch einmal mit dir über den Ablauf der Bierherstellung reden. Unser Rechtsmediziner kann sich den Zustand der Leiche einfach nicht erklären.«

»Klar. Kein Problem. Wisst ihr schon, wer der Tote ist … ähm … war?«, fragte der Braumeister, setzte sich und schob seine Hände in die Taschen seiner Jeans.

Florian Forster schüttelte den Kopf.

»Du hast mir Zeitangaben genannt, die einen toten Körper niemals so aussehen lassen können, wie wir ihn vorgefunden haben. Kann es sein, dass deine Kochzeiten nicht stimmen?«

Hubertus sah den Hauptkommissar fragend an. Dann schüttelte er den Kopf. »Ich habe die Zeiten genau überprüft. Der Maischeprozess dauert zwei bis zweieinhalb Stunden«, begann er zu erklären. »Währenddessen hat die Maische immer eine Temperatur zwischen 50 und 78 Grad.«

»Das wird also nicht gekocht«, stellte der Hauptkommissar fest und machte sich Notizen auf einem Block. »Ist das Rührwerk permanent an?«

»Beim Maischen ja, später beim Kochen nicht mehr«, bestätigte Markus.

»Aha, dann wird das Bier doch gekocht.«

»Klar, aber erst später. Zuerst kommt alles in den Läuterbottich, und dort wird dann innerhalb von zwei bis drei Stunden Festes von Flüssigem getrennt. Die Flüssigkeit wird anschließend zurückgepumpt und bei fast 100 Grad zwei Stunden gekocht.«

»Und das feste Zeug ist der Treber, den der Bauer bekommt«, warf Florian ein und schrieb die Temperaturen und Zeiten auf seinen Zettel. »Und dann? Ich vermute, dass der Körper aufgrund der niedrigen Temperaturen noch komplett war, als der Maischeprozess abgeschlossen war. Deshalb kann kein einzelner Knochen umgepumpt worden sein, oder?« Er sah auf und schaute sein Gegenüber fragend an.

»Auf gar keinen Fall.« Hubertus schüttelte heftig den Kopf. »Und selbst wenn … Größere Knochenteile wären überhaupt nicht durch die Pumpe gegangen, ohne sie zu blockieren.«

»Verstehe«, sagte Florian. »Und die Zeiten stimmen wirklich so?«

»Der Computer hat alles einwandfrei protokolliert. Das kann man nicht manipulieren. Ich habe die Zeitangaben, die mein Chef einprogrammiert hat, alle überprüft. Es war genau so, wie ich gesagt habe. Du hast doch das Verlaufsprotokoll von mir ausgedruckt bekommen.«

Florian legte seine flache Hand auf den Ordner zu seiner Rechten. »Ja. Das Protokoll ist hier drin. Unser Rechtsmediziner sagt, die fehlenden Knochen seien vor dem Reinigungsvorgang vom Körper getrennt worden. Wenn niemand vor diesem Prozess in die Sudpfanne gestiegen ist, um Hände und Unterschenkel abzutrennen, dann weiß ich nicht weiter. Denn das Rührwerk war ja nicht an, oder?« Ob er den Braumeister mit seinen wirren und sich ständig wiederholenden Fragen nervte, war dem Hauptkommissar egal. Er versuchte nur zu verstehen, wie alles zusammenhing.

»Der Edelstahl heizt sich ganz schön auf, da kann man nicht so einfach hineinsteigen, ohne sich zu verbrennen. Außerdem würde ein Öffnen der Luke während der Bierherstellung ebenfalls protokolliert werden«, erklärte Hubertus geduldig, doch der gereizte Ausdruck auf seinem Gesicht verriet, dass er die Fragerei langsam satthatte.

»Und?«, wollte Florian wissen. »Wurde ein Öffnen protokolliert?«

Der Braumeister zuckte mit den Schultern. »Ich glaube nicht.«

Forster reichte seinem Schulfreund das ausgedruckte Protokoll und beobachtete, wie dieser die Zahlen und Buchstaben konzentriert betrachtete.

»Hier«, sagte er plötzlich und klang alarmiert. »Hier hat

jemand eine Störung wegquittiert. Ja, um kurz nach Mitternacht war der Maischeprozess für mehrere Minuten unterbrochen. Das passiert, wenn zum Beispiel ein Gerät ausfällt, eine gewünschte Temperatur nicht erreicht wird oder eben das Mannloch außerplanmäßig geöffnet wird. Dann muss man manuell am Touchpanel den Fehler korrigieren. Warum ist mir das vorher nicht aufgefallen? Entschuldige, Flo. Das war blöd von mir.«

Nachdem Markus Hubertus sein Büro verlassen hatte, war Florian nicht schlauer als zuvor. Irgendetwas stimmte nicht. Laut Ewe war es unmöglich, dass bereits im Anfangsstadium der Bierherstellung Körperteile der Leiche abgerissen worden waren. Immerhin kannte er jetzt mit höchster Wahrscheinlichkeit die Uhrzeit, zu der der Körper in die Maische geworfen worden war, nicht aber den Todeszeitpunkt, denn den konnte Ewe aufgrund des Zustandes der Leiche nicht mit Sicherheit bestimmen. Florian hoffte aber, dass der Mann schon tot war, als er in den Sudkessel geworfen wurde, und nicht erst in der Maische erstickt ist. Oder müsste es »ertrunken« heißen? Auf jeden Fall hatte ihn die erneute Befragung nicht viel weitergebracht. Wer am 21. Juni kurz nach Mitternacht in der Brauerei war, ließ sich zurzeit noch nicht ermitteln.

Als es wenig später an seiner Bürotür klopfte, telefonierte der Hauptkommissar gerade mit einem Mitarbeiter der Firma, die die Brauanlage im Baschtl-Bräu eingebaut hatte und für die Grundprogrammierung des Computers zuständig war. Er versuchte herauszufinden, ob es eine Möglichkeit gab, den Computer zu manipulieren, wurde aber bisher nur vertröstet. Der zuständige Mitarbeiter – scheinbar der einzige, der ihm zu seiner Frage eine Auskunft erteilen konnte – war gerade im Außendienst in Australien tätig und nicht vor übermorgen erreichbar.

Hauptkommissar Forster beendete das Gespräch und wollte den klopfenden Besucher hereinbitten, als er bemerkte, dass dieser bereits in seinem Büro stand.

»Kann ich Ihnen helfen?«, fragte Forster und musterte den jungen Mann misstrauisch. Er trug eine schwarze Jeans und ein violettes T-Shirt, hatte strohblonde, etwas zu lange Haare und trug einen Dreitagebart. Hinter einer modischen Brille mit dunkler Fassung entdeckte der Hauptkommissar die hellsten blauen Augen, die er je gesehen hatte.

»Man sagte mir, das können Sie, Herr Hauptkommissar Forster.« Seine Worte klangen gestelzt und vornehm, etwas … ja, etwas norddeutsch, stellte Florian fest. Er schlug den Aktenordner zu, der vor ihm auf dem Schreibtisch lag, ohne den Besucher eine einzige Sekunde aus den Augen zu lassen.

»Und wie?«, wollte er wissen, erhob sich aus seinem Bürostuhl, blieb aber hinter dem Schreibtisch stehen und verschränkte die Arme vor der Brust, ohne dem jungen Mann höflich einen Platz ihm gegenüber anzubieten. »Außerdem sind Sie klar im Vorteil. Scheinbar wissen Sie genau, wer ich bin. Das kann ich leider nicht behaupten.«

Jetzt lachte der blonde Surfertyp und zeigte eine Reihe strahlend weißer, mit Sicherheit gebleachter Zähne.

»Ihr Name steht an der Tür«, schmunzelte er und wies mit dem rechten Daumen über seine Schulter auf die Bürotür in seinem Rücken. »Die nette Beamtin am Empfang hat mir zwar Ihren Namen gesagt, aber da habe ich wohl nicht richtig aufgepasst. Sie sind also der Allgäuer Alm-Öhi, wegen dem Jessica in Bayern lebt und nicht mehr in Hamburg, wo sie eigentlich hingehört.«

Florians Blick verfinsterte sich bedrohlich, doch gerade, als er etwas erwidern wollte, hob sein Besucher die Hand und schüttelte lachend den Kopf.

»Bitte entschuldigen Sie meinen Fehler, Jessica hat mir schon am Telefon gesagt, dass Allgäuer da sehr empfindlich sind. Es heißt ›Alp-Öhi‹, nicht wahr?«

Dem Mann standen vor Lachen Tränen in den Augen und er ignorierte Florians wütendes Schnauben konsequent.

»Ich bin übrigens Malte«, stellte er sich schließlich vor und streckte Florian seine Hand entgegen. »Malte Lübke, Hamburger Hauptkommissar. Freut mich außerordentlich, Herr Kollege. Ich darf doch sicher Florian sagen, oder?«

Hauptkommissar Forster starrte lange auf die ihm dargebotene Hand, bevor er sich endlich entschloss, sie zu nehmen. »Und wie kann ich dir helfen, Malte?«, fragte er nach kurzem Zögern, ließ die Hand des Hamburger Beamten los und deutete auf den Holzstuhl vor seinem Schreibtisch. »Ich vermute, du willst eigentlich zu Jessica, nicht zu mir.«

»Das ist richtig«, stimmte Malte Lübke nickend zu. »Sie ist nicht im Präsidium, sagte man mir am Empfang. Ihre private Handynummer habe ich nicht.«

»Jessica ist im Außeneinsatz bei einer Befragung. Was verschlägt dich denn ins Allgäu, Malte Lübke?«

»Deine Freundin und ich haben scheinbar einen gemeinsamen Fall, und ich dachte, wir könnten ein wenig enger zusammenarbeiten«, sagte Lübke und brach erneut in schallendes Gelächter aus, als er sah, wie Forster ihm wieder einen seiner wütenden Blicke zuwarf. »Herrgott, sind alle Allgäuer so eifersüchtig? Ich hab von arbeiten gesprochen, nicht von Sex.«

Florian erwiderte nichts, zog aber sein Smartphone aus der Gesäßtasche und rief Jessica an.

»Ich bin's«, meldete er sich, als sie den Anruf annahm. »In meinem Büro sitzt Besuch für dich. Hauptkommissar Lübke, sagt dir das was?«

Jessicas lauter Freudenschrei war selbst für Malte nicht zu überhören, und Florian, der das Smartphone schnell von seinem Ohr nahm, bevor ihm das Trommelfell platzte, sah, wie der Hamburger Hauptkommissar breit grinste und ihm frech zuzwinkerte.

Mehrmaliges tiefes Ein- und Ausatmen half kaum, seine aufsteigende Wut zu kontrollieren. Dennoch reichte Forster seinem Besucher das Telefon, lehnte sich auf seinem Bürostuhl zurück und verschränkte die Arme erneut vor der Brust.

Er wollte nur eines: Der Typ sollte sich so schnell wie möglich wieder in den Norden verziehen.

14

»Du hättest mich wirklich fragen können, bevor du diesen norddeutschen Deppen zu uns zum Essen einlädst«, meckerte Florian und platzierte die Teller mit so einer Wucht auf den Tisch, dass das Porzellan laut schepperte. »Ich hab eigentlich keinen Bock, den Kerl heute ein zweites Mal zu sehen.« Als Florian sich zu seiner Freundin umdrehte, sah diese ihn mitleidig und bedauernd an. »Was ist? Ich sag ja schon nichts mehr«, fuhr er Jessica an. »Keine Angst, ich werde mich benehmen beim Essen.«

»Das … ist es ja gar nicht«, stammelte sie und blickte schuldbewusst auf den Boden. »Es tut mir leid, ich wusste nicht …« Sie verstummte und sah ängstlich zu ihm auf.

»Was tut dir leid?«

»Ich habe Malte für ein paar Tage das Gästezimmer angeboten. Es ist doch keiner im Haus, den er stören könnte.« Ihre Stimme wurde immer leiser, als sie hinzufügte: »Dachte ich zumindest.«

»Da hast du wohl falsch gedacht. Verdammte Scheiße«, fluchte er, schlug mit der flachen Hand gegen die Tür des Kühlschranks und verließ mit großen Schritten die Küche.

Keine zwei Stunden später allerdings saß er friedlich mit Jessica und Malte am Esstisch und lächelte freundlich, wenn der norddeutsche Kasper einen seiner dummen Witze machte, über die Jessica jedes Mal ausgiebig lachte. Die beiden verstanden sich ausgezeichnet.

Nach dem gemeinsamen Essen berichtete der Hamburger Hauptkommissar ausführlich von seinem aktuellen Fall. Bereits am Telefon hatte Jessica erfahren, dass die Leiche von Frau Guggenmoos vor zwei Tagen in ihrer Wohnung aufgefunden worden war, der Todeszeitpunkt jedoch laut Rechtsmedizin etwa zwei Wochen zurücklag. Er fiel ungefähr auf das gleiche Datum wie derjenige von Hans Guggenmoos in dem Missener Hotel. Doch wenn man vom gleichen Täter ausging, dann mussten die Tatzeiten mindestens einige Stunden auseinanderliegen. Hamburg war über 700 Kilometer von Kempten entfernt. Man brauchte mit einem sehr schnellen Auto mindestens sechs Stunden, und das war nur möglich, wenn man auf der A7 gut durchkam.

»Es muss der gleiche Täter sein«, erklärte Lübke und zog einen großen braunen Umschlag aus der Umhängetasche, die neben seinem Stuhl auf dem Boden stand. »Du hast mir von den merkwürdigen Schnittverletzungen an der Leiche des Ehemannes erzählt«, wandte er sich an Jessica, zog ein paar vergrößerte Fotos aus dem Umschlag und reichte sie ihr. »Schau mal hier. Sahen die so aus?«

Voller Unbehagen stellte Jessica fest, dass auf dem gesamten Körper von Frau Guggenmoos die gleichen kreuzförmigen Einschnitte zu sehen waren wie auf dem toten Körper des Ehemannes. »Sind es ebenfalls 13 Kreuze?«, wollte sie wissen und zählte schnell die Verletzungen auf dem Foto. Es war eine Aufnahme der nackten Leiche auf einem Edelstahltisch, vermutlich in der Hamburger Rechtsmedizin. »Gibt es Tatortfotos?«

»Bei Frau Guggenmoos sind es 14 Kreuze. Meinst du, die Anzahl spielt eine Rolle?«, fragte Lübke und sah im Augenwinkel, wie Florian nickte. Dann nickte auch er zustimmend. »Vermutlich ja«, sagte er und fügte hinzu: »Und Tatortfotos sind auch dabei.«

Jessica blätterte durch die Aufnahmen und versuchte, so viele Details wie möglich zu erkennen. Die Verletzung an der Kehle sah anders aus, nicht glatt durchbohrt wie bei Herrn Guggenmoos, sondern durch das Drahtseil breiter und ausgefranster. Und die Kreuze hatten alle die gleiche Größe und wirkten präziser. Die tiefe Stichverletzung in der Nierengegend war der tödlichen Verletzung von Herrn Guggenmoos sehr ähnlich.

»Wo in der Wohnung wurde sie gefunden?«, fragte Jessica.

Malte Lübke entriss ihr den Stapel Fotos, suchte nach einem bestimmten, zog es heraus und reichte ihr den Packen zurück. Das Bild zeigte die Leiche von Frau Guggenmoos auf dem Bett. Es war keine Nahaufnahme, denn das komplette Schlafzimmer war zu sehen. Der Oberkörper lehnte am Kopfteil, der Körper war mit Draht am Bettgestell fixiert.

Jessica starrte auf das DIN-A4-große Foto und stöhnte entsetzt. Dann warf sie es auf den Esstisch, als wäre es plötzlich kochend heiß, sprang auf und stürmte aus dem Zimmer. Sie lief die breite Steintreppe hinauf, und noch bevor Florian begriff, was passiert war, verschwand sie im oberen Stockwerk. Es polterte laut.

Florian und Malte fanden Jessica schließlich im Wohnzimmer. Sie lief aufgeregt hin und her, riss Bilder von den Wänden, warf sie achtlos aufs Sofa und auf den Boden, kontrollierte all die Gegenstände auf der Anrichte unter dem Fenster, legte ihre Hände flach an die Wand und fuhr mit den Fingern hektisch über die Tapete. Sie war völlig aufgelöst und atmete schwer.

»Wo ist sie?«, schrie sie, lief wieder zur Anrichte, fegte mit einem einzigen Wisch alle Gegenstände hinunter, die darauf standen, drehte sich um und schmiss alle Sofakissen herunter. »Wo ist sie? Verdammt noch mal. Hilf mir suchen!«

»Was ist plötzlich los mit dir?«, fragte Florian und versuchte nach dem Arm seiner Freundin zu greifen, um sie festzuhalten und zu beruhigen. Doch er erwischte sie nicht, bekam dafür aber eines der Kissen ab, das ihn im Gesicht traf.

»Hilf mir mit dem Sofa«, fuhr sie ihn aufgebracht an und versuchte, das schwere Möbel von der Wand wegzuziehen. Im Wohnzimmer sah es inzwischen aus, als wäre eine Bombe eingeschlagen.

Malte Lübke beobachtete die ganze Szene beunruhigt. Was war nur in Jessica gefahren?

»Was hat dein jetziger Zustand mit den Fotos zu tun?« Er hatte wohl genau die richtige Frage gestellt, denn Jessica hielt augenblicklich inne.

Verwirrt schaute Florian abwechselnd von ihr zu Malte. »Die Fotos sind der Grund für deinen Ausraster? Warum? Was war darauf zu sehen?«

Seine Freundin atmete schwer und sah ihn verzweifelt an. »Die Frau … Sie ist Hamburgerin«, stammelte sie und Florian hörte das Zittern in ihrer Stimme. »Der Mann ist Allgäuer.«

»Ja, genau wie bei euch beiden«, sagte Lübke unbedacht.

Florian fuhr entsetzt zu ihm herum und starrte ihn an.

»Er trug bei seiner Ermordung Allgäuer Tracht«, brachte Jessica mühsam heraus, bevor sie schluchzend und zitternd zusammenbrach, auf den Boden sank und verzweifelt zu ihrem Freund hinaufsah.

Dieser eilte zu ihr, kniete sich vor sie auf den Boden und hielt sie ganz fest. »Was trug Frau Guggenmoos?«, fragte er, und als Jessica nicht antwortete, schaute er zum Hamburger Hauptkommissar, der immer noch in der Wohnzimmertür stand und nicht begriff, was hier gerade geschah.

»Die Leiche trug einen gelben Regenmantel, darunter war sie nackt. Dieses Kleidungsstück ist typisch norddeutsch. Man nennt es bei uns auch Friesennerz«, gab er bereitwillig Auskunft. »Hat das etwas zu bedeuten?«

Jessica seufzte, befreite sich aus Florians Armen und fuhr sich mit beiden Händen über ihr Gesicht. »Und ob«, sagte sie und klang endlich wieder gefasster. »Es bedeutet, dass ich weiß, wer für die Morde verantwortlich ist. Jetzt muss ich nur noch herausfinden, wie sie es gemacht hat. Immerhin sitzt sie seit Monaten in der Psychiatrie und wartet auf ihren Prozess wegen mehrfachen Mordes. Ich sag doch, du hättest sie töten sollen, Florian.« Der Blick, den sie ihm zuwarf, als sie aufstand und das Zimmer verließ, war eine Mischung aus purem Hass, Vorwurf – wenn auch unberechtigt – und absoluter Verzweiflung.

*

In den frühen Morgenstunden endlich kehrte Ruhe ein in dem alten Stadthaus. Seine Kollegen von der Spurensicherung und einige Beamte der Sonderkommission Reuther hatten stundenlang das Haus durchkämmt, Florian und Jessica befragt, Fotos gemacht und Schränke und Schubladen durchwühlt.

Florian konnte sich zum ersten Mal vorstellen, wie ein Verdächtiger sich fühlte, bei dem eine Hausdurchsuchung vorgenommen wurde. Es war erniedrigend und peinlich. Jeder seiner Kollegen wusste jetzt, welche Farbe Jessicas Unterwäsche hatte, welche Zeitschriften er las oder dass der ungeordnete Haufen von Rechnungen und Versicherungsschreiben auf seinem Schreibtisch so durcheinander war, dass er für die anfallende Steuererklärung Tage brauchte. Selbst von dem Abend, an dem Jessica den gelben Regenmantel getragen hatte, mussten sie ausführlich berichten. Trotz all der Peinlichkeit war er vor allem froh, dass die beiden Kinder noch bei Herbert in Hamburg waren. Er hätte nicht gewusst, wie er sie beruhigen sollte, denn er hatte schon kläglich bei dem Versuch, Jessica die Angst zu nehmen, versagt. Jetzt endlich schlief sie.

»Willst du auch noch ein Bier? Ich weiß, es ist nicht die richtige Zeit für Alkohol, aber zur Nervenberuhigung hilft es.« Florian reichte Malte Lübke eine der zwei Flaschen, die er in die Küche gebracht hatte, und der Hamburger Hauptkommissar nahm sie ihm ab.

»Ich hab im Norden durchaus mitbekommen, dass Jessicas Schwester Susanne Reuther wegen Mordes gesucht wird. Eine Zeitlang hat jeder, der Jessica vom Job her kannte, darüber getratscht«, erzählte Lübke, öffnete die Bierflasche mit einem Anhänger an seinem Schlüsselbund und nahm einen großen Schluck. »Doch ich hätte nie gedacht, dass es so schlimm ist. Wie hat sie die Kamera in dein Haus bekommen?«

Die Beamten der Spurensicherung hatten Wohn- und Schlafzimmer im Obergeschoss gründlich, aber vergeblich abgesucht. Im schmalen Flur waren sie fündig geworden. Die winzige Kamera hatte in einem kleinen Bohrloch an der Holzdecke gesteckt. Wenn man nicht ganz genau hinsah, wirkte der schwarze Punkt des Objektivs wie eines dieser vielen Astlöcher, die die Echtholzdecke zierten.

»Ich habe absolut keine Ahnung, wie die Kamera in unser Haus kam.« Florian stellte seine Bierflasche auf den Küchentisch und gähnte. »Die Beamten sagten, die Reichweite des übertragenen Bildmaterials betrage nicht mehr als 30 bis 50 Meter. Vielleicht hat Susanne die Kamera angebracht, als sie sich im letzten Jahr in der Doppelhaushälfte auf der anderen Straßenseite versteckte. Doch zu dem Zeitpunkt war unser Haus schwer bewacht und ist von keinem Fremden betreten worden. Ich kann mir das alles nicht erklären«, sagte er, gähnte erneut und rieb sich die Augen. »Wenn das mit dem gelben Regenmantel kein

Zufall ist, kann es Susanne nicht gewesen sein. Wie sollte sie an die Aufnahmen gekommen sein? Sie saß bereits seit Monaten in Haft, als Jessica an dem Abend diesen sogenannten Friesennerz …« Er brach erschrocken ab und sah sein Gegenüber ärgerlich an. Dabei konnte der Hamburger Hauptkommissar nichts dafür, dass Florian fast den aufregenden Abend mit Jessica vor ihm ausgeplappert hatte. Die verdammte Müdigkeit war schuld. Er hatte schon lange nicht mehr eine komplette Nacht durchgemacht und fühlte sich etwas vernebelt. Es wurde Zeit, dass er endlich ins Bett kam.

»Ihr Allgäuer habt schon merkwürdige Vorlieben«, schmunzelte Malte und schüttelte amüsiert den Kopf. Natürlich hatte er die Geschichte in dem ganzen Trubel heute Nacht mitbekommen. »Nackt im Regenmantel? Okay, wenn's dir Spaß macht.«

Florian öffnete den Mund, drohte dem blonden Kollegen dann jedoch nur kurz mit dem Zeigefinger und winkte genervt ab. »Ich gehe schlafen«, sagte er, stand auf und lief zur Küchentür. »Guats Nächtle, du Seggl!«

15

Der Heizkessel im Nebenraum zischte und wummerte so laut, dass das monotone Geräusch selbst durch die geschlossene Stahltür die gesamte Brauerei beschallte. Gepaart mit dem mechanisch brummenden Rührwerk im Sudkessel, dem elektrischen Summen der zwei Pumpen und dem Plätschern der auslaufenden Reinigungsflüssigkeit, die aus einem der großen Tanks in den Kanal abgelassen wurde, verstand man hier in diesen Räumlichkeiten kaum sein eigenes Wort. Außerdem war es warm und ein süßlich scharfer Geruch brannte beim Atmen in der Nase.

»Das kommt vom Chlorreiniger«, sagte Lenz, als er Hauptkommissar Forster in der Brauerei bemerkte und sah, wie dieser die Nase rümpfte. »Kommen Sie doch in mein Büro. Da ist es etwas angenehmer und vor allem ruhiger.« Er streckte ihm seine Hand entgegen und nickte auch dem jüngeren Kollegen neben Forster grüßend zu.

»Das ist Berthold Willig«, stellte Florian seinen Kollegen vor und folgte dem Brauereibesitzer in sein Büro. Als die Tür sich hinter ihnen schloss, wurde es augenblicklich still.

»Sie machen bereits wieder Bier, Herr Lenz?«, fragte der Hauptkommissar und setzte sich neben Berthold auf das kleine Sofa unter dem Fenster zum Parkplatz.

»Aber natürlich.« Lenz nickte eifrig und lächelte. »Ich habe gestern das Okay von den Behörden bekommen. Alle Untersuchungen in diesen Räumlichkeiten sind abgeschlossen. Jetzt kann es endlich weitergehen. Wir sind gute acht

Sude im Rückstand in diesem Jahr. Darf ich Ihnen etwas zu trinken anbieten?«

»Nein, vielen Dank.« Florian winkte leicht entsetzt ab. Von dieser Brauerei würde er lange Zeit kein Bier mehr trinken können. Nicht einmal einen Kaffee würde er annehmen. »Ist der Bierabsatz nach der schlechten Publicity denn nicht rapide eingebrochen? Markus sagte so etwas bei unserem letzten Gespräch.«

Lenz ließ sich auf dem zierlichen Ledersessel nieder, der dem Sofa gegenüberstand, lehnte sich zurück und verschränkte die Arme hinter dem Kopf. »Wir haben tatsächlich einige Stornierungen von langjährigen Kunden erhalten. Doch das wird sich alles wieder einpendeln. Ein paar der Kunden konnte ich mit Vergünstigungen und kostenlosem Bier bereits zurückgewinnen. Wir werden in einem Monat ein zweites, spontan angesetztes Sommerfest geben. Die zwei Sude von dieser Woche schenken wir komplett als Freibier aus und überzeugen unsere Konsumenten hoffentlich davon, dass unsere Baschtl-Bräu-Biere von bester Qualität sind. Hier«, sagte er, langte mit der rechten Hand hinüber zu seinem Schreibtisch und griff nach einem bunt bedruckten Zettel. Dann reichte er ihn dem Hauptkommissar. »Ich habe schon neue Etiketten in Auftrag gegeben.«

»›Phönix aus der Asche‹?« Forster las ungläubig den neuen Namen des Bieres vor, der in grell-oranger Farbe neben einem bunten Feuervogel auf dem ovalen Entwurf des neuen Bieretiketts leuchtete.

»Großartige Idee, oder? Bin fast ein wenig stolz auf mich«, lachte Sebastian Lenz. »Ich hoffe, Sie beide kommen auch und bringen ein paar Freunde mit. Warum sind Sie eigentlich hier? Haben Sie noch Fragen?«

»Ja, aber nicht an Sie«, bestätigte nun Kommissar Willig und betrachtete interessiert das Motiv auf dem Zettel. »Wir wollten zu Ihrer Frau. Wir benötigen von ihr noch die Bestätigung der Angaben, die Sie, Herr Lenz, uns zu Ihrem Urlaub gemacht haben.«

»Leider haben wir in Ihrem Haus nebenan niemanden angetroffen«, ergänzte der Hauptkommissar. »Das macht aber nichts. In etwa einer halben Stunde kommt ein gewisser Herr Julian Pretzelt. Das ist ein Servicemitarbeiter von Techno-Brau, der Herstellerfirma eurer Brau-Anlage.«

»Julian? Klar, den kenne ich. Der hat den Bau der Anlage vor einem Jahr betreut. Schön, ihn mal wiederzusehen.« Lenz stand auf, lief zum Fenster und schaute hinaus, als wollte er prüfen, ob Pretzelt schon auf den Parkplatz fuhr. »Meine Frau ist für ein paar Tage bei ihren Eltern in Bodenmais. Das liegt im Bayerischen Wald. Sie kommt am nächsten Wochenende zurück«, informierte er die zwei Beamten auf seinem Sofa. »Ich müsste dann wieder zu meinem Bier. Sie beide können gern hier auf Julian warten, wenn Sie möchten.«

Mit großen Schritten, die Hände tief in den Hosentaschen seiner Jeans vergraben, den Blick starr auf den Boden vor sich gerichtet, lief Hauptkommissar Forster die Auffahrt der Brauerei hinunter zur Straße und schüttelte den Kopf. Berthold, der mit seiner überdurchschnittlichen Körpergröße die viel längeren Beine hatte, konnte mit seinem Chef kaum Schritt halten.

»Immerhin kann ich Ewe beruhigen«, sagte Florian nachdenklich. »Der war schon ganz verzweifelt, weil er die fast vollständige Auflösung der Leiche nicht erklären konnte.«

»Wie lange lag das Opfer denn nun in der Reinigungsflüssigkeit?«, wollte Berthold wissen, schloss zu Florian auf und schob seine Hände ebenfalls in die Taschen seiner Uniformhose. »Und wer hat den Computer manipuliert?«

»Das werden wir herausfinden müssen. Außerdem haben wir immer noch keine Ahnung, wer der Tote ist. Ehrlich gesagt habe ich zurzeit auch nicht viel Hoffnung, dass wir seine Identität feststellen.« Der Dienstwagen parkte an der Straße direkt vor dem Einfamilienhaus, in dem Lenz mit seiner Frau lebte und das etwa 50 Meter weiter neben der Brauerei stand. Florian ging um das Auto herum und öffnete mit seinem Schlüssel die Zentralverriegelung. »Steig schon mal ein, Berthold. Ich ruf noch schnell Ewe an und sage ihm, dass der Körper im Sudkessel fast eine Woche Zeit hatte, sich zu zersetzen, nicht nur ein paar Stunden.«

16

Ewe hatte inzwischen bestätigt, dass die neuen Parameter, die Florian ihm bezüglich der Kochzeiten gegeben hatte, vermutlich ausreichen würden, einen toten Menschen so zu zersetzen, dass nur noch Knochen übrig blieben. Doch er wollte das mit einer Versuchsreihe noch einmal überprüfen.

Das half Florian im Fall der verschwundenen Knochen aber in keinster Weise weiter.

Er griff nach jedem Strohhalm, der sich ihm bot, ermittelte in jede Richtung, die ihm einfiel, und hatte sogar – in Ermangelung einer weiteren, wertvollen Idee – den Brunnen auf dem Brauereigelände des Baschtl-Bräu untersuchen lassen. Denn wer wusste schon, ob an der alten Legende mit dem Schädel im Bier, von der Brauereibesitzer Lenz ihm bei ihrer ersten Begegnung berichtet hatte, nicht doch etwas dran war. Das war natürlich albern, auch Ewe hatte ihn gestern Abend diesbezüglich ausgelacht und ihm dann scherzhaft vorgeschlagen, gleich die ganze Starzlach nach den fehlenden Knochen abzusuchen.

Langsam wurde Florian richtig verzweifelt, denn es gab zwar eine Leiche, aber kein Motiv, keinen Täter und absolut keine weiteren Anhaltspunkte, die ihn der Lösung ein winziges Stück näherbrachten.

»Bist du endlich fertig, Jessy?«, rief er nach oben, setzte sich seufzend auf die zweite Stufe der alten Steintreppe zum Obergeschoss und rieb sich angespannt den Nacken. »Wenn wir jetzt nicht gehen, ist es in der Stadt total überfüllt.«

»Ich komme gleich. Nur noch eine Minute«, hörte er sie rufen, verdrehte genervt die Augen und seufzte erneut. Nach der anstrengenden Arbeitswoche hatte er an seinem wohlverdienten Wochenende auf eines überhaupt keine Lust: auf einen Einkaufsbummel in der von Menschenmassen überlaufenden Kemptener Innenstadt.

Als Ewe anrief, klang er deshalb auch nicht sehr freundlich. »Was willst du, Ewe? Ich habe keine Zeit«, brummte er ungehalten und wollte wieder auflegen.

»Warte, Flo«, rief der Rechtsmediziner. »Du hattest recht. Wer hätte das gedacht.«

Als Florian nicht reagierte, fuhr sein Freund fort: »Kannst du zur Starzlachklamm kommen?«

»Wieso?«, wollte Florian wissen, schaute nach oben, doch von seiner Freundin war nach wie vor nichts zu sehen. »Ich kann nicht weg. Habe Jessica versprochen, mit ihr Klamotten zu kaufen.«

Ewe machte ein Geräusch, das verriet, was er davon hielt. »Dann hast du jetzt einen guten Grund, nicht mitzugehen. Also komm endlich her. Wann kannst du da sein? In einer halben Stunde?«

»Wieso?«, fragte Florian erneut und klang genervt. »Was machst du eigentlich in der Starzlachklamm?«

»Hauptkommissar Heller und Kommissar Reischmann sind mit mir hier. Wir haben etwas gefunden, was dich und deinen Fall betrifft. Deshalb habe ich vorgeschlagen, dich zu benachrichtigen. Du solltest wirklich schnell herkommen, Flo. Bitte beeile dich.«

Im ersten Moment hatte Florian vermutet, dass seine zwei Kollegen die Knochen gefunden hatten, nach denen er schon so lange suchte. Warum sonst sollte man ihn hinzurufen. Doch das war natürlich absolut albern.

Irgendetwas stimmte nicht, das wurde ihm immer klarer, je näher er Burgberg und dem Parkplatz der Starzlachklamm kam. Jessica war überhaupt nicht enttäuscht gewesen, als er sie gebeten hatte, allein in die Stadt zu gehen. Sie hatte ihm einen schönen Tag gewünscht und sich ein Grinsen kaum verkneifen können. Das hätte ihm eine Warnung sein sollen, denn in dem Moment, als er seinen dunkelblauen Kombi auf den Parkplatz lenkte, wäre er lieber mit seiner Freundin zum Einkaufen gegangen.

»Jetzt spring endlich, Flo. Stell dich nicht so an«, lachte Ewe. Er stand knietief im Wasser, rückte seinen Helm zurecht, ging vorsichtig einen Schritt nach vorn und schaute über den Felsrand in den Abgrund. »Na los. So tief ist es doch gar nicht.«

»Bist du deppert. Das sind mindestens sechs oder sieben Meter«, rief Florian wütend. »Da springe ich nicht runter. Wer weiß, ob das Wasser da unten tief genug ist.«

»Definitiv tief genug«, sagte Paul, ihr Bergführer, der die vier Männer begleitete. Er legte Florian beruhigend eine Hand auf die Schulter. »Und es sind gerade einmal vier Meter. Das ist also gar kein Problem.«

Seit einer guten Stunde waren sie bereits unterwegs. Nachdem sie die Klamm über steinige, sehr schmale Pfade, diverse Stahlbrücken und rutschige Holzwege einmal durchquert hatten, befanden sie sich jetzt auf dem Rückweg. Allerdings nutzten sie dafür nur die Wege, die die Starzlach in vielen Tausend Jahren in den Berg gegraben hatte. Bisher hatten sie sich von Felsen abgeseilt, waren durch Wasserfälle hinuntergeklettert und steinerne Wasserrutschen hinabgeglitten. Die Neoprenanzüge, die sie alle trugen, hielten zwar die Feuchtigkeit ab, verhinderten aber nicht, dass sie mit Knien und Ellenbogen gegen Felsen schlugen. Doch der Helm hatte ihnen allen immerhin so manche Beule am Kopf erspart. Der Abstieg durch die Klamm war kein Zuckerschlecken.

»Nun spring endlich. Die anderen wollen auch noch.«

Florian atmete tief durch, dann sah er ein letztes Mal über den Felsrand, schloss die Augen und sprang. Als er Sekunden später unten aus dem Wasser auftauchte, konnte er nicht anders als einen lauten Triumphschrei auszustoßen. Oben applaudierten die anderen drei, und Paul hob anerkennend seine rechte Hand und streckte den Daumen in die Höhe.

»Ich hab gewusst, dass du springst«, sagte der Bergführer und klatschte ebenfalls in die Hände. »Das machen nur wenige, aber dir habe ich angesehen, dass du dich traust. Will es von den anderen auch noch einer versuchen?«

Alle schüttelten entsetzt den Kopf und traten einen Schritt zurück.

»Sag mal, Ewe«, rief Florian nach oben. »Hast du meinen Sprung etwa aufgenommen?«

Ewe hielt grinsend sein Handy in die Höhe und nickte. »Habe es Jessica geschickt«, erklärte er und schob das Handy zurück in die wasserdichte Schutzhülle, bevor er es in die Innentasche seines Neoprenanzuges steckte und den Reißverschluss wieder zuzog. »Der Canyoning-Ausflug war nämlich ihre Idee. Sie sagte, du müsstest unbedingt den Kopf freibekommen, und ich glaube, nach diesem Sprung geht es dir besser, oder?«

Florian grinste übers ganze Gesicht. »Ich liebe diese Frau über alles, denn das hier ist tausendmal besser als Klamotten zu kaufen!«

17

Die Allgäuer Festwoche war wie in jedem Jahr gut besucht. Menschen schoben sich durch die unzähligen Messehallen, besuchten die Bierzelte und den Platz vor der Bühne in der Mitte des Stadtparks, auf dem zu diesem Zeitpunkt ein bekannter Volksmusikstar sein Repertoire zum Besten gab.

Das Wetter spielte ebenfalls mit. Es war bewölkt, aber trocken und nicht allzu warm. In den Hallen und Zelten ließ es sich aushalten, wären nicht die vielen Besucher gewesen, die sich vor den Ständen tummelten. Bereits jetzt am späten Nachmittag bekam man in dem großen Festzelt direkt neben dem Haupteingang keinen Platz mehr, um zünftig zu essen oder eine ordentliche Maß Bier zu trinken. Morgen war Mariä Himmelfahrt, ein Feiertag in Bayern. Da konnten die Kemptener fast ausnahmslos ausschlafen und heute so lange feiern, wie sie wollten.

Doch Florian war nicht zum Feiern hier. Ausgerechnet heute traf sich im historischen Kornhaus in der Nähe vom prunkvollen Residenzgebäude in der Innenstadt die Politprominenz aus der Bayrischen Landeshauptstadt mit Vertretern des Kemptener Stadtrates und weiteren geladenen Gästen. Im Anschluss stand ein Besuch der Festwoche an, der den Aufwand an Polizeibeamten, die für die Sicherheit der Politiker sorgen sollten, erheblich erhöhte. Obwohl das Festwochengelände seit Jahren in puncto Sicherheit von Fremdfirmen betreut wurde, die ihre meist muskelbepackten Mitarbeiter in Uniform über das Gelände laufen ließen, waren auch immer Kemptener Beamte in Zivil auf dem abgesperrten Areal unterwegs. Zu diesen zählte Florian heute. Bis vor einer halben Stunde hatte er einen Kollegen vom Streifendienst begleitet, jetzt allerdings hatte er endlich Feierabend.

Vor dem Messestand der Brauerei Hirschbräu aus Sonthofen hatte sich eine große Menschentraube gebildet und Florian seufzte enttäuscht. Bis er hier sein wohlverdientes Feierabendbier genießen konnte, müsste er ewig warten.

»Servus, Herr Hauptkommissar.« Jemand schlug ihm beherzt von hinten auf die Schulter. »Dann hat Ihnen mein Bier neulich wirklich ganz gut geschmeckt!« Florian drehte sich um und erkannte den Braumeister des Hirschbräu.

»Servus, Herr Stückler«, sagte er, reichte dem jungen Mann seine Hand und zuckte dann bedauernd mit den Schultern. »Das Bier war großartig, aber bis ich hier eines bekomme, bin ich verdurstet. Er deutete auf die 20 bis 30 Besucher, die so dicht gedrängt am Tresen standen, dass man die urige Dekoration aus hellem Holz, geschweige denn die Bedienungen in schmucker Allgäuer Tracht nicht mehr sehen konnte, die alle Hände voll zu tun hatten, um die Gäste nicht allzu lange auf ihr Bier warten zu lassen.

»Das ist doch das kleinste Problem. Komm amol mit, Herr Hauptkommissar.« Der junge Braumeister bahnte sich einen Weg durch die Menschenmenge zu einem zweiten, etwas kleineren Tresen auf der linken Seite der Ausstellungsfläche. »Hier gibt es das richtig gute Bier für die richtig wichtigen Leute«, lachte er, griff nach einem bauchigen Bierglas und hielt es unter den Zapfhahn. »Dunkler Bock, über mehrere Monate in einem Jamaika-Rumfass gereift. Herrliche Farbe, vollmundig malziger Geschmack, mit feinen Rumaromen. Einzigartig.« Stückler schenkte ein zweites Glas ein, reichte es Florian und prostete ihm zu. »I bin der Kilian. Wer hier mit mir oine von meine Spezialitäten trinkt, muss mi au duzen.«

»Florian«, stellte er sich vor, nahm einen Schluck von dem dunklen Bier, schloss die Augen und seufzte. »Do hosch it z'viel versprocha, Kilian. Des isch fei sauguat!«

»Danke.« Der Braumeister stellte sein Bierglas ab und beugte sich über die Theke. »Und was macht dei Bierleich«, flüsterte er und sah sich verstohlen um. »I wär scho recht neugierig, aber des muass do am Stand it jeder mitkriaga.«

»Wir suchen nach einem Tatverdächtigen, der dem Brauereibesitzer Lenz auf dem letztjährigen Brauereifest eine Platzwunde verpasst hat«, berichtete Florian. »Lenz schweigt sich dazu aus. Eine Anzeige bei der Polizei gab es nicht. Du warst nicht zufällig auf der Feier, Kilian?«

»Nein. Wir haben unsere eigenen Feste beim Hirschbräu. Aber ich weiß tatsächlich etwas.« Kilian Stückler grinste. »Es geht das Gerücht um, dass es ein Chemikalienvertreter war, der dem Lenz eine geschmiert hat. Leider weiß ich keinen Namen und konnte bisher nichts herausfinden.« Stückler griff nach seinem Glas. »No mol oins, Florian?«

*

Sie tappten im Dunkeln. Niemand vermisste den toten Mann aus dem Bier, und absolut niemand hatte Zugang zu der Brauerei, außer die Mitarbeiter selbst und die Ehefrau von Sebastian Lenz. Helene Lenz hatte ihnen das alles bestätigt, als Florian Forster sie nach dem besagten Wochenende ihrer Rückkehr aus dem Bayerischen Wald zu sich aufs Revier gebeten und befragt hatte. Das Ehepaar Lenz war zum Zeitpunkt des Todes nachweislich in Thailand, der Brauereischlüssel hing laut Aussage von Frau Lenz in dieser Zeit am Schlüsselbord in ihrem Haus direkt neben der Brauerei. Zum Haus selbst hatte nur Markus Hubertus und das ältere Ehepaar, das in unmittelbarer Nachbarschaft wohnte, Zugang. Doch die Herrschaften waren beide weit über 80 und nicht mehr allzu gut zu Fuß. Keiner der beiden hätte es fertiggebracht, einen erwachsenen Mann in einen Sudkessel zu werfen. Nicht einmal gemeinsam wären sie stark genug dafür gewesen. Außerdem hatte Helene Lenz die Vermutung geäußert, dass ihre Schwiegermutter einen Schlüssel haben könnte. Die allerdings war seit ein paar Wochen im Pflegeheim untergebracht, da sie unter fortgeschrittener Demenz litt und die Pflege für ihren Sohn und ihre Schwiegertochter inzwischen untragbar geworden war. Das Wohnhaus der alten Frau Lenz war aber bisher nicht aufgelöst worden.

Da blieb kein Verdächtiger übrig, außer Markus. Sollte Florian sich ausgerechnet dieses Mal so getäuscht haben? Markus war kein Mörder. Oder doch? Immerhin hatte er mit den Reinigungs- und Brauzeiten zunächst falsche Angaben gemacht.

Berthold war inzwischen mit der Recherche nach dem Chemikalienvertreter beauftragt, kam aber nicht sonderlich gut voran, da weder Lenz noch Markus mit Namen herausrückten. Sie würden die Namen der Vertreter nicht kennen, hatten beide einstimmig gesagt. Da müsse sich die Polizei bei den Firmen direkt schlaumachen. Wenn Lenz bei dem besagten Vertreter und dessen Firma jedoch nie etwas bestellt hatte, dann tauchten diese Informationen in den Brauereiunterlagen gar nicht auf.

»Herrgott, Paula!«, platzte Florian heraus, als er, noch immer in Gedanken, die Haustür öffnete und Jessicas beste Freundin erblickte. Er wusste überhaupt nicht, wo er hinsehen sollte, denn der Ausschnitt an ihrem Dirndl war wieder gigantisch.

»Gefällt's dir nicht?«, maulte sie gespielt gekränkt, lachte dann aber schallend, als Florian breit grinste. »Ist Jessica schon fertig?«

»Wo geht ihr denn hin?«, fragte er neugierig und bat Paula herein. »Jessy hat Jeans und T-Shirt angezogen.

Wusste sie etwas von dieser Kleiderordnung?« Er wies mit ausgestreckter Hand auf ihr viel zu freizügiges Outfit und zog fragend eine Augenbraue in die Höhe.

»Nö. Habe ihr nur gesagt, dass wir auf ein Konzert gehen. Jessica?«, brüllte sie die Treppe hinauf. »Zieh dein Dirndl an. Und beeile dich, wir müssen los.«

Eine gute halbe Stunde später saßen sie in Paulas altem Auto. Alle drei. Paula konnte machen, was sie wollte, aber Florian würde seine Freundin Jessica in diesem Kleid sicher nicht unbeschützt den wilden Horden zum Fraß vorwerfen. Paula hatte erzählt, dass sie ein Brauereifest besuchen wollten. Dort gab es Unmengen Alkohol und mit hoher Gewissheit viel mehr Männer als Frauen. Da konnte man nie wissen, was alles passierte.

*

»Ich verstehe fast gar nichts.« Jessica schüttelte lachend den Kopf und starrte wie gebannt auf die Bühne, vor der sie seit ein paar Minuten standen. »Die Musik ist wirklich toll und die Jungs können singen, aber ich habe keine Ahnung, um was es in den Texten geht.«

»Hast du nicht gesagt, du würdest hier nie wieder herkommen, Paula?« Florian musste laut rufen, denn die Bühne mit den großen Lautsprechern war nur zwei oder drei Meter entfernt.

»So ein Quatsch, Florian«, belehrte ihn Jessicas Freundin. »Ich habe gesagt, ich trinke nie wieder ein Bier von dieser Leichen-Brauerei. Und? Siehst du mich ein Bier trinken?« Demonstrativ hob sie beide Hände in die Höhe. »Und mir ist ganz egal, wo die Jungs auftreten. Wenn Losamol singen, dann bin ich dabei.«

Auch er hatte sich fest vorgenommen, kein einziges Glas Bier zu trinken, als er während der Fahrt erfuhr, dass sie das zweite Sommerfest des Baschtl-Bräu ansteuerten, zu dem Lenz ihn vor Tagen eingeladen hatte. Jetzt allerdings stand er mit einem Plastikbecher voll Bier zwischen all den Zuschauern und wagte nicht, daraus zu trinken. Markus hatte es ihm aufgezwungen, als sie ihn vorhin am Ausschank getroffen hatten.

»Trinkst du das nicht?« Jessica griff nach dem Becher und nahm einen großen Schluck. »Mmh, echt gut«, sagte sie, dann lachte sie laut. »Wird schon keiner mitgekocht worden sein. So etwas passiert nicht zweimal in der gleichen Brauerei. Und jetzt hilf mir endlich. Worum geht es in den Texten?«

Florian nahm Jessica den Becher ab und sah sie lange an. Dann starrte er ins Bier, zuckte mit den Schultern und trank. »Drauf geschissen, es ist wirklich gut«, murmelte er und wischte sich mit dem Handrücken den Schaum vom Mund.

»Was verstehst du denn überhaupt?«, wollte Paula wissen. »So schwer ist das doch nicht.«

»Ja, klar«, protestierte Jessica. »Für euch Allgäuer ist das Landessprache. Und Texte wie ›Nauf auf die Bank‹ verstehe ich auch, aber warum singen die über einen Geiger?« Die fragenden Gesichter, in die Jessica blickte, ärgerten sie etwas. »Was?«

»Wo hörst du in dem Text das Wort ›Geiger‹ heraus?«, fragte Florian und schüttelte ungläubig den Kopf. »Die singen ganz bestimmt nicht von Musikinstrumenten oder Musikern.«

Doch Paula brach in schallendes Gelächter aus. »Sie meint ›Fehla-Fidla‹!«

Jessica sah, wie Florian breit grinste. »Sehr witzig, Leute«, bemerkte sie genervt. »Macht euch nur lustig über mich. Im Norden ist ein Fiedler ein Mann mit einer Geige.«

»*Das* ist ein Fehla-Fidla«, kicherte Paula, streckte ihr ihren Hintern entgegen und schlug sich mit der flachen Hand darauf. »Ein Mädchenpopo. Und was für einer!«

»Verstehe«, sagte Jessica. »Daher kommt dann sicher der Begriff ›Arschgeige‹, oder?«

»Ihre Kollegin sagte, Sie wollten mich sprechen, Herr Hauptkommissar?« Den Mann, der sich vor ihm aufbaute, erkannte er sofort als eines der Bandmitglieder von Losamol. Neben dem blonden Mann in Allgäuer Tracht stand Paula und sah Florian flehend an.

»Meine Kollegin?«, fragte der Hauptkommissar abfällig und warf Paula einen ärgerlichen Blick zu.

»Ja, Florian. Du hast mich doch gebeten …«, begann Paula und zwinkerte ihm fast ununterbrochen zu. Es war offensichtlich, dass Jessicas Freundin nur einen Vorwand gesucht hatte, um mit diesem Typen in Kontakt zu kommen. Paula war einfach unberechenbar und immer wieder für eine Überraschung gut. Er würde später ein ernstes Wort mit ihr sprechen müssen.

»Sie wollen mich bestimmt befragen, weil ich Helene kenne. Ich weiß über den Vorfall in der Brauerei aber nicht das Geringste«, fuhr Paulas Schwarm ungefragt fort. »Ich weiß nur, dass Helene mit der Sache nichts zu tun hat. Sie war mit ihrem Mann in Thailand, als diese schreckliche Tat begangen wurde.«

»Ja, das ist uns bekannt«, bestätigte Florian und überlegte fieberhaft, was er den Mann fragen konnte, damit der Schein gewahrt blieb. Schließlich war das Ganze Paulas dumme Idee. »Woher kennen Sie Helene und warum treten Sie ausgerechnet hier auf? Ist das nicht schlecht fürs Image?«

Jetzt mischte sich Paula ein. Sie legte dabei wie selbstverständlich ihre Hand auf den Oberarm des jungen Mannes und sah ihn lächelnd an.

»Helene ist eine gute Freundin meiner Bekannten. Ich kenne sie schon ewig. Sie hat uns gebeten, hier aufzutreten, um der Brauerei wieder auf die Füße zu helfen. Und jetzt, da Helene endlich schwanger ist, können die beiden es nicht gebrauchen, aufgrund eines solchen Schicksalsschlages pleitezugehen. Da helfen wir gern.«

Florian legte den Kopf schräg. »Helene Lenz ist schwanger?«

»Ja, genau. Sie weiß es erst seit letzter Woche«, berichtete der Allgäuer Mundartsänger. »Und das ist großartig. Wenn Sie wüssten, Herr Hauptkommissar, wie lange die beiden schon versuchen, ein Kind zu bekommen. Sie sind seit über zehn Jahren verheiratet, doch es wollte nicht klappen. Der Urlaub war's«, tippte er. »Gibt's sonst noch etwas? Die Pause ist gleich vorbei. Ich muss zurück auf die Bühne.«

»Eine Sache noch.« Paula hakte sich bei dem Sänger ein und grinste. »Wir brauchen ein Foto von dir für die Akten.« Sie lehnte ihren Kopf an seine Schulter und sah lächelnd zu ihm auf. »Florian? Wärst du bitte so nett?«

18

Es war unangenehm heiß hier im Auto, obwohl er im Schatten am Straßenrand stand und beide Fenster heruntergelassen hatte.

Die Straße war ruhig. In der letzten halbe Stunde waren nur zwei Autos vorbeigefahren und niemand hatte ihn bemerkt. Er musste sich keine Sorgen machen, dass er jemandem auffiel. Die Grundstücke links und rechts der Straße waren mit hohen Hecken umrahmt oder mit eineinhalb Meter hohen Palisaden umzäunt. Und die wenigen Anwohner, die um diese Zeit mit ihren Hunden Gassi gingen, nahmen das fremde Auto nicht wahr.

Das Haus, das er beobachtete, schien menschenleer. Vielleicht waren die Bewohner in den Urlaub gefahren oder machten einen Ausflug. Die zwei Kinder hatten Sommerferien.

Warum er heute allerdings keinen Zugang zu der Kamera bekam, die er vor über einem Jahr heimlich installiert hatte, war ihm ein Rätsel. Sein Smartphone schaffte es auch nach wiederholten Versuchen nicht, eine Verbindung aufzubauen. Das kleine Gerät in der Zimmerdecke im oberen Flur existierte laut Anzeige gar nicht mehr. Hatten sie es vielleicht entdeckt? Das wäre zwar blöd, aber eigentlich nicht tragisch. Die Kamera hatte ihm einen guten Dienst erwiesen. Er brauchte sie nicht mehr, denn er würde andere Wege finden.

»Entschuldigen Sie, junge Frau.«

Die Dame, die gerade mit ihrem hässlichen Köter an

seinem offenen Autofenster vorbeilief, erschrak zuerst, lächelte dann aber freundlich.

»Vielleicht können Sie mir helfen«, fuhr er fort, öffnete die Tür und stieg langsam aus. »Mein Akku ist leer, ich habe mich verfahren und weiß nicht, wo ich gerade bin. Ich müsste dringend telefonieren. Ich möchte Sie nicht belästigen, doch wenn es möglich ist, wäre es großartig, wenn ich mein Handy bei Ihnen aufladen dürfte.«

Jetzt musterte sie ihn kritisch von oben bis unten.

»Entschuldigen Sie bitte erneut«, bat er beschwichtigend. »Ich habe gesehen, dass Sie gleich hier wohnen, ich stehe hier schon eine ganze Weile. Wie heißt denn der kleine Racker? Süßer Kerl.« Er beugte sich zu dem Rauhaardackel hinunter, der sich bereitwillig von ihm unterm Kinn kraulen ließ und freudig mit dem Schwanz wedelte.

»Das ist Poncho.« Nun lächelte sie wieder freundlich und offen. »Selbstverständlich können Sie bei mir telefonieren. Ich koche uns einen Kaffee, solange ihr Handy auflädt.«

*

»Nein! Ich will nicht zu *irgendeinem* Beamten. Ich will zu Hauptkommissar Forster«, brüllte der Mann aufgebracht, lehnte sich weit über den Empfangstresen im Eingangsbereich und hob drohend die Hand. Die Beamtin hinter der Holztheke wich erschrocken einen Schritt zurück. Ein Polizist sprang hinter seinem Schreibtisch auf und eilte seiner Kollegin zu Hilfe. »Bitte beruhigen Sie sich doch, Herr …«

»Mein Name ist Jürgen Hildebrandt. Ist Herr Forster im Hause? Ich muss ihn dringend sprechen«, wiederholte er sein Anliegen etwas ruhiger, hatte aber sichtlich Mühe, sich unter Kontrolle zu halten, was bei einem Mann wie ihm durchaus bedrohlich wirkte. Er war riesig, breitschultrig und sehr kräftig.

»Hauptkommissar Forster ist beschäftigt. Wollen Sie vielleicht mit meinem Kollegen, Wachtmeister Laue, sprechen?« Die junge Beamtin wies mit der Hand auf den Mann zu ihrer Rechten, der freundlich lächelte. »Worum geht es denn, Herr Hildebrandt?«

»Das würde mich allerdings auch interessieren.« Hauptkommissar Forster, der gerade auf dem Weg zu seinem Chef durch den Flur gelaufen war, erkannte Herrn Hildebrandt sofort, baute sich neben ihm auf und musterte ihn eindringlich. »Geht es wieder um Ihre Frau?«

Als Herr Hildebrandt stumm nickte, konnte Florian sich den Seitenhieb nicht verkneifen. »Ist sie etwa erneut die Treppe hinuntergefallen?«

Der Mann starrte ihn sekundenlang reglos an, dann zuckte er mit den Schultern. »Können wir irgendwo privat miteinander reden, Hauptkommissar Forster?«, fragte er und sah so verzweifelt aus, dass Florian nicht wusste, was er von diesem Auftritt halten sollte.

»Privat?«, wollte er deshalb wissen. »Privat reden, weil ich Sie dann nicht verhaften kann, wenn Sie mir etwas gestehen?«

Herr Hildebrandt gab wieder keine Antwort. Stattdessen seufzte er gequält.

»Sie müssen wissen, Herr Hildebrandt, dass ich im Dienst bin und ich nicht zögern werde, Sie aus dem Verkehr zu ziehen, wenn es nötig ist. Wollen Sie einen Anwalt?«

»Herr Forster, bitte. Ich brauche Ihre Hilfe. Bitte helfen Sie meiner Frau.«

»Sie bearbeiten den Fall mit der Leiche, die im Bier ertrunken ist?«, fragte Hildebrandt, als er sich kurze Zeit später auf den Stuhl vor Hauptkommissar Forsters Schreibtisch niedergelassen hatte und zufällig die noch aufgeschlagene Akte zum Fall sah. »Wenn Sie mich fragen, dann ist es bedauerlich, dass der Brauereibesitzer Lenz nicht persönlich im Bier gestorben ist. Um den wäre es wirklich nicht schade gewesen.«

»Und ich dachte, Sie sind wegen Ihrer Frau hier und nicht, weil sie den Mord im Baschtl-Bräu gestehen wollen«, warf Florian Forster sarkastisch ein, setzte sich auf seinen Bürostuhl und klappte die Akte auf seinem Schreibtisch zu. Natürlich glaubte er nicht, dass Jürgen Hildebrandt in der Brauerei vom Lenz einen Mann in die Sudpfanne geworfen hatte. Er schien nicht mehr Informationen zu haben, als die Presseabteilung der Dienststelle den Journalisten gegeben hatte, um die allgemeine Neugier zu stillen. Und in den Zeitungen war nur die Rede von einem Toten, der im Bier ertrunken war.

»Sie mögen Sebastian Lenz also nicht, Herr Hildebrandt?«, hakte Florian trotzdem nach. »Woher kennen Sie ihn?«

»Ich habe ihn in meiner Funktion als Vertreter kennengelernt. Mein Arbeitgeber sitzt in Hamburg, doch ich betreue ganz Süddeutschland. Deshalb bin ich oft tagelang nicht zu Hause. Auf einem Brauereifest habe ich dem Lenz einmal eine ordentliche Abreibung verpasst«, erklärte der Mann ihm gegenüber, der wieder resigniert in sich zusammensank und müde und abgekämpft wirkte.

»Aus welchem Grund?«, wollte Forster wissen.

»Er hat die Dreistigkeit besessen, mir 50.000 Euro für mein damals noch ungeborenes Kind zu bieten, weil meine

Frau …«, urplötzlich schluchzte er herzzerreißend. »Weil sie doch sowieso … sowieso sterben wird.« Er vergrub das Gesicht in seinen riesigen Händen und weinte bitterlich.

Als Jürgen Hildebrandt über eine Stunde später sein Büro verließ, war Florian Forster mit den Nerven total am Ende, sehr erschüttert und abgrundtief traurig. Er konnte nichts tun. Das war das Schlimmste an der ganzen Sache.

Obwohl Hildebrandt ihn unter Tränen angefleht hatte, ihm und seiner Frau zu helfen, musste er dem armen Mann sagen, dass ihm in dieser Angelegenheit wohl die Hände gebunden waren.

Trotzdem griff er jetzt nach dem Telefon und wählte die Nummer des Jugendamtes.

»Ja, genau. Es geht um die Tochter der Familie Hildebrandt«, erklärte er, als er die zuständige Sachbearbeiterin endlich am Apparat hatte. »Die Kleine muss zurück zu ihrer Mutter. Umgehend.«

»Das haben Sie zum Glück nicht zu entscheiden, Herr Hauptkommissar«, ließ die Mitarbeiterin des Jugendamtes ihn überheblich wissen. »Der Mann ist gefährlich, seine Frau nicht in der Lage, sich zu kümmern. Das Kind bleibt in Obhut des Jugendamtes und kommt in eine Pflegefamilie.«

»Herr Hildebrandt hat seiner Frau nichts getan«, behauptete Forster. »Und das Baby braucht seine Mutter. Wie können Sie so herzlos sein?«

»Ach, ich bin also herzlos? Ich glaube, Ihr Name steht unter dem Polizeibericht über vermutete häusliche Gewalt in der Familie Hildebrandt. Oder irre ich mich, Herr Hauptkommissar Forster? Wir sind nur Ihrer Vermutung nachgegangen und haben den Fall überprüft. Und die Frau hatte erneut frische Verletzungen. Der Mann schlägt sie. Das ist eindeutig!«

»Das ist es eben nicht.« Florian musste aufpassen, seine Fassung nicht zu verlieren. Er musste ruhig bleiben. »Sie wissen doch inzwischen, dass die Ehefrau todkrank ist. Die Verletzungen rühren einzig und allein daher, dass sie Schwindelattacken hat und häufig fällt. Ihr Mann hat damit gar nichts zu tun.«

»Gut, wenn das so ist, dann hat das Jugendamt richtig gehandelt. Die Frau kann sich nicht mehr kümmern. Das Kind bleibt in Obhut.«

»Herrgott, dann schicken Sie der Familie eine Haushaltshilfe, die sie unterstützt, und nehmen Sie einer Sterbenden nicht ihr Allerliebstes. Sie wird noch schneller aufgeben ohne ihre Tochter.«

»Sie sagten, Herr Hauptkommissar, sie sterbe sowieso. Dann macht es doch keinen Unterschied. Der Ehemann kann einen Antrag stellen, wenn er selbst für das Kind sorgen will, und wir prüfen, ob er der Kindererziehung und der Pflege seiner Frau gewachsen ist. Dann kann das Mädchen zurück. Ich glaube allerdings nicht …«

Florian musste das Gespräch abbrechen. Ansonsten hätte er zu viele unschöne Dinge gesagt.

19

»Ich fahre morgen für ein paar Tage nach Hamburg zu Malte«, verkündete Jessica ganz unerwartet beim Abendessen. »Mit Herrn Götze ist das bereits geklärt, und wenn ich am Sonntag zurückkomme, bringe ich die Kinder mit.«

»Bis Sonntag? Morgen ist Dienstag. Das ist fast eine ganze Woche. Was willst du denn so lange in Hamburg? Und noch dazu bei diesem Lübke?« Florian warf seine Gabel auf den Teller und sprang auf. »Und warum erfahre ich das als Letzter?« Er lief durch die Küche, blieb am Fenster stehen und fuhr sich mit beiden Händen durchs Haar.

»Malte hat heute früh aus Hamburg angerufen. Es gibt neue Erkenntnisse in unserem gemeinsamen Fall. Er wollte eigentlich nach Kempten kommen, aber das wollte ich dir nicht erneut zumuten«, erklärte sie, stand auf und ging zu ihm hinüber. »Deshalb habe ich vorgeschlagen, ich fahre zu ihm. Dann hast du deine Ruhe«, fuhr sie fort, stellte sich dicht hinter ihn und legte ihre Arme um seinen Körper.

Florian seufzte. »Und wenn ich gar keine Ruhe will?« Er drehte sich zu ihr um und nahm sie in den Arm.

»Wenn die Kinder erst wieder da sind, ist es mit der Ruhe doch eh vorbei. Dann wirst du dankbar sein für die familienfreie Zeit.« Sie hob die linke Hand, strich ihm sanft über die Schläfe und lächelte.

Plötzlich hielt er erschrocken die Luft an, griff nach ihrer Hand und starrte auf ihre Finger. Er schluckte, sah ihr in die Augen und hatte Mühe, die richtigen Worte zu finden. »Du … du … trägst den Ring«, brachte er heraus und lächelte zaghaft.

»Ja«, sagte sie und berührte mit den Fingern seine Lippen. »Damit du weißt, dass ich zu dir gehöre, dass ich zurückkomme, auch wenn ich länger wegbleibe, als dir lieb ist. Ich komme zurück. Versprochen.«

Leicht beunruhigt über ihre Worte schaute er sie erst lange an, wischte dann aber die Bedenken beiseite und gab ihr einen Kuss auf die Stirn. »Ähm, also, jetzt, da wir sozusagen verlobt sind … endlich«, begann er zögernd, grinste und vergrub die Finger in ihrem blonden Haar, hielt ihren Kopf ganz fest und legte seine Stirn an ihre. »Ich meine nur, gibt es nicht so etwas wie eine Verlobungsnacht? Immerhin wird das Ganze nur legitim, wenn man –«

»Ich glaube, das verwechselst du mit der Hochzeitsnacht«, unterbrach sie ihn und lachte. »Solange wir nicht verheiratet sind, gibt es da keine Verpflichtungen. Rein aus katholischer Sicht dürften wir vor der Hochzeit auch gar nicht.«

Er schnaubte verächtlich. »Das ist mir egal. Meine Frau fährt für fast eine Woche zu einem norddeutschen Surfertypen, und ich werde in dieser Nacht dafür sorgen, dass sie nicht vergisst, wohin sie gehört. Wenn ich mit dir fertig bin, wirst du dir nichts sehnlicher wünschen, als mich am Sonntag wiederzusehen. Und jetzt rauf ins Schlafzimmer, Weib.«

*

»Ist alles in Ordnung zu Hause? Ich meine nur, weil du ständig Anrufe wegdrückst. Auf deinem Privathandy.« Der blonde Hauptkommissar baute sich vor Jessica auf, versperrte ihr den Weg und sah sie fragend an. »Willst du deinem Allgäuer denn nicht sagen, dass du gut angekommen bist?«

»Ich habe Florian eine Nachricht geschickt.« Sie schob Malte Lübke genervt beiseite und lief weiter. »Ich kann jetzt nicht mit ihm sprechen. Wir sind hier zu beschäftigt.«

»Na ja, zwei oder drei Minuten hättest du schon Zeit. Unser Termin läuft uns schließlich nicht weg«, sagte der Hamburger Beamte und versuchte aus ihrer Reaktion zu ergründen, was eigentlich los war. Er beobachtete, wie Jessica ihr Smartphone genervt in ihre Jackentasche zurückschob und seufzte.

»Komm endlich, Malte. Du wolltest mir die leer stehende Wohnung zeigen. In zwei Stunden bin ich mit meinem Vater und den Kindern verabredet. Und genau deshalb habe ich keine Zeit, mit Florian zu telefonieren.«

»Aber heute Abend rufst du ihn an«, bestimmte Malte und lächelte aufmunternd. »Dein Mann tut mir schon etwas leid.«

»Ist klar. Typisch Malte Lübke«, polterte Jessica. »Und jetzt komm endlich.«

*

Das Gekläffe war ohrenbetäubend. Wie konnte so ein kleiner Hund nur einen solchen Lärm machen? Der struppige Rauhaardackel rannte um die zwei Männer im Garten herum, bellte, knurrte und schnappte nach ihren Hosenbeinen.

»Herrje, was ist das denn für ein lästiger Köter«, bemerkte Ewe, sprang vom Gartenstuhl auf und versuchte sich hinter dem Tisch in Sicherheit zu bringen. »Pass auf das Grillfleisch auf. Nicht dass das kleine Biest mein Steak frisst.«

»Das ist nur Poncho. Der gehört der Nachbarin.« Florian wies mit ausgestrecktem Arm auf die Hecke zu seiner Linken, hinter der das Haus der jungen Frau Cordis stand. »Der ist harmlos.«

In diesem Moment erwischte der Dackel die Schlaufe des Schnürsenkels an Florians Turnschuh und zog kräftig daran.

»Du verdammter kleiner Giftzwerg!« Florian packte den kleinen Hund im Nacken und hob ihn hoch. Kaum hatte er ihn auf dem Arm, änderte sich das Verhalten des Tieres schlagartig. Poncho wedelte freudig mit dem Schwanz und leckte ihm über das Gesicht.

»Ich sag immer zu Cornelia: Der Hund ist schizophren. Aber davon will sie nichts wissen«, hörten sie einen Mann, der am Gartentor stand und grüßend die Hand hob. »Entschuldigung. Ich habe vergessen, die Terrassentür zu schließen. Poncho ist wohl entwischt und durch den Zaun geschlüpft.«

Florian trug den Dackel zum Gartentor und überreichte ihn dem Mann. Dann stellte er sich vor.

»Freut mich, Herr Forster. Mein Name ist Josef Rietzler. Ich bin der Lebensgefährte von Frau Cordis.«

Florian sparte es sich, den Mann auf ein Bier in seinen Garten zu bitten, verabschiedete sich und ging zurück zu Ewe, der inzwischen am Grill stand und hungrig auf die Steaks starrte, die über der heißen Kohle brutzelten. Wenn sie so gut schmeckten, wie sie rochen, dann gab es gleich ein kleines Festmahl.

»Deine Kochzeiten von der Brauereileiche passen jetzt übrigens. Ich habe es mit einer kleinen Versuchsreihe ausprobiert und nachgewiesen«, sagte der Rechtsmediziner beiläufig, trank einen Schluck aus der Bierflasche in seiner

Hand und setzte sich wieder auf den Gartenstuhl. »Eine Woche in der heißen Lauge hätte tatsächlich ausgereicht, um das ganze Fleisch von den Knochen zu lösen. Und es war kein Wunder, dass wir kaum Haut gefunden haben. Die hat sich zersetzt. Wie konnte euch das mit der langen Kochzeit denn auf den Protokollen nicht auffallen?«

»Die Daten waren manipuliert. Der Reinigungsvorgang hat sich täglich wiederholt, weil das Datum nach dem 22. des Monats nicht auf den 23., sondern immer wieder auf den 22. gesprungen ist. Wie das funktioniert oder wer das getan haben könnte, ist aber nach wie vor ein Rätsel. Laut Julian Pretzelt, dem Techniker, den wir hinzugezogen hatten, gelingt das nur sehr guten Programmierern. Der Täter muss sich in diesen Computerdingen extrem gut auskennen. Wir tappen absolut im Dunkeln.« Florian drehte das Fleisch ein letztes Mal um und lud es schließlich auf die Teller. »Knoblauchbutter?«, fragte er, als er Ewe das Steak und das Besteck reichte.

»Gern, aber du solltest lieber keinen Knobi essen. Immerhin kommt Jessica morgen aus Hamburg zurück.« Ewe hielt sich den Teller mit dem duftenden Fleisch unter die Nase, roch daran und schloss seufzend die Augen.

»Sie kommt nicht«, hörte er seinen Freund leise sagen. »Sie fährt mit den Kindern in den Urlaub.«

»Was? Wieso?«, fragte Ewe erschrocken. »Ohne dich?«

»Willst du jetzt Knobibutter?« Florian warf ihm die in Alufolie verpackte Butter zu und ließ sich auf einen der Gartenstühle fallen. »Und was ist mit den abgesplitterten Knochen? Dem fehlenden Fuß und den Fingern?«

»Keine Ahnung. Dafür habe ich keine Erklärung. Das Rührwerk ist während der Reinigung nicht an, deshalb kann der Fuß eigentlich nicht abgerissen sein.« Ewe stellte seinen Teller auf den Tisch, beugte sich vor und sah seinen Freund an. »Warum fährt sie ohne dich in den Urlaub? Hast du davon gewusst?«

»Nein. Ist der Fuß also doch vor der Reinigung abgetrennt worden?«

»Herrgott, Flo. Hast du mit ihr telefoniert? Was ist passiert?«

»Sie geht nicht ans Telefon. Sie hat mir das schriftlich mitgeteilt. Die drei sind an der Nordsee in einem Ferienhaus zusammen mit diesem Lübke.« Florian schob den Teller weit von sich, legte beide Arme auf den Tisch und den Kopf auf seine Hände. Ewe hörte ihn kaum noch, als er weitersprach. »Wurden der Fuß und die Finger dann absichtlich abgetrennt? Anders geht es nicht, oder? Das würde auch erklären, warum wir nicht alle Knochen gefunden haben. Sie sind vermutlich nicht mehr in der Brauerei oder in dem Bier.« Er hob den Kopf und sah seinen Freund fragend an. »Aber was will jemand mit einem Fuß?«

Ewe seufzte. »Was sagt denn dein Bauchgefühl?«, fragte er und legte Florian besorgt die Hand auf den Unterarm.

»Markus hat nichts mit der Sache zu tun. Aber der Lenz ist mir nicht ganz geheuer, und obwohl er in Thailand war – er also ein Alibi hat –, stimmt mit dem etwas nicht. Vielleicht ist er mir auch einfach nur unsympathisch.«

»Ich meinte nicht den Fall, sondern deine Beziehung zu Jessica«, ließ ihn Ewe wissen, griff nach dem Besteck und begann zu essen. »Sie kommt doch zurück, oder?«

»Klar«, kam es zögerlich von Florian. Dann setzte er sich aufrecht hin, zog seinen Teller heran und nickte. »Natürlich kommt sie zurück.«

20

Anfang der Woche änderte sich das Wetter. Der Sommer war fürs Erste vorbei. Es wurde merklich kälter und regnete ununterbrochen.

»Ist es okay für Sie, Frau Lenz, wenn ich Sie hier später allein lasse? Ich habe leider nicht viel Zeit. Meinen Termin bei der Staatsanwaltschaft kann ich bedauerlicherweise nicht verschieben.«

Die Frau des Brauereibesitzers Lenz hatte Hauptkommissar Forster gebeten, sie zu ihrer Schwiegermutter ins Pflegeheim zu begleiten, um nach dem Brauereischlüssel zu fragen, der sich eventuell noch im Haus der alten Dame befand. Florian, der Frau Lenz am Vormittag noch einmal besucht hatte, um sich nach diesem Schlüssel zu erkundigen, hatte sich sofort bereit erklärt, die schwangere Frau ins Heim zu fahren.

»Kein Problem, Herr Forster. Mein Mann holt mich später ab.« Sie lief voraus durch den schmalen Gang, der ähnlich steril wirkte wie ein Krankenhausflur. Immerhin standen alle paar Meter große Topfpflanzen und Sitzgruppen. »Sie müssen wissen«, Frau Lenz drehte sich zu Florian um, »dass meine Schwiegermutter manchmal etwas neben der Spur ist. Man weiß nie, ob sie einen erkennt. Hin und wieder vergisst sie Namen und Zeiten, doch zwischendurch geht es ihr auch erstaunlich gut. Dann weiß sie plötzlich wieder alles. Hoffen wir, dass heute so ein Tag ist.« Sie blieb vor einer der Türen stehen, griff nach der Türklinke und betrat den Raum.

Florian folgte ihr.

»Grüß dich, Thea«, trällerte Helene Lenz übertrieben fröhlich der älteren Dame entgegen, die in einem modernen Sessel direkt vor der gläsernen Balkontür saß und hinausschaute. »Ich habe Besuch mitgebracht. Das hier ist Hauptkommissar Forster.«

Die alte Frau Lenz drehte sich um und musterte Florian mit prüfendem Blick. Dann nickte sie. »Wollen Sie mich verhaften, Herr Hauptkommissar?«, fragte sie ernst und brach anschließend in schallendes Gelächter aus. »Hat mein Sohn wieder etwas angestellt?«

»Nein, Frau Lenz«, sagte Florian, ging auf die alte Dame zu und streckte ihr seine Hand entgegen. »Wir sind auf der Suche nach einem Schlüssel für die Brauerei, den Sie vielleicht haben.«

»Ich habe keinen Schlüssel«, erwiderte sie kopfschüttelnd und griff nach seiner ausgestreckten Hand. »Sie haben schöne Hände, Herr Hauptkommissar.«

»Ähm, ja, vielen Dank, Frau Lenz. Der Schlüssel müsste in Ihrem Haus sein, aber Ihre Schwiegertochter kann ihn nicht finden. Vielleicht können Sie uns sagen, wo er ist?« Er entzog ihr seine Finger beinahe grob, denn sie hielt seine Hand fest in ihrer. »Erinnern Sie sich an den Brauereischlüssel?«

»Den Schlüssel habe ich nicht mehr«, erklärte sie und klang überzeugt. »Jemand hat ihn abgeholt.«

»Ehrlich?« Helene Lenz wirkte erstaunt. »Wann, Thea? Und wer hat ihn geholt?«

»Erst gestern hat jemand den Schlüssel gebraucht, weil der Schrank nicht aufging.« Thea Lenz starrte wieder aus dem Fenster und begann ein Kinderlied zu summen.

»Sie erinnert sich nicht. Das hat wohl keinen Sinn, Herr

Forster«, bedauerte die junge Frau Lenz. »Ich werde sie in ein paar Tagen noch mal fragen.«

»Wonach willst du mich fragen, Helene? Frag doch jetzt. Ich bin hier.« Die alte Frau Lenz erhob sich aus ihrem Sessel und ging auf den Hauptkommissar zu. »Oh, Sie sind auch da. Entschuldigen Sie, aber ich habe Ihren Namen vergessen.« Wieder griff sie nach seiner Hand.

»Mein Name ist Florian Forster. Ich brauche den Brauereischlüssel«, versuchte er es erneut, hatte aber wenig Hoffnung, dass die Mutter von Sebastian Lenz ihm helfen konnte.

»Hat mein Sohn wieder etwas angestellt?«, wollte sie zum zweiten Mal wissen. »Sie sind von der Polizei, oder?«

»Richtig. Das bin ich«, bestätigte Florian, vermied es aber, sie erneut zu befragen. Helene Lenz hatte recht. Es wäre sinnlos. »Ich muss mich jetzt verabschieden, Frau Lenz. Ich wünsche Ihnen noch einen schönen Tag.«

»Ach, wie schade. Ich bekomme doch so selten Besuch.« Sie umarmte den Hauptkommissar und gab ihm einen Kuss auf die Wange.

»Jetzt lass den armen Herrn Forster aber bitte gehen, Thea. Er hat noch andere Termine.« Helene Lenz half dem Hauptkommissar, sich aus dem Klammergriff ihrer Schwiegermutter zu befreien. »Gleich kommt noch Sebastian.«

»Und da bin ich auch schon«, hörten sie eine Stimme von der Tür. Sebastian Lenz stand im Türrahmen und hob grüßend die Hand, nickte dem Hauptkommissar kurz zu und lief zu seiner Frau. »Hallo, Schatz«, sagte er leise und küsste sie. Dann wandte er sich an seine Mutter. »Mama, du siehst gut aus. Wie geht es dir heute?« Auch ihr wollte er zur Begrüßung einen Kuss geben, doch die alte Dame wich vor ihm zurück.

»Wer sind Sie?«, rief sie aufgebracht und starrte den Brauereibesitzer entgeistert an. »Ich kenne Sie nicht und möchte, dass Sie wieder gehen.«

»Mama, ich bin es, dein Sohn«, versuchte es Herr Lenz erneut, doch seine ausgestreckte Hand schlug die alte Dame einfach beiseite. Er lächelte verlegen. »Scheinbar geht es ihr heute nicht so gut«, wandte er sich an den Hauptkommissar. »Dabei haben wir letzte Woche noch gemeinsam Karten gespielt und uns prächtig amüsiert.« Er seufzte. »Das mit ihrer Demenz ist manchmal schlimm und nicht leicht zu ertragen.«

»Ja, das glaube ich.« Florian Forster nickte bedauernd und wollte sich verabschieden, aber Thea Lenz fuhr dazwischen.

»Das da«, sie zeigte auf den Hauptkommissar und lächelte, »das ist Herr Forster. Er ist bei der Polizei. Und den da«, jetzt wies sie auf Sebastian Lenz und ihr Gesicht verfinsterte sich, »diesen Herrn kenne ich nicht. Das ist nicht mein Sohn! Und der Schlüssel, den Sie suchen, ist in der Küche, in der Mehldose im Regal über der Spüle.«

*

Die junge Familie dort auf der Terrasse gleich hinter den Dünen zum Strand gab ein friedvolles Bild ab. Die Kinder, der kleine dunkelhaarige Junge und das etwas ältere blonde Mädchen, saßen brav am Tisch und spielten Karten. Die blonde Frau lag auf einem Liegestuhl und genoss die Sonne. Sie trug einen dunkelblauen Bikini. Ihre Haut und ihr Haar waren nass, als wäre sie gerade erst aus der Nordsee gestiegen. Auch der Mann war blond, trug eine knielange Jeans, kein T-Shirt und eine dunkle Sonnenbrille.

Er reichte ihr ein kühles Getränk und setzte sich auf den Rand der Liege.

Wenn dieser Typ sie jetzt noch küssen würde, wäre die Szene perfekt. Doch das passierte nicht. Und es war auch nicht nötig. Die Fotos, die er bisher geschossen hatte, waren mehr als ausreichend. Sie würden ihren Zweck erfüllen. Schön wäre, wenn er neben den abgelichteten Bildern noch etwas Persönliches von ihr hätte. Ein Kleidungsstück, einen Schlüssel oder eine Strähne von ihrem Haar.

Sie war attraktiv und erinnerte ihn an eine andere Frau, die er vor langer Zeit getroffen hatte. Sie war ihr sehr ähnlich. Kein Wunder, immerhin waren diese zwei Menschen miteinander verwandt.

Als die junge blonde Frau sich von der Liege erhob, verstaute er seine Spiegelreflexkamera und das zusätzliche Objektiv in der Fototasche, hängte sie sich über die Schulter und verließ sein Versteck hinter dem hellblauen Gartenschuppen an der Grundstücksgrenze. Wenn der Mann und die Kinder ihr nicht ins Haus folgten, hatte er seine Chance.

Der Seiteneingang zur Küche war nicht verschlossen. Er schob die Glastür auf und glitt leise ins Gebäude. In diesem Moment stieg sie die Wendeltreppe zum Obergeschoss hinauf. Er konnte noch kurz ihre nackten Füße sehen, bevor sie im ersten Stock verschwanden.

Die Terrassentür war geschlossen. Er war hier in der offenen Küche keine fünf Meter vom großen Holztisch draußen entfernt, an dem die Kinder saßen und immer noch Karten spielten. Den blonden Kerl, der nicht ihr Mann und nicht der Vater der Kinder war, konnte er nicht sehen. Wenn dieser Typ sich ebenfalls im Haus aufhielt, würde es brenzlig für ihn werden.

Geschickt schlich er um die Küchentheke herum und stand bereits auf der Treppe, als die Terrassentür aufging und der Blonde hereintrat.

»Jessy? Wenn es dir recht ist, dann gehe ich mit den Kindern noch schnell ein Eis essen«, rief er laut und wartete auf eine Antwort.

»Ist gut«, kam ihre Stimme aus dem Obergeschoss. »Dann kann ich mir beim Duschen Zeit lassen. Danke, Malte.«

Als das Wasser im Badezimmer lief, saßen die drei bereits im Auto und fuhren die Auffahrt zur Straße hinunter.

Er legte seine Hand auf die Türklinke, lächelte zufrieden und drückte sie langsam herunter.

Jetzt hatte er mehr als genug Zeit für alles, was er dringend noch erledigen wollte.

21

»Guten Tag. Wie kann ich Ihnen helfen?« Florian hatte in Erwartung des Paketboten die Haustür geöffnet und erblickte stattdessen eine ältere Dame in einem unvorteilhaften, beige-karierten Hosenanzug. Ihre Haare waren zu einer altmodischen Frisur am Hinterkopf hochgesteckt. Sie lächelte mechanisch.

»Sie sind also dieser selbstverliebte Hauptkommissar, der meint, Gnade vor Recht wäre eine Tugend«, begrüßte sie ihn kalt, streckte ihm ihre Hand entgegen und lächelte wieder, dieses Mal etwas überheblich. »Charlotte Bach. Jugendamtsmitarbeiterin. Ich möchte die Kinder abholen.«

Florian sah sie verwirrt an. »Wie bitte?«

Natürlich erinnerte er sich an ihren Namen. Frau Bach war die Sozialpädagogin, die die Inobhutnahme der Tochter von Familie Hildebrandt befürwortet und durchgeführt hatte. Seit gestern allerdings betreute eine Kinderpflegerin ganztags die Familie, denn das Baby war zurück zu seiner Mutter gekommen. Er selbst hatte sich dafür eingesetzt, weil er sich mit seinem anfänglich falschen Verdacht gegen Jürgen Hildebrandt für diesen Vorfall verantwortlich fühlte. Der Termin mit Staatsanwältin Grebius vor ein paar Tagen hatte schließlich den Durchbruch gebracht. Wollte Charlotte Bach sich jetzt rächen?

»Sind die Kinder fertig?«, fragte sie, schob ihre Hände in die Hosentaschen und sah den Hauptkommissar streng an. »Der Termin steht seit über zwei Wochen fest.«

»Welcher Termin?« Florian begriff nicht, was hier gerade passierte. »Ich weiß von keinem Termin. Worum geht es denn überhaupt?«

»Ich habe Frau Grothe den Besuchstermin sowohl schriftlich als auch mündlich mitgeteilt. Wir ringen seit Monaten mit der Frage, ob es gut ist, die Kinder ihrer Mutter wieder anzunähern. Vor Kurzem habe ich persönlich die Angelegenheit in die Hand genommen und entschieden, dass Besuchstermine zur Vermeidung von Entfremdung für die Kinder wichtig sind. Und heute ist der erste dieser regelmäßigen Termine.«

Florian war fassungslos. »Sie wollen Svenja und Tobias

zu Susanne bringen? Das darf doch nicht wahr sein! Die Frau ist psychisch krank und höchst gefährlich!«

»Krankheit ist kein Grund dafür, den Kontakt zu seinen eigenen Kindern zu verlieren«, erklärte Frau Bach und rümpfte die Nase. »Bitte geben Sie mir die Kinder. Die Klinik ist drei Fahrtstunden entfernt und ich möchte pünktlich Feierabend machen.«

»Sie entscheiden wohl immer so, wie es Ihnen gerade in den Kram passt«, bemerkte Florian abfällig. »Susanne Reuther ist eine Mörderin. Sie hat sogar ihre Tochter rücksichtslos in große Gefahr gebracht. Sie hat überhaupt kein Anrecht darauf, die beiden zu sehen. Außerdem gab es noch kein einziges Gespräch mit den Kindern. Die beiden wollen sicher nicht zu ihrer Mutter.«

»Natürlich wollen sie das. Kinder lieben ihre Eltern.«

»Verdammte Scheiße, verlassen Sie bitte auf der Stelle mein Grundstück.« Er hatte Mühe, seiner Stimme einen ruhigen Ton zu verleihen. »Die Kinder sind nicht da, aber selbst wenn sie hier wären, würden Sie sie niemals mitnehmen. Das lasse ich nicht zu.«

»Gut, Herr Forster. Dann muss ich mit Vollstreckungsbeamten wiederkommen. Das Gericht hat meinem Antrag zugestimmt und dem einzig verbliebenen Elternteil, Frau Reuther, das Recht zugesprochen, ihre Kinder zu sehen. Das könnte nämlich für ihren Heilungsprozess förderlich sein.«

»Verschwinden Sie. Sofort«, fauchte er wütend. »Denken Sie dabei eigentlich auch an die Kinder? Jessica kommt mit den beiden erst am letzten Ferientag wieder. Ersparen Sie mir also weitere Besuche. Gehen Sie!«

Charlotte Bachs Gesicht verfinsterte sich. Auch sie hatte sichtlich Mühe, ruhig zu bleiben, denn ihre Unterlippe zitterte und sie rümpfte erneut die Nase. Es sah so aus, als wollte sie Florian gleich abfällig vor die Füße spucken.

»Kluger Schachzug Ihrer Lebensgefährtin, Herr Forster«, presste sie wütend heraus. »Richten Sie ihr Grüße aus. Für einen Termin in der Schulzeit muss ich neue Anträge stellen. Doch spätestens in den Ferien um Allerheiligen setze ich den Gerichtsbeschluss durch. Das verspreche ich Ihnen.«

*

Boden und Wände des kleinen Raumes waren komplett gefliest, die Decke mit einer Lackfarbe gestrichen. Es gab eine Dusche, eine Toilette und ein Waschbecken, über dem ein kleiner Spiegelschrank hing. Das Zimmer hatte keine Fenster, nicht einmal einen Lüftungsschacht. Das Licht der runden Deckenlampe reichte kaum, um das winzige Badezimmer zu erhellen, wohl aber, um jedes Detail, jede Narbe, jeden Leberfleck und jedes einzelne Haar an ihrem nackten Körper zu sehen.

Sie lag direkt vor seinen Füßen, atmete flach und etwas hektisch, und die Platzwunde an ihrem Hinterkopf blutete immer noch leicht. Sie war rückwärts gegen den Rand des Waschbeckens gefallen und für ein paar Sekunden bewusstlos gewesen, bevor sie aus Leibeskräften zu schreien begonnen und sich mit aller Kraft gegen ihn gewehrt hatte. Sie war nicht sehr stark. Es war kein Problem für ihn, sie – seine Hand um ihren Hals gelegt – gegen den Spülkasten zu drücken und mit der anderen Hand ihre Hüfte auf dem geschlossenen Klodeckel zu fixieren. Jetzt hatte sie endlich aufgehört zu schreien und zu weinen. Nicht, dass ihn das gestört hatte. Er mochte es schließlich, wenn sie sich wehrten. Und dieser Frau musste er den Mund gar nicht zuhalten. Er konnte sie benutzen, wie es ihm passte, denn niemand war in der Nähe. Niemand konnte hier ihre Schreie hören.

Ein Blick auf sein Smartphone verriet ihm, dass er sich etwas zu viel Zeit gelassen hatte. Diese Zeit fehlte ihm nun. Er musste sich beeilen, der Polizist würde bald nach Hause kommen.

Das Messer hatte er vorhin aus der Küche mitgenommen. Er betrachtete ehrfurchtsvoll den schönen geschwungenen Holzgriff und die silbern glänzende Edelstahlklinge. Lang genug war es auf jeden Fall. Und es lag gut in der Hand. Sie würde schnell und fast schmerzlos sterben, denn das Messer war scharf und stabil genug, um mit einem einzigen Hieb ihre Niere zu durchbohren. Ein oder zwei Minuten später wäre sie verblutet. Dann konnte er mit der Reinigung beginnen.

»Sorry, Süße«, flüsterte er dicht an ihrem Ohr. Er hatte sich weit zu ihr hinuntergebeugt, schob ihr mit der linken Hand eine nasse Haarsträhne aus dem Gesicht und küsste ihre Schläfe. »Aber sie will, dass du stirbst. Das wird jetzt ein wenig wehtun.« Er holte aus und rammte ihr das große Fleischmesser in die Seite.

Ein markerschütternder Schrei dröhnte durch den gefliesten Raum, ihr Körper zuckte, ihre Arme versuchten, nach ihm zu greifen, und ihr Schmerz wollte nicht enden. Er drehte das Messer langsam in der Wunde herum, bohrte es tiefer in ihren Körper, ihre Organe und zerriss ihre makellose Haut. Als sie kraftlos in sich zusammensackte, zog er die Klinge mit einem Ruck heraus und beobachtete fasziniert, wie ihr Blut zuerst in einem mächtigen Schwall, dann nur noch in einem seichten Rinnsal aus der

Wunde lief und mit jedem Tropfen ein Stück Leben aus ihrem geschundenen Körper riss. Es dauerte fast drei Minuten, ehe sie ihren letzten Atemzug tat.

Er lächelte zufrieden, stand auf und griff nach der Brause in der Duschkabine.

Als das heiße Wasser über sie und den Boden lief und all die rote Flüssigkeit im Abfluss der Dusche verschwand, fühlte er ein leichtes Bedauern. Schade, dass er sie nie richtig kennengelernt hatte. Es war dieses Mal etwas zu schnell gegangen. Doch das ließ sich manchmal nicht ändern.

Wieder griff er nach dem Messer und begann damit, seine Kreuze der Vergebung in ihre Haut zu ritzen.

22

Die Mailbox sprang an, ohne dass es vorher auch nur ein einziges Mal geläutet hatte. Anstatt ihr eine weitere sinnlose Nachricht zu hinterlassen, brach er den Anruf noch vor Beendigung der Mailbox-Ansage ab und warf sein Smartphone wütend auf das gegenüberliegende Sofa. Dann fuhr er sich mit den Fingern durchs Haar, verschränkte die Arme hinter dem Kopf und fluchte laut, bevor er sich zurücklehnte und die Füße auf den Glastisch vor dem Sessel legte. Es war schließlich keiner da, den diese Unsitte stören könnte. Warum ging sie nur nicht ans Telefon?

Jetzt wusste er zwar, warum sie spontan in den Urlaub gefahren war, doch es kränkte ihn, dass sie ihn nicht in ihre Probleme und Sorgen eingeweiht hatte. Stattdessen versuchte sie wieder, alles allein zu lösen, fuhr lieber mit diesem Lübke in den Urlaub als mit ihm, ließ diesen norddeutschen Deppen ihre Probleme lösen, anstatt sich ihm endlich anzuvertrauen. Und ging nicht einmal ans Telefon.

Florian war maßlos enttäuscht. Enttäuscht und wütend.

In seinem aktuellen Mordfall ging es auch kaum voran. Nachdem Brauereibesitzer Lenz ihm vorgestern persönlich den fehlenden Brauereischlüssel, den sie seit Tagen suchten, ins Präsidium gebracht hatte, wurde umgehend eine Laboranalyse gemacht. Der Schlüssel hatte sich Lenz' Angaben nach tatsächlich in der Mehldose im Haus der alten Frau Lenz befunden und war entsprechend verstaubt. Dennoch konnten Fingerabdrücke sichergestellt werden, jedoch nur diejenigen von Sebastian Lenz. Niemand sonst hatte diesen Schlüssel berührt, zumindest nicht mit bloßen Händen.

Auch die Untersuchung des Trebers durch die Spurensicherung war inzwischen abgeschlossen. Die fehlenden Knochen hatten die Mitarbeiter aber nicht gefunden. Diese Aktion hatte insgesamt fast vier Tage gedauert und war im Nachhinein komplett sinnlos. Die fehlenden Finger- und Fußknochen blieben verschwunden. Davon hatte die Presse Wind bekommen. Dass diverse Teile der Leiche im Biersud nicht auffindbar waren, wollte weder die Kriminalpolizei noch die Staatsanwaltschaft preisgeben. Florian vermutete deshalb, dass entweder Markus sich verplappert oder der Brauereibesitzer persönlich mit den Reportern gesprochen hatte.

Im Moment lief wirklich alles beschissen.

Das Festnetztelefon klingelte. Im selben Augenblick läutete es an der Türglocke im Erdgeschoss. Da es bereits fast 23 Uhr war, überlegte Florian kurz, ob er überhaupt öffnen sollte, erhob sich dann aber aus dem Sessel. Er griff nach dem Hörer auf dem Wohnzimmertisch, nahm das Gespräch an und machte sich gleichzeitig auf den Weg nach unten.

»Ewe? Ist es nicht etwas spät für einen Anruf?« Er nahm immer zwei Stufen auf einmal und hatte die Haustür erreicht, bevor sein Freund antwortete.

»Du hast heute bis 22 Uhr gearbeitet«, erklärte Ewe seine späte Störung. »Da bist du um diese Zeit noch nicht im Bett. Wollte nur wissen, ob du etwas von Jessica und den Kindern gehört hast. Kommen sie am Sonntag?«

Die Beleuchtung vor der Eingangstür war aus. Das war merkwürdig, denn normalerweise löste der Bewegungsmelder aus, wenn sich jemand der Tür näherte, und erhellte den gesamten Bereich der Treppe und einen Teil des Weges. Hatte er sich das Läuten nur eingebildet? Oder war der Bewegungsmelder kaputt? Doch der war an die Überwachungskamera gekoppelt, die sie vor über einem Jahr installiert hatten. Mit Sicherheit hätte Alexander Richter, der Chef der Sicherheitsfirma, sich umgehend gemeldet, wenn ihm dergleichen aufgefallen wäre.

Oben im Wohnzimmer hörte er sein Smartphone klingeln.

»Redest du nicht mehr mit mir?«, hörte er Ewes leicht genervte Stimme aus dem Hörer.

»Ja, ich vermute …«

War da ein Schatten vor der Tür?

»Ich vermute …«, begann er erneut, konnte sich aber nicht auf das Gespräch konzentrieren. Im oberen Stockwerk klingelte sein Handy ununterbrochen.

Als er die Haustür öffnete, schlug vorn an der Straße eine Autotür scheppernd zu, ein Wagen fuhr mit quietschenden Reifen an und entfernte sich schnell in Richtung Innenstadt.

Dann sah er sie.

»Oh Gott!«

Sie saß angelehnt am Eisengeländer, der Hals war mit einem Kabelbinder am Geländer fixiert, die Hände in ihrem Schoß hielten ein Foto, an einer Kette um ihr Handgelenk hing ein kleiner silberner Ring. Sie trug einen dunkelblauen Bikini, ihr Gesicht war grotesk geschminkt wie bei einem Clown und sie lächelte ihm grausam fröhlich entgegen. Ihr kompletter Körper war übersät mit tief in die Haut geritzten Kreuzen, das Haar ordentlich frisiert und zu einem strengen Dutt auf dem Kopf zusammengesteckt, Finger und Fußnägel waren schwarz lackiert. Um ihre Schultern gewickelt prangte eine übergroße violette Schleife.

»Flo? Alles klar bei dir?« Ewe klang beunruhigt.

Florian beugte sich zu der Leiche der Frau hinunter. Aus dem Flur fiel Licht auf ihren fast nackten Körper. Ihre Haut war bleich und trocken.

»Ewe? Komm bitte schnell her. Informiere Hauptkommissar Kern. Er soll den Fall übernehmen. Ich habe eine Leiche vor der Haustür. Die Tote heißt Charlotte Bach und ist Mitarbeiterin des Jugendamts.«

*

»Setzen Sie sich irgendwo hin, Forster«, rief Hauptkommissar Kern ungehalten. »Laufen Sie mir nicht ständig vor die Füße!«

»Wie viele Kreuze sind es, Ewe?« Es war Florian, der fragte, bevor er von Kern am Arm gepackt und in die Küche geschoben wurde. Der ältere Hauptkommissar zwang ihn, sich auf einen der Küchenstühle zu setzen. »Sie bleiben jetzt hier und lassen uns unsere Arbeit machen.«

»Das Foto, das die Tote hielt, zeigt Jessica«, brachte Florian fast tonlos heraus. »Der Ring gehört auch ihr. Ich muss wissen ... Ich muss doch wissen ...« Er konnte es nicht aussprechen.

Kern blieb in der Küchentür stehen, drehte sich zu Florian um und sah ihn nachdenklich an. »Kontaktieren Sie bitte die Sicherheitsfirma, die Ihr Haus bewacht. Wir brauchen die Aufnahmen der Überwachungskamera. Anschließend versuchen Sie, den blonden Mann auf dem Foto zu erreichen. Sie sagten, er sei Kommissar in Hamburg? Da sollte man doch was machen können, oder?« Kern wusste, dass es gut war, dem jüngeren Kollegen eine Aufgabe zu geben, damit er sich ein wenig ablenkte von der Sorge um Jessica. Das Foto und der Ring waren eine Provokation, die genau darauf abzielte, sie alle, aber vor allem Florian Forster in den Wahnsinn zu treiben.

Als Florian nickte, verließ Kern die Küche und ging zurück zur Haustür. Rechtsmediziner Erwin Buchmann kniete am Boden, beugte sich noch immer über die Leiche und betrachtete den toten Körper der Frau genau. Dann sah er auf, und sein Blick verriet, dass seine neu gewonnenen Erkenntnisse ihn sehr beunruhigten.

»Wenn es der gleiche Mörder war, der im Missener Hotel den Mann und in Hamburg dessen Frau ermordet hat – und davon gehe ich erst einmal aus –, dann haben wir eine Leiche noch nicht gefunden«, sagte Ewe und rieb sich mit dem Ärmel seines weißen Kittels den Schweiß von der Stirn. Ihm war in dem Kittel viel zu warm, obwohl die Nacht kühl war und ein leichter Windzug um die Häuserecke blies, der die Blätter in den Büschen und in dem großen Apfelbaum an der Grundstücksgrenze zum Rauschen brachte. Doch Ewe war nach dem Telefonat so schnell, wie er konnte, hergekommen und hatte die Erstuntersuchung der Ermordeten hektisch, nervös und beinahe ohne Luft zu holen vorgenommen.

»Wie kommen Sie darauf, Buchmann?«, wollte Kern wissen, ahnte aber bereits die Antwort, denn er starrte die Leiche so verzweifelt an, als befürchtete er, sie würde sich plötzlich in seine Kollegin Grothe verwandeln. »Herr Forster wird seine Freundin sicher gleich telefonisch erreichen«, versuchte er, vor allem sich selbst zu beruhigen.

»Auf dieser Leiche sind 16 Kreuze eingeritzt. Ich habe mehrmals nachgezählt«, begann Ewe, stand auf und zog die Latexhandschuhe aus. »Die Missener Leiche hatte 13, die Hamburger 14 Kreuze. Es fehlt also eine Leiche mit 15 Kreuzen.« Er warf die Handschuhe achtlos auf den Boden, bat seine Kollegin, die Arbeit hier fortzuführen, und drängte sich dann an Kern vorbei in den Flur von Florians Haus. »Ich schau mal nach ihm. Jemand muss sich um ihn kümmern.«

Hauptkommissar Kern nickte und klopfte dem Rechtsmediziner aufmunternd auf die Schulter.

23

Seit einer halben Stunde stand er im Stau vor dem Elbtunnel und kam kaum voran. Er hatte gehofft, dass um 9 Uhr in der Früh der Berufsverkehr lange vorbei war, doch da hatte er sich getäuscht. Außerdem fiel es ihm immer schwerer, sich zu konzentrieren. Zuerst hatten das Adrenalin und der Kaffee ihn noch wach gehalten, aber jetzt forderte sein Körper mit einer solchen Bestimmtheit endlich Ruhe und Schlaf, dass er Mühe hatte, die Augen offen zu halten. Er war seit über 28 Stunden wach.

Heute Nacht um 3 Uhr hatte er sich entschlossen, nach Hamburg zu fahren, um Gewissheit zu bekommen. Zu diesem Zeitpunkt probierte er das erste Mal, Malte Lübke auf seinem Handy zu erreichen. Die Nummer hatte er von Lübkes Hamburger Dienststelle bekommen.

Der Kerl ging nicht ans Telefon, und Florian wusste nicht, ob er nicht mit ihm sprechen wollte, oder ob er irgendwo … lag und … nicht mehr … am Leben war – genau wie Jessica.

Verdammte Scheiße. Er musste sie finden.

Vor ein paar Stunden hatte ihm die freundliche Beamtin am Telefon mitgeteilt, dass Hauptkommissar Lübkes Urlaub vorbei sei und er heute seinen Dienst wieder antreten würde, allerdings erst zur Spätschicht ab Mittag. Deshalb führte Florians Navi ihn nun zu Malte Lübkes Privatwohnung in Altona und nicht zur Dienststelle.

Zum mindestens 30. Mal wählte er die Nummer von Malte und steckte sich den Kopfhörer der Freisprecheinrichtung ins Ohr.

»Hallo? Wer stört?« Endlich ging dieser Idiot ans Telefon. »Ich habe geschlafen.«

»Das ist mit scheißegal, Lübke. Wo ist Jessica?« Florian musste scharf bremsen, sonst wäre er einem Kleintransporter hinten aufgefahren. Er ließ das Lenkrad los und rieb sich hektisch über die Augen.

»Florian? Bist du das?«

»Allerdings. Ich bin gleich bei dir. Wo ist Jessica?«

»Ähm, hat sie dir das nicht mitgeteilt?« Eine kurze Pause entstand. Dann lachte der Hamburger Hauptkommissar verlegen. »Ich hätte es wissen müssen. Ganz schön stur, deine Freundin. Ich habe ihr hundertmal gesagt, dass sie dich endlich –«

Weiter kam er nicht, denn Florian schlug auf sein Lenkrad und brüllte: »Wo, verdammt noch mal, ist Jessica!?«

»In meinem Ferienhaus auf Sylt«, erklärte Malte Lübke zögernd. »Habe ich das vorhin richtig verstanden? Du bist auf dem Weg hierher? Aber sie kommt doch sowieso am Sonntag nach Hause.«

Malte hörte den Allgäuer Hauptkommissar verzweifelt aufstöhnen.

»Ich bin laut Navi in etwa einer Stunde bei dir, dann steigst du in meinen Wagen und wir fahren zu diesem Ferienhaus. Seit wann ist sie dort oben allein?«

»Ich bin seit drei Tagen wieder in Hamburg. Und falls es dich beruhigt«, fügte er hinzu und lachte wieder, vermutlich um die Situation zu entschärfen. Er glaubte wohl, dass Jessicas Freund eifersüchtig war und deshalb schnellstmöglich zu seiner Freundin wollte. »Sie geht bei mir genauso wenig ans Telefon wie bei dir. Ich versuche seit Tagen, sie zu erreichen.«

»Herr im Himmel ...« Florian hyperventilierte fast. »Falls du nicht an der Straße stehst, wenn ich komme, dann bringe ich dich um, Lübke!«

*

Erst an einer Raststätte kurz vor Heide konnte Malte Lübke seinen Allgäuer Kollegen endlich davon überzeugen, ihm das Steuer zu überlassen. Davor war es zweimal beinahe zu einem Unfall gekommen, weil Florian fahrig, unkonzentriert und total übermüdet war. Jetzt saß er auf dem Beifahrersitz und rieb sich immer öfter die Augen.

Malte Lübke, der inzwischen über alle Vorfälle Bescheid wusste, war ebenso beunruhigt wie Florian und wollte so schnell wie möglich zu Jessica. Deshalb ignorierte er jede Geschwindigkeitsbegrenzung und donnerte mit 130 km/h über die Landstraße Richtung Niebüll.

»Noch mal zu dem Foto, das du mir gezeigt hast«, unterbrach er das unerträgliche Schweigen im Auto. »Das sieht anders aus, als es war. Deute da nicht so viel hinein, okay?«

Florians Kopf drehte sich langsam zu ihm herum. Sein Blick war finster, doch er sagte nichts. Wenn Jessica etwas zugestoßen war, war es ohnehin egal, was sie vorher mit diesem Malte getrieben hatte und warum sie auf dem Foto, das sie in einem sexy dunkelblauen Bikini zeigte, sich von diesem Schnösel von hinten umarmen ließ und scheinbar aufgedreht lachte. Dann war es nicht wichtig. Wenn es ihr allerdings gut ging, dann mussten die beiden ihm einiges erklären.

Um die Mittagszeit erreichten sie endlich das Haus in den Dünen.

Florian sprang aus dem Auto, bevor Malte angehalten und den Motor ausgeschaltet hatte. Die Haustür stand offen. Er rannte durch den Flur in die offene Wohnküche, sah sich hektisch um und lief die Wendeltreppe hinauf in den ersten Stock.

Dort prallte er fast mit Jessica zusammen, die gerade mit einem großen Haufen Wäsche ins Badezimmer unterwegs war.

»Florian?«, brachte sie heraus, als sie sich von dem Schreck erholt hatte. »Was machst du denn hier?«

Sein Puls raste, er schnaufte angestrengt, als wäre er Kilometer weit gerannt oder abgrundtief wütend und hätte Mühe, ruhig zu bleiben. »Geht es den Kindern gut?«, fragte er fast flüsternd. Er hatte Tränen in den Augen.

»Ja, die beiden sind bei den Nachbarn. Die haben drei Kinder etwa im gleichen Alter«, erklärte sie lächelnd. »Schön, dass du da bist, Florian. Aber ich wäre doch sowieso am Sonntag –«

Florian riss sie in seine Arme und hielt sie ganz fest. Minutenlang. Vergrub sein Gesicht in ihrem Haar und zitterte am ganzen Körper. Dann stieß er sie plötzlich von sich. Er sah müde aus. Müde und wütend. Und Jessica konnte sich nicht erklären, was mit ihm los war.

»Ich kann das nicht mehr, Jessy.« Seine Stimme klang gebrochen. Angst und Panik fielen von ihm ab und hinterließen eine Leere und Müdigkeit, die ihm jede Kraft raubten. »Ich begreife nicht, was ich falsch mache, Jessy. Du vertraust mir offensichtlich nicht, hast es noch nie getan. Du glaubst, alles allein schaffen zu müssen. Warum hast du mir nicht erzählt, dass Susanne immer noch in deinem Hirn herumspukt? Zusammen können wir alles schaffen, doch du … du … pfeifst auf unsere Beziehung. Ich kann dich nicht erreichen. Du gehst nicht ans Telefon. Ich dachte … Herrgott, ich dachte, du bist tot, Jessy. Ich kann das nicht mehr!«

Er drehte sich auf dem Absatz um und lief die Treppe hinunter. Dabei kam er an Malte Lübke vorbei, der im Flur stand und die ganze Szene aus der Entfernung angehört hatte, sich aber nicht einmischen wollte.

»Lauf nicht weg, Florian.« Er erwischte Jessicas Freund am Arm und hielt ihn fest. »Redet miteinander.«

»Ich weiß gar nicht mehr, wie oft ich in den letzten Monaten glaubte, dass ich sie verloren habe, Malte. Und jedes Mal nur deshalb, weil sie nicht mit mir redet. Sie vertraut mir nicht, und ich kann nicht mehr ständig um ihr Leben fürchten. Ich kann das nicht mehr.« Er schniefte vernehmlich und wischte sich mit dem Ärmel seines freien Arms die Tränen aus dem Gesicht.

Malte ließ ihn los und nickte. »Fahr vorsichtig«, sagte er, beobachtete den Allgäuer Hauptkommissar, bis er in seinem Auto vom Hof gefahren war, drehte sich dann um und erblickte Jessica, die oben auf der Treppe stand und völlig entgeistert auf die offene Haustür starrte.

24

Das Haus war leer gewesen, als sie mit den Kindern am späten Sonntagnachmittag die Tür aufgeschlossen und die schweren Koffer und Reisetaschen die Treppe hinaufgeschleppt hatte. Svenja und Tobi waren enttäuscht gewesen, dass Florian nicht zu Hause war. Sie hatten sich zwar sehr gut mit Malte verstanden und ihren Urlaub mit den Nachbarskindern, mit Eis essen und Sandburgen bauen genossen, doch gerade Tobi hatte oft nach Florian gefragt und ihn vermisst.

Er war auch am Abend nicht nach Hause gekommen und Jessica war am Montagmorgen allein aufgewacht. Auch am Tag hatte sie ihn nicht gesehen. Auf der Begrüßungsfeier der neuen Schüler des Gymnasiums, auf das Svenja jetzt ging, hatte er sich ebenfalls nicht blicken lassen. Tobias' Einschulung stand erst am Samstag an, und er verbrachte diese Woche bei seinem besten Freund, weil Jessica wieder arbeiten musste.

Als sie am Dienstag das Präsidium zu ihrem ersten Arbeitstag betrat, überlegte sie kurz, ob sie zu Florian ins Büro gehen sollte. Sie entschied sich dann aber dagegen.

In ihrem Büro im dritten Stock wurde sie von ihrem Kollegen Kern überschwänglich begrüßt. Er ging lachend auf sie zu und umarmte sie herzlich. »Du glaubst gar nicht, wie froh wir alle sind, dich wiederzusehen«, freute er sich, ließ sie los und musterte sie von oben bis unten. »Du hast ordentlich Farbe bekommen. Das Wetter war wohl im Norden besser als hier im Allgäu«, stellte er fest, ging zurück zu seinem Schreibtisch und setzte sich auf den bequemen Bürostuhl.

»Habt ihr die fehlende Leiche inzwischen gefunden?«, fragte Jessica, warf die Umhängetasche auf ihren Schreibtisch und zog den Stuhl unter dem Tisch hervor. »Die Leiche mit den 15 Kreuzen, meine ich.«

Malte Lübke hatte sie ausführlich über den neuen Fall und die Tote vor ihrer Haustür informiert, nicht ohne ihr vorher die Leviten zu lesen. Über eine halbe Stunde musste sie sich seine Schimpftiraden anhören. All das, was Florian wohl gern gesagt hätte, hatte sie sich von Malte anhören müssen. Zuerst war sie wütend gewesen, denn sie hatte die ganze Aufregung nicht verstanden. Doch dann hatte sie begriffen, was Florian – wieder einmal – ihretwegen durchstehen musste, nur weil sie ihn nicht in ihre Probleme reinziehen wollte.

»Nein«, gab Kern zu. »Und Forster und ich verstehen auch nicht, warum ausgerechnet diese Frau sterben musste. Sie war mit einer Schleife umwickelt wie ein Geschenk. Wenn deine Schwester Susanne Reuther nur im Entferntesten mit der Tat zu tun hat – was wir ja bereits bei den vorherigen Leichen vermutet haben –, dann hätte sie sich damit ins eigene Fleisch geschnitten. Immerhin war die Frau ihre Chance darauf, ihre beiden Kinder wiederzusehen. Es wäre irrsinnig, sie zu töten.« Kern wies mit der Hand auf einen Ordner auf seinem Schreibtisch. »Falls du dich informieren möchtest. Hier drin ist alles, was wir bisher haben. Auch die Fotos vom Tatort.«

Jessica kam herüber und griff nach der Akte. »Ich kapiere das auch nicht. Ich war felsenfest davon überzeugt, dass Susanne da mit drinsteckt«, sagte sie und schlug den Ordner auf. »Waren wir völlig auf dem Holzweg?« Dann sah sie plötzlich auf und musterte Kern eindringlich. »Du hast Florian als Verdächtigen befragt, Detlef?«

»Klar«, bestätigte Kern schulterzuckend. »Die tote Frau lag vor seiner Tür. Außerdem bringt ihr Tod ihm und dir am meisten. Er hätte die Kinder auf diese Weise schützen können.«

»Das ist absoluter Schwachsinn«, polterte Jessica und sah, wie Detlef beschwichtigend die Arme hob.

»Natürlich ist das Schwachsinn«, sagte er ruhig. »Er ist ja auch von jedem Verdacht befreit und nicht suspendiert. Die Aufnahmen der Überwachungskamera sind zwar sehr undeutlich, weil der Bewegungsmelder nicht angegangen ist und es zu der Zeit stockdunkel war, aber sie zeigen eindeutig einen Mann, der die Leiche ablegt. Man sieht sein Gesicht nicht, doch man erkennt Florian aufgrund des Lichteinfalls aus dem Haus ganz deutlich, als er kurz darauf nach draußen kommt. Natürlich war er es nicht.«

Jessica beruhigte sich merklich und seufzte erleichtert. »Aber das hilft uns nicht weiter. Oder ist der Mann auf den Aufnahmen bereits identifiziert? Hat man den Tatort schon gefunden? Schließlich ist die Frau nicht direkt vor unserer Tür ermordet worden, sondern wurde nur dort abgelegt. Und wo sollen wir nach der fehlenden Leiche suchen?«

»Keine Ahnung, aber das wird deine Aufgabe sein, wenn ich in ein paar Tagen selbst in den Urlaub gehe. Viel Spaß dabei.« Er lachte und schickte sie mit einem Fingerzeig zu ihrem Schreibtisch. »Ich muss dringend telefonieren.«

*

Das Besuchszimmer war hell, modern eingerichtet und freundlich dekoriert mit allerlei schönen Landschaftsbildern, Blumen auf der Fensterbank und einer bunten Tischdecke auf dem Esstisch in der Mitte des Raumes. Die Wände waren hellblau gestrichen und vor dem Fenster hingen gestreifte Gardinen in der gleichen Farbe. Dass sich nur das obere Drittel des Fensters leicht kippen ließ, um zu lüften, konnte man nicht sehen. Der Raum befand sich in einer geschlossenen Anstalt, in der nur psychisch kranke Schwerverbrecher untergebracht waren.

Zusammen mit ihrer Anwältin betrat Susanne Reuther den Raum, lächelte erfreut und streckte ihm ihre Hand zum Gruß entgegen.

Florian schnaubte verächtlich, ignorierte Susannes Begrüßung, wandte sich aber an die Anwältin und begrüßte diese höflich reserviert. Es wäre ihm zwar lieber gewesen, wenn er allein mit Jessicas Schwester hätte reden dürfen, doch da er sie polizeilich zu den drei Morden befragen wollte, war die Anwesenheit einer Anwältin Pflicht, jedenfalls solange Susanne darauf bestand. Und das tat sie.

»Alles Gute nachträglich zum Geburtstag, Florian«, trällerte Susanne. »Wie geht es dir? Wie geht es meiner Schwester und meinen Kindern?«

»Mein Geburtstag ist über einen Monat her«, ließ er die Anwältin wissen, die bereits dazu ansetzte, ihm auch zu gratulieren. »War das Geschenk vor meiner Tür von dir?«

»Herr Forster«, fuhr Susannes Anwältin dazwischen. »Stellen Sie keine subtilen Fragen und unterlassen Sie Anschuldigungen, die nicht haltbar sind. Meine Mandantin ist hier in Haft und kann nichts mit der Leiche vor Ihrer Haustür zu tun haben.«

Das musste er ihr lassen. Sie hatte ihre Hausaufgaben gemacht. Und Susanne biss sich lächelnd auf die Unterlippe.

»Wir haben in einem Missener Hotel und in einer Hamburger Wohnung die Leichen eines Ehepaares gefunden«, begann Florian seine Befragung. »Was kannst du mir dazu sagen, Susanne?«

»Nichts.« Sie sah verwundert aus. »Das zu hören tut mir furchtbar leid. Die armen Menschen. Haben sie sehr leiden müssen?«

»Bitte, Herr Forster. Sie haben eine Befragung zur Leiche vor Ihrem Kemptener Haus angekündigt. Von anderen Todesfällen war nie die Rede.« Die Anwältin sah erst ihn, dann ihre Mandantin streng an. »Sie wissen, Frau Reuther, dass Sie sich überhaupt nicht äußern müssen.«

»Dieser Mann«, sie deutete mit der Hand auf Florian und sah ihre Rechtsvertreterin freundlich an, »hat mir vor einem Jahr das Leben gerettet. Ich stehe in seiner Schuld. Ich wollte sie begleichen.«

Die Anwältin nickte.

»Begleichen, indem du mir eine tote Frau zum Geschenk machst?«

Wieder wollte die Anwältin eingreifen, doch Susanne legte ihr die Hand auf den Unterarm und bat sie, sich nicht einzumischen.

»*Deine* Frau habe ich dir schließlich nicht tot vor die Haustür gelegt. Was willst du also von mir?« Susanne lächelte wieder, dieses Mal überheblich. »Wie geht es meiner Schwester und den Kindern?«

»Wo ist die verschwundene Leiche?« Er ignorierte ihre Frage, denn er war nicht privat zu ihrem Vergnügen da. Es ging sie überhaupt nichts an, wie es seiner Familie ging.

»Ich weiß nicht, wovon du redest, Florian«, sagte Susanne, legte ihre Arme auf den Tisch und beugte sich zu ihm hinüber. »Hat Jessica der Urlaub auf Sylt gefallen?«

Wieder ignorierte er ihre Frage, doch ihm wurde schlagartig schlecht und sein Puls begann zu rasen. Woher wusste sie, dass Jessica auf Sylt gewesen war? Charlotte Bach, die jetzt tot in der Rechtsmedizin lag, hätte ihr von Jessicas Urlaub erzählen können, nicht aber von dem Ort, an dem Jessica mit den Kindern war. Nicht einmal er selbst hatte zum damaligen Zeitpunkt davon gewusst.

»Gut, Susanne. Dann reden wir beide ganz offen«, schlug er vor und wusste, dass er genau das jetzt nicht tun würde. Die Ebene, auf der er mit ihr kommunizieren wollte, würde die Anwältin nicht verstehen. »Danke für deine Geburtstagsgrüße«, begann er und kämpfte gegen seine Übelkeit. »Besonders Svenja und Tobi haben sich darüber gefreut.« Das stimmte sicher, denn durch den Tod von Charlotte Bach war ihre Besuchspflicht bei Susanne vorerst abgewendet. »Doch warum? Welche Vorteile hast du davon, Susanne?«

Die Anwältin sah nervös vom Hauptkommissar zu ihrer Mandantin und verstand kein einziges Wort.

»Ich hoffe«, verkündete Susanne, »dass mein freundliches Entgegenkommen meine geliebte Schwester dazu bewegt, mich endlich zu besuchen. Ich vermisse sie sehr.«

»Das wird sie niemals tun.« Ausdrucksloser hätte Florian gar nicht schauen können, aber innerlich loderte in ihm ein Feuer. Sie gestand ihm einen Mord, den sie nicht begangen haben konnte. Und sie versuchte, Jessica in ihre Fänge zu bekommen. Wieder einmal.

»Nicht die Kinder – nur Jessica«, versuchte es Susanne erneut und lächelte versöhnlich. »Oder meinst du, ich muss mehr Geschenke machen? Würde sie dann kommen?«

Unter dem Tisch ballten sich seine Hände zu Fäusten, doch sein Gesichtsausdruck blieb absolut nichtssagend.

»Wer überbringt denn dein Geschenk? Immerhin sitzt du hier in Haft.«

»Das sollte nicht Teil deines Interesses sein, wenn du in Zukunft keine Aufmerksamkeiten mehr von mir bekommen willst.« Susanne lehnte sich auf ihrem Stuhl zurück und verschränkte die Arme vor ihrer Brust. »Aber ich mache dir einen Vorschlag und komme dir entgegen. Einverstanden?«

»Das entscheide ich, wenn ich deinen Vorschlag gehört habe«, sagte er trocken, verschränkte ebenfalls seine Arme, stand auf, ging durch den Raum und blieb vor dem Fenster stehen.

Susanne seufzte. »Immer noch so misstrauisch. Bereust du eigentlich manchmal, dass du mir das Leben gerettet hast?«

»Rede einfach«, gab er zur Antwort, drehte sich zu den zwei Frauen am Tisch um und lehnte sich rückwärts an die Fensterbank.

»Du schickst mir meine Schwester«, bestimmte Susanne und sah ihn dabei so siegessicher an, dass selbst die Anwältin misstrauisch wurde. »Sie soll mir meinen Poncho mitbringen. Wenn sie kommt und das macht, dann ist das das letzte Kleidungsstück, das ich in der Klinik brauche. Hast du mich verstanden, Florian?« Jetzt lachte sie aus voller Kehle.

25

Wieder eine Leiche.

Wieder ein grauenvoller Anblick.

Wieder ganz in seiner Nähe.

Die ermordete Frau saß dieses Mal nicht auf einem Bett, sondern auf einem Sessel in ihrem Wohnzimmer. Ihre toten Augen starrten kalt und grotesk friedlich durch die offene Terrassentür in den Garten hinaus. Sie trug nichts außer einer bunt gemusterten Küchenschürze, die kaum ihren nackten Körper verhüllte und auch keines der geritzten Kreuze verdeckte, die ihre aschfahle Haut zierten. Auf ihrem Schoß – liebevoll von ihren leblosen Armen gehalten – lag Poncho, ihr Rauhaardackel. Sein Kopf war abgetrennt und am falschen Ende des Hundes auf seinem Hinterteil drapiert worden. Das Blut aus seinem Hals hatte sich mit dem Blut seiner Besitzerin vermischt, war in die Armlehne gesickert und inzwischen vollständig getrocknet. Dicke dunkelbraune Krusten bedeckten den Stoff des Sitzmöbels und den Teppich vor den nackten Füßen der Frau. Den Kopf der Leiche hielt ein dickes Seil, das an einem frisch in die Wand gebohrten Haken befestigt war. Die Lehne des Sessels reichte der Frau gerade bis zu den Schultern, deshalb war eine derartige Fixierung nötig, wenn ihr Kopf in einer aufrechten Position bleiben sollte. Scheinbar war das dem Mörder sehr wichtig.

Das ganze Zimmer stank erbärmlich, doch der Insektenbefall war überschaubar. Ein paar Fliegen kreisten unermüdlich im Zimmer umher, aufgeschreckt von den vielen Personen, die sich seit einer halben Stunde hier aufhielten.

»Kannst du mir schon sagen, ob das unsere Leiche mit den 15 Kreuzen ist, Ewe?« Hauptkommissar Forster stand neben seinem Kollegen Kern, hielt sich eine Hand vor die Nase und atmete gequält durch den Mund. Der Geruch war unerträglich. Es roch süß nach Verwesung und Abfall. Die offene Terrassentür hatte dafür gesorgt, dass der Raum überhaupt noch zu betreten war.

»Ich kann dir nur sagen, dass diese Frau bestimmt seit zwei Wochen tot ist, der Hund allerdings vermutlich noch nicht so lange«, sagte der Rechtsmediziner und schob sich den Mundschutz wieder über das Gesicht, den er zum Sprechen abgenommen hatte.

»Sind Sie jetzt auch Veterinär, Herr Buchmann?«, witzelte Hauptkommissar Kern.

»Nein, aber den Hund habe ich vor einer Woche noch ganz lebendig gesehen«, nuschelte Ewe in seinen Mundschutz, schob die Schürze der toten Frau beiseite und sah sich die Stichwunde an der linken Körperseite der Leiche genauer an.

»Wir haben letzte Woche bei mir gegrillt und ja, ich kann bestätigen, dass der Dackel da noch gelebt hat«, erklärte Florian seinem älteren Kollegen. »Wir müssen den angeblichen Lebensgefährten von Cornelia Cordis finden. Ich vermute, er ist unser gesuchter Mörder.«

Sein Haus war gleich nebenan und doch vermied er es, einen einzigen Blick in seinen Garten zu werfen. Stattdessen lief er zu seinem an der Straße geparkten Kombi und stieg ein.

Es war bereits kurz nach Feierabend. Die Spurensicherung überprüfte noch immer das Haus seiner toten Nachbarin Cornelia Cordis nach Fingerabdrücken oder irgendwelchen anderen Spuren, die der Täter hinterlassen haben könnte.

Vermutlich würden sie nichts finden. Wie bei den drei anderen Tatorten. Der Mörder, der vor einer Woche an seinem Gartentor gestanden und sich als Josef Rietzler vorgestellt hatte, war in allen Fällen sehr gründlich gewesen und hatte nie auch nur den winzigsten Hinweis hinterlassen. An der Leiche von Charlotte Bach oder am Geländer der Treppe zu seiner Haustür waren keine Fingerabdrücke gewesen. Laut Ewe war Frau Bach außerdem vergewaltigt worden. Das war neu. Die Hamburger Leiche zeigte keine Spuren einer Vergewaltigung, hatte Malte Lübke damals gesagt. Dennoch konnte man bei der Leiche der Jugendamtsmitarbeiterin keine Rückschlüsse auf den Täter ziehen. Er hatte ein Kondom benutzt. Florian hätte sich ehrlich gesagt gewundert, wenn dieser gerissene und äußerst intelligente Täter ausgerechnet in diesem Punkt nachlässig gewesen wäre. Der Mann hatte scheinbar alles unter Kontrolle. So sehr, dass er sich ihm, dem Polizeibeamten, letzte Woche ganz ungezwungen an seinem Gartentor gezeigt hatte.

Florian lenkte das Auto Richtung Innenstadt, bog aber nicht nach rechts ab, um Ewes Wohnung zu erreichen, in der er untergekommen war, sondern fuhr nach links.

Wenn er sich beeilte, traf er seinen Kollegen Berthold Willig noch im Präsidium an. Berthold musste morgen noch einmal in die geschlossene Anstalt fahren, in der Susanne auf ihre Verurteilung wartete. Die Anträge, die er bei der Staatsanwaltschaft gleich nach seiner Rückkehr am Mittag in Auftrag gegeben hatte, waren bestimmt schon genehmigt. Mithilfe des Durchsuchungsbeschlusses konnte Berthold ihm morgen die Liste der Besucher und Susannes Internetverläufe besorgen. Irgendwie musste diese Mörderin mit Rietzler in Verbindung stehen. Und irgendwie war es ihr gelungen, mehrfach Fotos und Briefe aus der Anstalt herauszubekommen, um ihn und vor allem ihre Schwester Jessica zu terrorisieren. Er musste herausfinden, wie sie das anstellte. Und er musste diese Verbindungen kappen, die sie immer noch zu ihrem alten Leben hatte.

26

Diese Schule hier war winzig im Gegensatz zu Svenjas neuer Schule, die Jessica am Montag das erste Mal von innen gesehen hatte.

Der große helle Anbau des Gymnasiums, der erst vor Kurzem errichtet worden war, wirkte modern, fügte sich aber nur schwer in das bestehende Gebäude ein. Die Erweiterung der Schule war notwendig gewesen, weil die Schülerzahlen im Laufe der Jahre permanent gestiegen waren und die Umstellung auf das achtjährige Gymnasium die Schulleitung und die Lehrerschaft vor noch größere Herausforderungen stellte.

Jessica hielt von der neuen Regelung überhaupt nichts. Sie selbst war neun Jahre aufs Gymnasium gegangen, hatte mit 19 die Schule verlassen. Sie war wenigstens annähernd erwachsen gewesen und wusste, was sie wollte. Svenja, die bereits in der Grundschule ein Schuljahr übersprungen hatte und die im Gegensatz zu Jessica mit sechs Jahren, nicht mit sieben, eingeschult worden war, machte, wenn alles glattlief, mit 16 Jahren ihr Abitur. Und das war Jessicas Ansicht nach viel zu früh. Ihre Meinung teilten auch andere, denn immer mehr Bundesländer entschieden sich, diese Regelung rückgängig zu machen oder den Schülern zumindest eine Wahlmöglichkeit zu lassen. Sie konnte nur hoffen, dass die heute beginnende Schulzeit von Tobias gut und stressfrei verlaufen würde.

Der kleine Mann stand stolz mit seiner übergroßen Schultüte auf dem Hof vor dem flachen Schulgebäude und lächelte in einem fort.

»Gib mir doch die schwere Tüte und geh noch ein bisschen mit deinen Freunden spielen«, schlug Jessica vor und nahm ihm seine Einschulungsgeschenke ab.

»Schau mal, Jessy.« Svenja griff nach der Hand ihrer Tante und zeigte auf die offen stehende Tür zur Aula. »Da ist Florian.«

Noch bevor sie den Satz zu Ende gesprochen hatte, war Tobias losgelaufen, rannte Florian entgegen und fiel ihm lachend in die Arme. Jessica sah, wie Florian den Jungen hoch in die Luft warf, ihn auffing und fest an seinen Körper drückte. Dann sah er auf und schaute in Jessicas Richtung.

Jessica hob grüßend die Hand. »Willst du Florian nicht auch begrüßen, Svenja?«, fragte sie, als Svenja ihre Hand losließ und einen Schritt zurückging.

Svenja schüttelte den Kopf. Dann machte sie zwei weitere Schritte nach hinten, drehte sich um und rannte los.

Jessica sah sie hinter der gläsernen Doppeltür im Schulgebäude verschwinden.

»Hallo, Svenja.« Florian setzte sich auf die Bank am Fenster direkt neben das blonde Mädchen, hielt aber über einen Meter Abstand. »Ist alles okay bei dir?«

Svenja, die starr aus dem Fenster geschaut hatte, drehte sich kurz zu ihm um und warf ihm einen wütenden Blick zu.

»Bist du sauer auf mich?«, fragte er, beugte sich vor und stützte sich mit den Ellenbogen auf seine Knie. »Es ist bestimmt deshalb, weil ich nicht nach Hause gekommen bin«, riet er und sah zu ihr hinüber. Sie rührte sich nicht, saß von ihm abgewandt und schaute wieder aus dem Fenster. Sie atmete hektisch und ihre Schultern zitterten.

»Bitte rede doch mit mir, Svenja«, flehte er und rückte etwas näher, aber sie rutschte auf der Bank ein Stückchen weiter von ihm weg.

»Warum hast du nur Tobias lieber als mich?«, hörte er sie flüstern. »Ist es, weil er ein Junge ist?« Sie verstummte kurz, fuhr dann mit zitternder Stimme fort: »Ist es, weil ich so aussehe wie meine Mutter?« Sie schniefte laut.

»Oh Svenja, nein!« Er berührte mit der Hand ihre Schulter, aber sie entzog sich ihm. »Wie kommst du denn darauf? Ich mag dich genauso gern wie deinen Bruder. Ich habe euch doch beide schrecklich lieb.«

Wutentbrannt fuhr sie zu ihm herum, hatte Tränen in den Augen und sah in diesem Moment überhaupt nicht aus wie ihre Mutter Susanne, sondern hatte eine fast erschreckende Ähnlichkeit mit Jessica, die diesen Gesichtsausdruck aufsetzte, wenn sie extrem ärgerlich auf ihn war. »Du kommst zu Tobis Einschulung, aber zu meinem ersten

Schultag auf dem Gymnasium bist du nicht gekommen«, schrie sie hysterisch und brach in Tränen aus. »Du magst Tobi mehr als mich.«

»Ich war da«, sagte er leise, wagte nicht aufzustehen und sie in den Arm zu nehmen, aus Angst, sie würde weglaufen. »Du weißt, ich habe mich mit Jessica gestritten und wollte nicht, dass sie mich sieht, deshalb bin ich ganz hinten in der letzten Reihe gesessen. Ich war so stolz auf dich, Svenja, als du auf der Bühne gestanden bist in deinem gelben Sommerkleid und mit deinem neuen Schulranzen. Genau dort habe ich auch einmal gestanden. Ich bin früher auf die gleiche Schule gegangen und es macht mich glücklich und unheimlich stolz, dass meine Tochter jetzt ebenfalls dieses Gymnasium besucht. Deinen ersten Tag hätte ich um nichts in der Welt verpassen wollen, Svenja.«

Sie lagen sich lange in den Armen, und während der gesamten Einschulungsfeier hielt Svenja seine Hand ganz fest.

»Wenn Jessy es erlaubt, würde ich gern mit euch beiden heute Nachmittag zur Sommerrodelbahn fahren«, schlug Florian später vor, sah dabei bittend zu Jessica hinüber und lächelte vorsichtig. »Natürlich nur, wenn ihr nicht schon etwas anderes vorhabt. Dann verschieben wir es auf morgen.«

»Nur, wenn Jessica auch mitkommt«, bestimmte Svenja, die immer noch seine Hand hielt und jetzt mit der anderen Hand nach Jessicas griff. »Du kommst doch mit, oder?«

*

Sie hatten alle vier eine Menge Spaß auf der Alpsee-Rodelbahn bei Immenstadt. Das Wetter spielte auch mit. Am Tag von Tobias' Einschulung war der Sommer zurückgekommen und zeigte sich Anfang September noch einmal von seiner allerbesten Seite. Deshalb war die Sommerrodelbahn am heutigen Tag gut besucht und sie mussten lange warten, bevor sie endlich die Rodel besteigen und die Bahn hinunterrasen konnten. Florian fuhr mit Tobias, Jessica mit Svenja, weil Svenja allen erklärt hatte, dass die Gewichtsverhältnisse ausgeglichen sein mussten, um ein faires Rennen zu fahren. Hätte Florian es nicht besser gewusst, hätte man annehmen können, Svenja wäre wirklich seine Tochter. Sie neigte wie er dazu, alles besser zu wissen und andere ständig zu belehren. Jessica schien das Gleiche zu denken. Sie zwinkerte ihm grinsend zu und verdrehte gespielt genervt die Augen.

Der Schlitten mit den Männern war bei beiden Abfahrten schneller, denn Florian vergaß absichtlich, vor den Kurven zu bremsen, und legte sich mit Tobias gekonnt in die Bahn. Jessica und Svenja konnten da nicht mithalten. Tobias jedenfalls war hellauf begeistert und zog seine Schwester ununterbrochen auf.

»Frauen können nicht so gut Auto fahren wie Männer, stimmt's Florian?« Tobias sah von seinen Spätzle auf, als Florian mit den Getränken wiederkam und das Tablett in der Mitte des Tisches abstellte. Sie hatten Glück, bei diesem Trubel überhaupt einen Tisch im Gastrobereich der Alpsee-Rodelbahn bekommen zu haben.

»Dazu möchte ich mich lieber nicht äußern, Tobi«, lachte er, setzte sich neben Svenja auf den freien Platz und griff nach seiner Gabel. »Manchmal darf man Frauen nämlich nicht verärgern. Vor allem dann, wenn man wieder nach Hause kommen möchte.« Er sah auf und hoffte auf eine positive Reaktion von Jessica. Doch diese starrte gebannt auf einen Punkt irgendwo hinter ihm.

»Kennst du die Frau dort?«, fragte sie schließlich, ohne ihn anzusehen. »Die schaut die ganze Zeit in deine Richtung, hat dich schon mit den Augen verfolgt, als du eben hergelaufen bist.«

Er drehte sich um. »Ja klar. Das ist Helene Lenz, die Frau vom Besitzer des Baschtl-Bräu«, erklärte er. »Ich geh mal kurz rüber.«

»Herr Forster«, begrüßte Frau Lenz ihn überschwänglich und reichte ihm die Hand. »Ich habe gerade zu meiner Freundin gesagt, welchen positiven Eindruck Sie bei meiner Schwiegermutter hinterlassen haben. Sie redet unermüdlich von Ihnen, seit Sie sie besucht haben.« Jetzt lachte sie verlegen. »Ihr Besuch hat ihr gut getan.«

»Freut mich zu hören, dass es Ihrer Schwiegermutter gut geht«, sagte er, begrüßte die junge Frau neben Helene Lenz und erfuhr, dass deren Kinder die Patenkinder von Sebastian Lenz waren. »Wenn es Ihnen recht ist, komme ich in der nächsten Woche noch einmal, um mit Ihnen und Ihrem Mann zu sprechen. Ich brauche noch ein paar Infos.«

»Gern, Herr Forster.« Sie strahlte ihn an. »Sie wollen sicher wissen, ob wir den Schlüssel im Haus meiner Schwiegermutter schon gefunden haben.« Entschuldigend zuckte sie mit den Schultern.

Seine erste Intuition war es, laut zu lachen und den Kopf zu schütteln. Frau Lenz wusste offensichtlich nicht, dass ihr Mann den Schlüssel bereits gefunden hatte. Doch er besann sich eines Besseren und lächelte nur nichtssagend.

»Tut mir leid, dass Thea dabei neulich keine große Hilfe war. Ihre Demenz ist manchmal schwer zu ertragen. Wie sie darauf kommt, dass der Schlüssel in der Mehldose ist, weiß ich nicht«, berichtete Helene Lenz verlegen. »Ich habe schließlich mit ihr gemeinsam, noch bevor sie ins Heim gekommen ist, ihre Küche komplett ausgeräumt und alle Lebensmittel entsorgt. Sie hat es wohl schlichtweg vergessen. Und das Schlimmste ist«, sagte sie und lachte laut auf, »es gibt gar keine Mehldose in ihrer Küche! So etwas hat es noch nie bei ihr gegeben.«

27

»Entschuldigen Sie bitte.« Der junge Pfleger, der eilig an ihm vorbeilief, blieb kurz stehen, drehte sich um und zuckte bedauernd mit den Schultern, schüttelte den Kopf und rannte mit großen Schritten weiter den Gang entlang. Florian sah ihm nach, bis er durch die große Doppeltür am Ende des Flures verschwand.

»Kann ich Ihnen vielleicht helfen?«, fragte eine freundliche Stimme hinter ihm.

Er erkannte die Pflegehelferin sofort wieder. Bei seinem letzten Besuch war er beinahe mit ihr zusammengestoßen, als er zügig um eine Ecke gebogen war. »Ja, ich möchte zu Frau Dorothea Lenz, aber sie ist nicht in ihrem Zimmer. Können Sie mir sagen, wo ich sie finde?« Er war versucht, seinen Dienstausweis aus der Innentasche seiner Jacke zu ziehen, ließ es dann jedoch sein. Die Angelegenheit war zwar dienstlich, doch das ging die Pflegekraft schließlich nichts an.

»Oh«, sagte die Frau und es klang bedauernd. »Sind Sie ein Angehöriger?«

»Nein. Kripo Kempten. Ich würde Frau Lenz gerne befragen.« Jetzt zeigte er ihr doch seinen Ausweis. »Nichts Dramatisches, aber vielleicht kann sie mir trotz ihrer Demenz ein paar Fragen beantworten.«

»Das tut mir leid, Herr Hauptkommissar …« Sie zögerte.

»Forster. Florian Forster.«

»Herr Forster, die Frau Lenz ist vorgestern Nacht ganz unerwartet verstorben«, informierte sie ihn und legte ihm tröstend die Hand auf den Unterarm. Das war eigentlich nicht nötig, doch schien es eine Angewohnheit von ihr zu sein. Hier im Altersheim musste sie bestimmt oft Todesnachrichten überbringen.

»War sie denn krank? Ich meine, abgesehen von ihrer Demenz?«

»Wenn Sie kein Angehöriger sind, Herr Hauptkommissar Forster«, begann sie und schüttelte bedauernd den Kopf, »dann darf ich Ihnen zum Gesundheitszustand unserer Bewohner keine Auskünfte geben. Bitte wenden Sie sich diesbezüglich an ihren Sohn.«

Florian nickte. »Aber Sie können und dürfen mir sicher sagen, welches Beerdigungsinstitut beauftragt worden ist, oder?«

»Beisiegel und Sohn. Dieses Institut übernimmt fast alle Todesfälle aus unserem Haus. Die Angehörigen sind immer sehr zufrieden«, fügte sie hinzu. Dann hob sie zum Abschied kurz ihre Hand und ließ den Hauptkommissar stehen.

*

Herr Beisiegel junior begrüßte ihn höflich reserviert und bat ihn in sein Büro. Er war schlank, hochgewachsen und wirkte in seinem dunkelblauen Anzug seriös und erfolgreich. Er strahlte Ruhe und Besonnenheit aus, was durch den grauen Ansatz an seinen Schläfen und die Brille mit der dunklen Fassung noch verstärkt wurde.

»Wollen Sie sich den Gerichtsbeschluss nicht wenigstens einmal ansehen?«, fragte Florian und hielt, wie schon im Foyer des Beerdigungsinstitutes, das Schreiben der Staatsanwaltschaft in die Höhe. Herr Beisiegel kam einen Schritt auf ihn zu, betrachtete kurz das Dokument, nickte und wies mit der Hand auf das moderne Ledersofa unter dem Fenster. »Nehmen Sie doch bitte Platz, Herr Forster. Kann ich Ihnen etwas zu trinken anbieten? Einen Kaffee?«

»Haben Sie verstanden, dass dieses Schreiben die unverzügliche Herausgabe der Leiche von Frau Dorothea Lenz anordnet?« Der Hauptkommissar ignorierte die Frage des Bestattungsunternehmers und sein Angebot, sich zu setzen. »Draußen warten Mitarbeiter der Rechtsmedizin. Die Leiche soll auf Anweisung der Staatsanwaltschaft obduziert werden.«

Es hatte viel zu lange gedauert, den Beschluss zu bekommen. Die Staatsanwaltschaft war nicht überzeugt von der Notwendigkeit einer Obduktion und hatte ihm zunächst nur einen Wisch unterschrieben, der ihm Nachforschungen zum Gesundheitszustand der Altenheimbewohnerin erlaubte. Noch am gleichen Nachmittag hatte Florian einen Termin mit einem der Ärzte gehabt, die die alte Frau Lenz betreut hatten. Erst als er die Aussage des Arztes, der sich den Tod der Frau nicht erklären konnte, schriftlich hatte, bekam er endlich die Erlaubnis, im Beerdigungsinstitut zu ermitteln. »Darf ich meine Mitarbeiter hereinbitten?«

»Das wird nicht nötig sein.« Herr Beisiegel lächelte freundlich und nahm auf dem Sessel neben dem Sofa Platz, obwohl der Hauptkommissar nach wie vor stand. »Die Leiche von Frau Lenz ist bereits eingeäschert worden. Sie kommen ein paar Stunden zu spät. Die Einäscherung fand heute Morgen um 8 Uhr statt. Die Beerdigung ist übermorgen.«

»So schnell? Ist das denn üblich?«, fragte der Hauptkommissar und nahm jetzt doch auf dem Sofa Platz. Den nun wertlosen Beschluss faltete er sorgfältig zusammen und schob ihn zurück in die Innentasche seiner Jacke.

»Normalerweise dauert es ein paar Tage, aber wenn die Angehörigen darauf bestehen, kann man die Sache auch etwas beschleunigen. Und ja, es geht alles mit rechten Dingen zu«, fügte er mit erhobener Hand hinzu, als er sah, dass der Hauptkommissar Einwände vorbringen wollte. »Immerhin liegt uns der Totenschein vor, außerdem ein unterschriebenes Dokument und ein Auftrag von Herrn Sebastian Lenz, dem Sohn. Am Tod seiner Mutter war nichts ungewöhnlich.«

»Laut ihres behandelnden Arztes war sie, abgesehen von ihrer fortgeschrittenen Demenz, noch sehr gut zu Fuß und ihr Herz war in bester Gesundheit«, warf Florian Forster ein. »Sie war erst Anfang 70. Das ist doch heutzutage kein Alter mehr.«

Herr Beisiegel nickte und sah den Hauptkommissar bedauernd an. »Ja, der Tod kommt manchmal unerwartet. Darf ich Sie noch hinausbegleiten oder finden Sie den Weg allein?«

*

Die Nachricht, die er bekommen hatte, war eindeutig, und doch missfiel ihm die Anweisung beziehungsweise der Umstand, dass er überhaupt Anweisungen entgegennahm. Das war sonst gar nicht seine Art. Er arbeitete allein, brauchte niemanden, der ihm sagte, was er tun musste oder was er machen durfte und was nicht.

Bisher hatte er immer freie Hand gehabt, hatte sich nur grob an das vorgegebene Drehbuch halten müssen, war aber ansonsten frei. In diesem speziellen Fall allerdings fühlte er sich eingeengt und bevormundet. Das gefiel ihm gar nicht. Ja, er verstand die Notwendigkeit, die hinter diesem bis ins kleinste Detail durchdachten Vorhaben stand. Aber es würde alles so gezwungen sein, ohne jeden Spaß, nur fad und öde. Dabei war die Frau, auf die die Wahl gefallen war, jede Sünde wert. Jung, schlank, sexy, das rotbraune Haar trug sie offen. Es reichte ihr fast bis zum Hintern. Ihr Rock war kurz, ihre Beine unendlich lang und ihre hübschen Füße steckten in gefährlich hohen Pumps in feuerrotem Lack. Die gleiche Farbe glänzte auf ihren vollen Lippen. Der Ausschnitt ihrer Bluse war verdammt tief, zeigte einen großen Teil ihrer vollen Brust. Warum er ausgerechnet diese Frau nicht anfassen durfte, war ihm schleierhaft, und er wusste nicht, ob er dieses Versprechen einhalten konnte, doch er würde es zumindest redlich versuchen.

»Entschuldigen Sie, junge Frau.« Er lief ihr hinterher und holte sie mit ein paar wenigen Schritten ein. »Ihnen ist etwas runtergefallen.«

Sie blieb stehen, drehte sich zu ihm um und sah ihn verwundert an. Dann lachte sie schallend, als sie den Hundert-Euro-Schein in seiner Hand sah, den er ihr entgegenhielt. »Nein. Das ist nie und nimmer meiner. Wäre schön, aber so viel Geld besitze ich gar nicht«, erklärte sie ihm schmunzelnd und zwinkerte ihm zu. »Oder ist das bloß eine dumme Anmache? Für nur 100 Euro bin ich nicht zu haben.«

»Oh je«, stammelte er verlegen. »Natürlich nicht. Das ist jetzt ganz blöd rübergekommen. Der Schein lag tatsächlich auf der Straße. Ich wollte nur höflich sein.« Er zuckte bedauernd mit den Schultern. »Darf ich Sie stattdessen auf einen Kaffee einladen? Lassen Sie uns das Geld doch einfach gemeinsam ausgeben«, schlug er vor, lächelte zaghaft und sah sie etwas unsicher an.

Sie zog misstrauisch eine Augenbraue hoch und verschränkte die Arme vor der Brust. »Da müssten wir aber viel Kaffee trinken.«

»Tun Sie mir den Gefallen«, flehte er sie an. »Ich bin neu hier in der Stadt und kenne noch keine Menschenseele. Ich vermute, dass es in dem Café dort drüben vielleicht auch Champagner gibt. Damit bekommen wir den Schein sicher unter die Leute.« Er wedelte herausfordernd mit der Banknote vor ihrem Gesicht herum.

Zuerst zögerte sie. Dann nickte sie lächelnd. »Klar, warum nicht. Gern. Ich habe ohnehin nichts anderes vor.«

28

Der städtische Friedhof im Herzen von Kempten war ein riesiges Areal, bewachsen mit alten Bäumen und mächtigen Rhododendronhecken. Schlichte Sandpfade dienten als Wege zwischen den teils viele Jahrzehnte alten Gräbern mit imposanten Grabsteinen und edlen Marmorumrandungen. Obwohl der Friedhof direkt an einer vierspurigen Hauptstraße lag, schluckten die hohen, weit ausladenden Bäume den Lärm der vorbeirauschenden Autos und spendeten Ruhe, Schatten und damit erträgliche Temperaturen bei der spätsommerlichen Hitze.

Die Kapelle, in der die Trauerfeier stattfand, war ein alter 70er-Jahre-Bau aus schlichtem, weißem Beton. Die überladenen Blumengestecke, die um die vergoldete Urne an der Stirnseite des Raumes drapiert waren, waren der einzige Schmuck in dem sonst kahlen und farblosen Raum.

Die Zahl der Trauergäste überstieg die Kapazität der Sitzplätze. Viele der Anwesenden standen in der hintersten Reihe oder blieben an der offenen Doppeltür stehen.

Wie bei jeder Trauerfeier, an der Florian Forster in seinem Leben teilgenommen hatte, berührte ihn auch der Tod dieser ihm fast unbekannten Frau sehr. Vielleicht war es auch gar nicht ihr Tod, sondern die abgrundtiefe Traurigkeit, die den Raum erfüllte. Das leise Schniefen und Flüstern, das inbrünstige Singen der Trauerlieder, dieses Gefühl der Endlichkeit – das alles machte ihn hilf- und ein wenig hoffnungslos.

Seit er am letzten Samstag von der jungen Frau Lenz erfahren hatte, dass es diesen besagten Brauereischlüssel in der

Mehldose nie gegeben hatte, dachte er darüber nach, ob ihre Schwiegermutter Dorothea Lenz ihm etwas hatte sagen wollen. Und warum wollte Sebastian Lenz ihn derart austricksen? Schließlich war der gesuchte Schlüssel direkt von ihm gekommen, vollgestaubt mit einer Schicht Mehl. Irgendetwas stimmte mit diesem Mann nicht. Es gab doch keinen Grund, die Ermittlungen fälschlicherweise in diese Richtung zu lenken. Es sei denn, er vertuschte etwas. Und warum war die alte Dame ausgerechnet jetzt gestorben, kurz bevor Hauptkommissar Forster sie zu dem Vorfall befragen konnte?

All das wollte er gestern von dem Ehepaar Lenz erfragen und war extra zu ihrem Haus nahe der Brauerei gefahren. Aber er hatte die beiden weder dort noch in den Betriebsräumen angetroffen. Auch ans Telefon gingen sie nicht.

Deshalb stand er heute hier inmitten all der Trauergäste und wartete auf einen geeigneten Moment, Sebastian Lenz zu befragen.

Die Trauerreden zogen sich in die Länge. Erst eineinhalb Stunden später verließen die Angehörigen und Freunde der Verstorbenen die Kapelle. Florian Forster wartete geduldig, bis alle Gäste dem Sohn und der Schwiegertochter ihr Beileid ausgesprochen hatten und die Gesellschaft sich langsam auflöste. Die Urnenbeisetzung fand am Nachmittag nur im engsten Familienkreis statt.

»Herr Forster, lieb von Ihnen, dass Sie gekommen sind.« Helene Lenz reichte ihm die Hand und nahm seine Beileidsbekundung entgegen. »Ich sagte Ihnen ja neulich schon, wie viel meine Schwiegermutter von Ihnen gehalten hat. Wer hätte geahnt, dass plötzlich alles so schnell vorbei ist.«

»Ja, wer hätte das ahnen können. Noch dazu, wo sie mir durchaus fit und lebendig vorkam, als ich sie besucht habe.«

»Nicht wahr?«, bestätigte Frau Lenz und nickte heftig. »Das hat mein Mann erst heute Morgen auch zu mir gesagt. Das Leben ist manchmal wirklich grausam. Sebastian leidet sehr unter dem Verlust seiner Mutter.«

»Ob ich ihn wohl kurz sprechen könnte? Ich hätte ein paar dringende Fragen, die ich ihm am besten gleich stellen würde. Wäre es möglich, dass –«

»Aber selbstverständlich«, unterbrach Helene Lenz den Hauptkommissar ohne jeden Argwohn in der Stimme. »Wenn Sie bitte hier warten, dann sage ich ihm umgehend Bescheid. Einen Augenblick.«

Er musste über 20 Minuten warten, bevor Sebastian Lenz gequält lächelnd auf ihn zukam und sich sofort für den Fauxpas mit dem Schlüssel entschuldigte. »Ich weiß ja, warum Sie hier sind, Herr Hauptkommissar Forster«, erklärte der Brauereibesitzer und sah beschämt zu Boden. »Wie ich auf die hirnverbrannte Idee gekommen bin, Ihnen das mit dem Schlüssel aufzutischen, weiß ich nicht. Ich habe halt schon seit Jahren die Macken meiner Mutter ausgebügelt und so getan, als würden all ihre wirren Sätze einen Sinn ergeben, dass ich wohl nicht weiter darüber nachgedacht habe. Dabei brauchte ich sie gar nicht mehr schützen. Jeder wusste inzwischen von ihrer Demenz, auch Sie, Herr Forster.«

»Ja. Verstehe. Im Mehl kann der Schlüssel nicht gelegen haben, trotzdem ist er plötzlich wiederaufgetaucht. Hatten Sie ihn denn die ganze Zeit über?«

»Natürlich nicht. Der Schlüssel war tatsächlich bei meiner Mutter im Haus«, ließ Lenz den Hauptkommissar wissen. »Ich bin nach dem Besuch im Pflegeheim noch einmal zum Haus gefahren und habe ihn gesucht. In einer Mehldose habe ich ihn nicht gefunden – eine solche gab es gar nicht –, aber in einer der Schubladen ihrer alten Anrichte im

Wohnzimmer. Dort lag er in einer kleinen Schachtel. Das mit dem Mehl tut mir leid. Wenn Sie dadurch Umstände hatten, wie etwa die Untersuchung im Labor, dann komme ich selbstverständlich für den entstandenen Schaden auf«, bot er an, lächelte freundlich und schob beide Hände in die Taschen seiner Anzughose.

»Damit ist es nicht getan, Herr Lenz«, bemerkte Florian zynisch. »Sie haben meine Ermittlungen behindert. Der Schlüssel war schließlich niemals dort, wo Sie behaupteten, ihn gefunden zu haben. Das ist Vortäuschen falscher Tatsachen.«

»Es tut mir wirklich sehr leid. Aber meine Behauptung, dass ich den Schlüssel im Haus meiner Mutter gefunden habe, ist doch korrekt. Da können Sie mir nichts vorwerfen.«

Florian Forster sah Lenz lange an, reichte ihm schließlich dic Hand und sprach ihm sein Beileid aus. Dann ging er, ohne ein weiteres Wort zu dem Fall zu verlieren.

*

»Du bist ein verdammt zähes Biest«, brummte er anerkennend und zurrte den Gurt um ihre Handgelenke noch ein wenig fester. Dann band er das Ende des Ledergürtels um den Metallpfosten des Bettes, auf dem sie lag, spärlich bekleidet und nur auf der nackten Matratze. Sie atmete schwer, was dem Knebel in ihrem Mund geschuldet war, aber auch ihrer aufsteigenden Panik. Doch sie versuchte nicht zu schreien, wimmerte nur leicht, weil das harte Leder ihre Haut wund schürfte und weil es nicht angenehm war, in dieser halb aufrechten Position mit dem Rücken am kalten Bettgestell und den Armen über ihrem Kopf zu sitzen. Er bewunderte ihre Kraft. Sie hatte ihm mehrere heftige

Schläge ins Gesicht und in seine Nieren verpasst, bevor es ihm gelungen war, sie zu überwältigen und zu fesseln. Jetzt hielt sie ganz still, wartete ab, sah ihn an und war immer noch mehr wütend als ängstlich. Jedenfalls machte ihr vernichtender Blick diesen Eindruck auf ihn.

Er hatte große Mühe, dem Drang zu widerstehen, ihren Körper zu schänden, auf jede erdenkliche Art und Weise. Sie war aufregend und sexy. Er mochte es, wenn sie sich wehrten, dann machte es am meisten Spaß. Und diese hier würde sich definitiv wehren, würde ihn treten, beißen, kratzen, würde wütend fluchen und nicht jammernd leiden.

»Und du bist wunderschön«, flüsterte er. Das Messer in seiner rechten Hand reflektierte das matte Licht der Nachttischlampe. Behutsam legte er die kalte Klinge auf ihre helle Haut. Die scharfe, glänzende Spitze berührte die kleine weiche Kuhle an ihrem Hals. Seine Finger, die den Griff des Messers hielten, berührten zwischen ihren Brüsten ihren aufgeheizten Körper. Er konnte ihr Herz heftig schlagen fühlen und sah nun die Angst in ihren Augen. Ganz langsam fuhr er mit der Klinge über ihre Haut, so sanft, dass er sie nicht verletzte.

»Sie hat gesagt, dass ich dich nicht töten darf«, hauchte er, packte mit der freien Hand ihren Nacken und zog ihren Kopf hoch. »Aber sie hat nicht gesagt, dass ich nicht mit dir spielen darf.«

Als die silberne Klinge in ihre Haut eindrang, sanft und beinahe zärtlich, wimmerte sie flehend. Tränen stiegen ihr in die smaragdgrünen Augen.

Er lächelte zufrieden. Ein Kreuz für jede Freveltat.

Das Blut, das aus der Wunde quoll, zeichnete ein rotes Sünderkreuz auf ihren Bauch, knapp unter ihrem linken Rippenbogen.

29

Kommissar Berthold Willigs Ermittlungen in der geschlossenen Psychiatrie hatten keinen einzigen Hinweis erbracht, wie die Mörderin Susanne Reuther es schaffte, Briefe und Fotos zu verschicken, oder wie sie zu einem eventuellen Mittäter außerhalb der Klinik Kontakt halten konnte. Es gab für Susanne ein striktes Verbot, ein Handy zu besitzen oder das Internet zu benutzen. Das galt nicht für alle inhaftierten Insassinnen, doch die meisten Patientinnen befanden sich in Einzelhaft, trafen nur bei Gruppensitzungen oder zu den Mahlzeiten und immer unter Aufsicht des Wachpersonals zusammen. Die Chatverläufe der inhaftierten Täterinnen, die in irgendeiner Weise mit Susanne zu tun hatten, waren sämtlich überprüft, die direkten Zellennachbarinnen allesamt befragt. Die Wege, die Susanne nutzte, blieben unentdeckt.

»Ist alles in Ordnung mit dir?«, wollte Florian wissen, als er am frühen Abend sein Wohnzimmer betrat und Jessica zusammengekauert in einer Ecke des Sofas vorfand.

»Klar«, sagte sie, warf das Kissen beiseite, das sie auf dem Schoß hatte, und setzte sich aufrecht hin. »Wie war dein Tag?«

Er sah sie nur an, beantwortete jedoch nicht ihre Frage. Stattdessen ließ er sich auf den Sessel fallen, stützte die Unterarme auf seinen Knien ab und faltete die Hände wie zu einem Gebet. Dann seufzte er. »Was ist los mit dir? Verkaufe mich nicht für dumm. Vielleicht willst du es nicht verstehen, aber ich brauche endlich dein Vertrauen. Sag mir bitte, was dich bewegt, und schließe mich nicht schon wieder aus.«

»Du verlangst Vertrauen, bringst mir aber selbst keines entgegen«, fuhr sie ihn an. Sie konnte seinem direkten Blick nicht standhalten und starrte auf das Landschaftsbild an der Wand über der niedrigen Kommode.

»Wie kommst du denn darauf, dass ich dir nicht vertraue?«, wollte er wissen und bemühte sich redlich, seiner Stimme einen ruhigen Ton zu verleihen. Trotzdem klangen seine Worte vorwurfsvoll.

»Eifersucht ist auch eine Form von Misstrauen, oder?«, rief sie abfällig und sah ihn wütend an.

Er wusste, dass ihre Wut nicht direkt ihm galt, aber es traf ihn dennoch. »Ich habe kein einziges Wort über deine Zeit auf Sylt mit diesem Idioten verloren. Und ja, es hat mir tatsächlich nicht gefallen, dich auf diesem Foto mit ihm zu sehen. Und ja, ich hätte wirklich gern mehr gewusst über eure *Beziehung* als das bisschen, das du mir erzählt hast«, führte er auf und wurde immer aufgebrachter. »Aber ich vertraue dir und glaube, du würdest mir sagen, wenn du mich betrogen hättest.«

»Aber ich vertraue dir nicht«, schrie sie, zog einen Zettel unter ihrem rechten Bein hervor und warf ihn auf den Tisch. »Du hast gesagt, du würdest in Zukunft verhindern, dass meine Schwester mich belästigt. Und was ist das?« Sie wies mit einer abfälligen Handbewegung auf den knittrigen Brief auf dem niedrigen Glastisch vor dem Sofa. »Wieder eine Nachricht von Susanne, fein säuberlich geschrieben in ihrer Handschrift. Du hast gesagt, es komme nichts mehr. Du hast es mir versprochen.«

Florian starrte auf den Brief. »Ja, das habe ich.« Resigniert stand er auf und ging um den Tisch herum. »Es tut mir leid, dass ich dieses Versprechen nicht gehalten habe.« Er setzte sich neben seine Freundin auf das Sofa und streckte ihr seine Hand entgegen. »Bitte verzeih mir. Ich werde nicht aufgeben, aber zurzeit wissen wir leider immer noch nicht, wie Susanne diese Nachrichten aus der Haftanstalt herausbekommt. Was hat sie geschrieben?«

»Ich werde sie nicht besuchen, Florian«, flüsterte Jessica, schüttelte langsam den Kopf und deutete wieder auf den Brief. »Sie will, dass ich morgen komme, aber ich werde nicht hingehen.«

»Natürlich wirst du das nicht. Du darfst ihr Spiel nicht mitspielen.«

Endlich legte sie ihre Hand in seine und nickte. »Entschuldige, dass ich behauptet habe, du wärst eifersüchtig«, versuchte sie einzulenken und lächelte zaghaft.

Florian lachte. »Aber ich bin, verdammt noch mal, wirklich eifersüchtig auf jeden Mann, der dir zu nahe kommt. Und diesen Lübke kann ich überhaupt nicht ausstehen. Ich hoffe, den Kerl muss ich nie wiedersehen.«

»Malte allerdings scheint dich zu mögen«, sagte Jessica und hatte einen Ausdruck in den Augen, den Florian nicht deuten konnte. »Er kommt übrigens nächste Woche noch einmal her und will mit mir zusammen das Ehepaar Guggenmoos erneut befragen. Ist das okay für dich?«

Florian seufzte vernehmlich. Dann nickte er.

»Kann er wieder hier wohnen?«, wollte sie wissen und sah ihn so treuherzig an, dass er nicht ablehnen konnte.

Florian schloss genervt die Augen. »Aber klar. Ich freue mich riesig.«

*

»Herrgott, warum fährst du eigentlich kein richtiges Auto? Hier kann man nicht einmal vernünftig seine Beine lang machen.«

»Wenn dir mein Auto nicht passt, kannst du ja zu Fuß gehen, Malte«, sagte Jessica genervt, überholte auf der zweispurigen Umgehungsstraße einen grünen SUV und schlug wütend mit der Faust auf die Hupe, als der Fahrer eines alten Golfs vor ihr plötzlich, ohne zu schauen, die Spur wechselte und sie mitten im Überholvorgang heftig bremsen musste. »Du bist genauso schlimm wie Florian. Der meckert auch immer über mein Auto.«

»Und du fährst genauso beschissen Auto wie dein Freund, wenn er total übermüdet ist«, grummelte Malte und starrte angespannt aus der Frontscheibe auf den Verkehr vor ihnen. »Ein Wunder, dass ihr beide noch lebt.«

»Sehr witzig, Malte.« Sie lenkte ihren Kleinwagen zurück auf die rechte Spur und drosselte die Geschwindigkeit. »Wir müssen noch eine gute halbe Stunde fahren. Du hattest vorhin erzählt, dass du ein paar alte Fälle gefunden hast, die zu unserem Täter passen könnten. Was genau hast du ausgegraben?«

»Mich hat der Gedanke nicht mehr losgelassen, dass es sich um eine Mordserie handeln könnte. Die Opfer hatten eine bestimmte Anzahl an Kreuzen in aufsteigender Reihenfolge auf dem Körper eingeritzt. Herr Guggenmoos 13, Frau Guggenmoos 14, Charlotte Bach 16 und Cornelia Cordis 15. Außerdem wurden sie alle mit einem Stich in die Niere getötet. Ich habe mich gefragt, warum der Täter mit der Zahl 13 beginnt. Oder gab es bereits zwölf frühere Morde? Also habe ich recherchiert und in Hamburg zwei Fälle entdeckt, bei denen ebenfalls ein beziehungsweise zwei in die Haut geritzte Kreuze erwähnt waren.

Es könnte sein, dass ich die erste und zweite Tat unseres Mörders gefunden habe. Beide Fälle liegen allerdings etwa 30 Jahre zurück.«

»Ehrlich? Das ist ja interessant«, sagte Jessica, sah kurz zu ihm hinüber und konzentrierte sich dann wieder auf die Straße. »Florian schätzt diesen Josef Rietzler etwa um Mitte 50. Wenn er tatsächlich der Täter ist, dann hat er mit Mitte 20 mit dem Morden begonnen.«

»Ja, könnte schon sein«, bestätigte der Hamburger Hauptkommissar nickend. »Das erste Opfer war aber lediglich eine Vergewaltigung. Erst die zweite Frau, die mit den zwei Kreuzen, wurde tot aufgefunden. Allerdings passt die Vorgehensweise perfekt. Auch dieser Frau wurde ein Messer in die Niere gerammt. Sie ist laut Rechtsmedizin verblutet. Den ursprünglichen Tatort hat man nie gefunden. Die Leiche der jungen Frau lag in einem Müllcontainer in einer Nebenstraße der Reeperbahn. Sie war eine Prostituierte.«

»Mehr Fallakten hast du nicht gefunden? Vielleicht hat Rietzler nach den Taten Hamburg verlassen und anderswo weitergemordet. Wir sollten das unbedingt verfolgen.«

Als Jessicas Smartphone klingelte und eine Nachricht ankündigte, stand sie gerade an einer roten Ampel und dachte sich nichts dabei, die eingegangene Info schnell aufzurufen.

Doch sie bereute es augenblicklich.

Malte konnte sehen, wie ihre Hände heftig zu zittern begannen. Sie konnte kaum das Smartphone ruhig halten. Die Panik war ihr ins Gesicht geschrieben. Sie war erstarrt, reagierte auch nicht, als die Autos hinter ihr zu hupen begannen, weil die Ampel wieder auf grün gesprungen war.

»Was ist passiert, Jessy? Rede mit mir!«, befahl er, griff nach ihrer Schulter, als sie nicht reagierte, und schubste sie, um sie aus diesem Zustand herauszureißen. »Was ist passiert?«

»Ich muss sofort zu meiner Schwester Susanne.« Ihre Stimme war ein fast tonloses Flüstern. »Ich kann nicht fahren, Malte. Kannst du mich bitte hinbringen? Ich muss sofort zu Susanne.«

Ganz langsam schob sie ihr Smartphone zurück in ihre Jackentasche, öffnete die Fahrertür und stieg aus, ohne auf den vorbeirauschenden Verkehr zu achten.

Das laute Hupkonzert riss sie aus ihren Gedanken. Erschrocken presste sie sich rückwärts an ihr Auto und blieb dort, bis Malte sie sanft am Arm packte, um den Wagen herum geleitete und auf den Beifahrersitz drängte.

»Wo müssen wir hin, Jessy? Sollten wir vorsorglich nicht auch Florian informieren?« Er wusste nicht, was in der Nachricht stand, die Jessica bekommen hatte, ahnte aber, dass es eine absolute Katastrophe für sie bedeutete.

»Dafür ist keine Zeit. Bring mich zu Susanne, in die geschlossene Psychiatrie. Sofort!«

30

Ausgerechnet in dieser Woche hatte er Nachtschicht.

Gestern musste er genau zu dem Zeitpunkt das Haus verlassen, als Malte Lübke um kurz vor 16 Uhr aus Hamburg ankam.

Jessica und Malte waren den ganzen Abend und die halbe Nacht allein gewesen und am Morgen bereits unterwegs, als er aufgestanden war. Jessica hatte sich noch kurz bei ihm verabschiedet, und Malte hatte ihm durch die geschlossene Schlafzimmertür einen guten Morgen und einen schönen Tag zugerufen. Gesehen hatte er den norddeutschen Schnösel aber bisher nicht, der heute erneut den ganzen Tag und den Abend mit seiner Freundin verbringen würde.

Was wollte der überhaupt hier im Allgäu?

Hätte es nicht vollkommen ausgereicht, sich die Untersuchungsergebnisse einfach zuzufaxen?

Das Schlimmste war, dass seine eigene Mutter Maria, die nach ihrer Kreuzfahrt seit ein paar Tagen wieder im Lande war, bereits den ganzen Morgen von diesem »höflichen und humorvollen Mann aus Hamburg« schwärmte.

Als es Florian schließlich zu viel wurde, verließ er fluchtartig die Küche und das gemeinsame späte Frühstück mit seiner Mutter, lief nach oben in seine Wohnung und verbrachte den Rest des Vormittags auf seinem Sessel vor dem Fernseher.

»Herrgott, Lübke! Ich hoffe, es ist wichtig, oder warum muss ich mich schon wieder mit dir rumärgern?«, blaffte er in sein Smartphone, als er das Gespräch nach einem generervten Blick auf das Display angenommen hatte. Die Telefonnummer des Hamburger Hauptkommissars war in seiner Telefonliste gespeichert, seit er vor ein paar Wochen die Daten von der Dienststelle in Altona bekommen hatte. Allein das Aufleuchten des Namens dieses Idioten machte ihn wütend.

»Ich freue mich auch, mit dir zu sprechen, Florian«, grüßte Malte sarkastisch zurück. »Hör zu, ich darf eigentlich nicht anrufen, doch ich glaube, dass du vielleicht helfen kannst.«

»Wer hat gesagt, dass du nicht anrufen darfst? Ist was mit Jessica?« Florian war bereits alarmiert aufgesprungen und ging aufgeregt im Wohnzimmer auf und ab.

»Flipp nicht gleich aus. Wir sind in der Psychiatrie, in der deine Schwägerin untergebracht ist. Jessica meldet sich gerade zu einem Besuchstermin an und füllt ein paar Formulare aus, deshalb konnte ich mich kurz absetzen und dir Bescheid geben.«

Florian wusste nicht, was er sagen sollte. Hatten sie nicht besprochen, dass Jessica ihre Schwester nicht besucht? Auch nicht, wenn weitere Morde passierten? Was war nur in sie gefahren, dass sie jetzt doch wieder auf Susanne reagierte? Vor allem, ohne ihr Vorgehen mit ihm zu besprechen. »Wieso?«, brachte er gequält heraus. »Wieso besucht sie Susanne? Was ist passiert?«

»Ich schicke dir ein Foto. Vielleicht kannst du etwas damit anfangen. Man sieht im Hintergrund ein Gebäude durch ein offenes Fenster. Du musst die Frau finden, bevor ihr noch Schlimmeres zustößt.«

»Herrgott, Lübke. Welche Frau?« Florian rannte in den Flur, sprang mit großen Schritten die Treppe hinunter und versuchte, irgendwie in seine Turnschuhe zu schlüpfen, ohne die Schnürsenkel zu öffnen. Immerhin hatte er nur eine Hand frei. »Welche Frau, Lübke?«

»Ich weiß doch nicht, wer sie ist«, fuhr Malte ihn genervt an. »Jessica hat eine Nachricht samt Foto auf ihr Handy bekommen. Sie ist gleich fertig. Ich lege jetzt auf, schicke dir das Foto und du findest bitte diese Frau. Sie ist irgendwo in Kempten, heißt es in der Nachricht.« Er wollte auflegen, doch Florian hielt ihn zurück.

»Hör mir zu, Malte.« Seine Stimme klang unerbittlich. »Du lässt sie nicht allein zu Susanne. Du gehst mit, Malte, hörst du? Jessica darf nicht allein zu ihr. Ich will dein Wort!«

»Verstehe, Florian. Ich werde sie nicht alleine gehen lassen. Du kannst dich auf mich verlassen.« Er legte auf.

Sekunden später kamen das Foto und die beigefügte Nachricht.

Das Bild war grauenvoll.

Das Gesicht der jungen Frau auf dem Foto wies ein großes Hämatom über dem rechten Auge auf, der ganze Körper war mit Prellungen übersät, Arme und Beine waren gefesselt, aus ihrer Nase lief ein blutiges Rinnsal über ihren Mund und ihr Kinn. Sie schien bewusstlos, lag auf einem Bett, war nur spärlich mit Slip und BH bekleidet. Es fehlten die üblichen Kreuze auf ihrer Haut, auch sah man kein Blut auf der Matratze. Aber Florian war sich sicher, dass sich das bald ändern würde.

Sie war mit größter Wahrscheinlichkeit diesem Rietzler in die Fänge geraten.

Durch das Fenster im Hintergrund des Fotos war ein großer Betonbau zu erkennen, dem Baustil nach aus den 70er-Jahren. Ein paar Bäume waren auch zu sehen. Das konnte überall sein. Florian hatte keine Ahnung, wo er anfangen sollte zu suchen.

Aber er musste sie finden. So schnell wie möglich.
Das Foto zeigte Jessicas beste Freundin Paula.

*

Malte konnte sehen, wie nervös sie war, denn sie wippte unaufhörlich mit dem rechten Bein, während sie steif auf einem der Stühle saß und hektisch atmete. Als ihre Schwester in den Besuchsraum geführt wurde, war sie einer Ohnmacht nahe. Ihr Gesicht wurde blass und sie hielt die Luft an, bis Malte unter dem Tisch nach ihrer Hand griff und sie sanft drückte.

»Jessica«, rief Susanne fröhlich. »Ich bin so glücklich, dass du mich endlich besuchst. Wie geht es dir? Du siehst ein wenig mitgenommen aus. Ich hoffe, du brütest nicht irgendetwas aus. Geht es dir gut?«

»Natürlich geht es ihr nicht gut, und das wissen Sie«, fuhr Malte Lübke sie an. Jessicas Hand in seiner zitterte unaufhörlich. »Warum musste Jessica kommen? Was ist mit der Frau auf dem Foto? Lebt sie noch?«

»Aber sicher«, sagte Susanne lächelnd und schüttelte ungläubig den Kopf. »Ich halte mein Wort. Der Frau wird nichts passieren.«

»Der Frau wird nichts passieren?« Der Hamburger Hauptkommissar klang entsetzt. »Der Frau ist schon mehr als genug passiert. Sie sieht grausam zugerichtet aus. Wo ist sie?«

»Kann ich das Bild sehen?«, fragte Susanne, ohne ihm eine Antwort zu geben. »Das würde mich wirklich interessieren.«

»Lass es gut sein, Susanne«, brachte Jessica mühsam heraus. Ihre Stimme klang brüchig und schwach, doch sie zwang sich, ihre Schwester direkt anzusehen. »Ich bin hier. Jetzt halte dein Wort und lass Paula frei.«

Den fassungslosen Blick von Malte ignorierte Jessica. Er hatte nicht gewusst, dass sie die Frau auf dem Foto kannte. Sie hatte ihm nichts dergleichen angedeutet.

»Zuerst unterhalten wir beide uns«, bestimmte Susanne. »Sonst ist es kein richtiger Besuch.« Sie grinste siegessicher. »Frag mich doch wenigstens, wie es mir geht. Oder stelle mich deinem neuen Freund vor. Ist Florian nicht mehr aktuell?«

Eine lange Pause entstand, bis Malte erneut das Wort ergriff. »Warum tun Sie das? Was haben Sie davon, Ihre Schwester zu einem Besuch zu zwingen?«

»Ich liebe meine Schwester«, sagte Susanne, als wäre es gerade aus ihrem Mund das Normalste der Welt. »Und ich bin verrückt. Deshalb bin ich in der Psychiatrie. Ich darf also ein wenig irrational sein.« Sie zuckte gleichgültig mit den Schultern und wandte sich wieder an Jessica. »Bist du noch mit Florian zusammen?«

Als Jessica nicht antwortete, brach Susanne in schallendes Gelächter aus. »Schwesterherz, du glaubst doch nicht, dass ich nicht weiß, was in deinem Leben abläuft. Meinst du, ich lasse zu, dass du dich von deinem Florian manipulieren lässt? Meine letzte Aufforderung zu einem Besuch hast du ignoriert, dafür hat Florian gesorgt. Deshalb musste noch ein Mensch sterben. Dein Florian ist schuld an diesem Tod, siehst du das denn nicht?«

Jessica hyperventilierte, griff mit beiden Händen an die Kante der Tischplatte und hielt sich krampfhaft daran fest. Ihre Panikattacke hielt an. Wenn sie weiter so schnell atmete, würde sie in Ohnmacht fallen. Als sie sich nach mehreren Sekunden nicht beruhigte, griff Malte nach ihren

Armen, löste ihre verkrampften Finger von der Kante und zog sie vom Stuhl hoch. Er legte ihren Kopf an seine Brust und presste ihr Gesicht gegen seinen Pullover.

»Tief einatmen, Jessy. Einatmen, ausatmen. Komm schon, beruhige dich. Wiederhole die Zahlenreihe, Jessy: 15, 47, 12, 93, 68. Wiederhole die Zahlenreihe. Komm schon.« Wenn sie sich auf etwas anderes konzentrierte, bekam sie sich wieder in den Griff.

»15, 47, 12, 93, 68«, nuschelte sie atemlos in seinen Pullover und beruhigte sich zusehends.

Schließlich ließ Malte sie los, sah ihr direkt in die Augen und nickte ihr zu. »Sie wird dich nicht besiegen«, flüsterte er. »Sie ist in der schwächeren Position, solange sie in der Klinik ist.«

»Bravo!« Susanne applaudierte überschwänglich. »Was für eine großartige Vorstellung, Schwesterherz.«

»Ist Paula tot?«, fragte Jessica so plötzlich, dass Malte Lübke erschrak.

»Deine Paula lebt noch. Sie ist mein Garant dafür, dass du mich nächste Woche wieder besuchen kommst«, verkündete Susanne und fing sich einen bitterbösen Blick von Malte Lübke ein, den sie mit einer wegwischenden Handbewegung quittierte. »Aber natürlich musste jemand sterben. Ich sage dir nächste Woche, wo du die Leiche findest, Schätzchen. Richte deinem Hauptkommissar bitte aus, dass diese Leiche auf seine Kappe geht. Und jetzt setz dich hin und frage mich endlich, wie es mir geht.«

Zögernd nahm Jessica wieder Platz.

»Lass Paula frei. Bitte.«

»Und wie soll ich das machen? Ich habe sie schließlich nicht. Ich kann sie weder freilassen noch garantieren, dass ihr nichts passiert. Es sei denn, du besuchst mich regelmäßig und kooperierst endlich.«

Jetzt war es Jessica, die unter dem Tisch nach Maltes Hand griff und herzergreifend seufzte. »Gut, Susanne. Du hast gewonnen«, sagte sie leise, konnte ihre Schwester aber nicht ansehen. »Sag mal, Susanne, wie geht es dir denn?«

31

»Es könnte ein Mehrfamilienhaus am Ring auf Höhe des Hotels Waldhorn sein«, überlegte Berthold Willig und starrte angestrengt auf das ausgedruckte und vergrößerte Foto. »Die haben in etwa diesen Baustil. Aber dort stehen überwiegend Laubbäume. Auf dem Ausdruck sind auch Nadelbäume zu sehen.«

»Man kann nicht einmal mit Sicherheit sagen, ob es sich um ein Wohngebäude handelt. Erstens ist nur ein kleiner Ausschnitt des Bauwerkes erkennbar und zweitens zwar Fenster, aber keine Balkone. Vielleicht ist es ein Bürogebäude«, bemerkte Hauptkommissar Heller, stützte seine Ellenbogen auf den Tisch und sein Gesicht in seine Hände. »Hat der Techniker aus dem Labor sich inzwischen gemeldet?«

»Herr Forster telefoniert gerade auf dem Flur mit einem der Mitarbeiter.« Hauptkommissar Kern war der einzige im Raum, der nicht wie die anderen am Tisch saß, sondern aus dem großen Fenster im Erdgeschoss die vorbeigehenden Passanten beobachtete. »Wir sollten warten, was die Spurensicherung herausgefunden hat, bevor wir Mutmaßungen anstellen. Reines Raten bringt uns die arme Frau nicht schneller wieder.«

»Aber wenn wir genug nachdenken, dann erkennen wir vielleicht das Gebäude, und dann können wir …« Es war Berthold, der diesen Einwand vorbrachte, doch er wurde vom ältesten Hauptkommissar im Zimmer rüde unterbrochen.

»Das Gebäude!«, fluchte Kern und ballte die Hände zu Fäusten. »Hat irgendeiner von Ihnen sich einmal die Frau auf dem Bild angesehen? Wo ist Ihr Mitgefühl? Schauen Sie sich die Verletzungen an, dann halten Sie inne und warten ab. Überlassen Sie die Arbeit den Beamten, die dafür ausgebildet sind. Diese Beamten werden das Gebäude finden«, schimpfte er und wiederholte wütend: »Wir sind nicht schneller, wenn wir unser Mitgefühl beiseite wischen und eine Reihe von haltlosen Mutmaßungen anstellen.«

Die Tür schwang auf und Hauptkommissar Forster betrat mit großen Schritten den Raum, blieb an der Stirnseite des Tisches stehen und warf ein paar frisch ausgedruckte Zettel auf die Tischplatte. »Das sind fünf mögliche Ergebnisse«, informierte er seine Kollegen, legte die Zettel mit den Ausschnitten der Stadtkarte von Kempten ordentlich nebeneinander, schnappte sich einen Textmarker und kreiste auf jedem Ausdruck eine Position ein, die er mit den handgeschriebenen Notizen auf einem kleinen Zettel abglich. »Die Labormitarbeiter haben herausgefunden, dass das Gebäude mindestens vier Stockwerke haben muss und Ende der 70er-Jahre gebaut worden ist. Die Farbe der Außenwände und Fensterrahmen sowie die sichtbaren Grünflächen und Bepflanzungen um das Haus passen zu diesen fünf Gebäuden im Stadtgebiet Kempten. Wenn die Aussage der Nachricht stimmt«, folgerte er, »und dieses mehrstöckige Haus tatsächlich in Kempten ist, passt nur eines dieser fünf Gebäude.«

»Dann nimmt sich jetzt jeder von uns eine dieser Landkarten, fährt los und vergleicht die Gegend mit dem Foto«, sagte Kern, kam zum Tisch und nahm sich selbst zwei der Ausdrucke.

»Wir müssen allerdings vor Ort das Gebäude finden, von dem aus das Foto gemacht wurde«, bemerkte Florian und nahm sich auch eine der Landkarten. »Der Sonnenstand und der Zeitstempel auf dem Foto verraten, dass das Bild aus einem Zimmer in nordöstlicher Richtung aufgenommen worden ist, aus mindestens 30 Meter Entfernung. Das Zimmer liegt laut Labortechnikern mindestens im dritten Stock. Wir suchen also ein etwas höheres Gebäude.«

Alle Anwesenden nickten.

»Lasst uns die Frau finden, bevor es zu spät ist, Jungs.«

*

Obwohl er in Zivil war, vielleicht auch gerade deshalb, erkannte Josef Rietzler den Kriminalbeamten sofort, als dieser aus seinem blauen Kombi stieg, sich vor die Motorhaube seines Wagens stellte und interessiert die Umgebung beobachtete. Als der junge Beamte mit den dunklen Haaren einen Zettel aus der Tasche seiner Jeans zog und auseinanderfaltete, verzog Rietzler ärgerlich das Gesicht.

Wie hatten sie ihn nur so schnell gefunden?

Hier von der Haltestelle aus, etwa 30 Meter von dem Beamten entfernt, konnte er die Szene bestens beobachten und gleichzeitig so tun, als warte er auf den Bus. Er ließ sich auf eine der grünen Plastikschalen nieder, die als Sitzfläche dienten, stellte die Einkaufstüten ordentlich vor seinen Füßen ab, grüßte lächelnd die ältere Dame neben sich und schaute verstohlen an der großen Plakatwand vorbei, die den überdachten Wartebereich vom Fußweg trennte.

Er konnte nicht erkennen, was genau der Zettel in den Händen des Beamten zeigte, nur, dass er dunkel war. War es ein Bild? Hatten sie anhand des Fotos Rückschlüsse auf diesen Ort gezogen?

Er holte sein Handy hervor und spähte verstohlen auf die gesendete Nachricht mit dem Bild seiner Gefangenen. Hinter der Fensterscheibe entdeckte er den kleinen Ausschnitt des Hauses gegenüber und schüttelte ungläubig den Kopf.

»Ehrlich? Das ist doch nicht möglich«, brummte er ärgerlich, bemerkte dann, dass die Frau neben ihm ihn ungläubig anstarrte und lächelte entwaffnend. »Entschuldigen Sie bitte, aber ich habe gerade gesehen, dass mein Lieblingsfußballverein schon wieder verloren hat.« Er lachte und zuckte gleichgültig mit den Schultern. Die alte Dame nickte freundlich und wandte sich wieder ab.

Der Hauptkommissar dort auf der anderen Straßenseite hielt in diesem Moment das dunkle Blatt Papier in die Höhe und schaute abwechselnd von dem Zettel zu dem Hochhaus, das hinter der Bushaltestelle stand. Dann faltete er das Blatt wieder zusammen und schob es zurück in seine Hosentasche. Aus der Innentasche seiner Lederjacke holte er sein Smartphone, wählte und hielt es sich ans Ohr.

Wenn der Beamte nun aber auf Verstärkung wartete, hätte Rietzler noch ein paar Minuten, um sich um das Haus auf der anderen Straßenseite herumzuschleichen und über den Hintereingang die Frau aus dem Gebäude zu holen. Doch den Gefallen tat der Hauptkommissar ihm nicht. Er ging, noch während er telefonierte, auf genau das Haus zu, in dem Rietzler die Frau versteckte.

Verdammter Mist. Susanne würde das gar nicht gefallen.

Er stand auf, verließ die Bushaltestelle und lief mit großen Schritten zu seinem in der Nebenstraße geparkten Wagen.

»Entschuldigen Sie bitte«, rief Hauptkommissar Forster laut dem übergewichtigen Mann in der grünen Latzhose zu, der auf einem Rasenmähertraktor saß und vor dem Mehrfamilienhaus seine Kreise über die Grünfläche zog. Er musste noch zwei weitere Male rufen und dazu wild mit den Armen über seinem Kopf wedeln, bevor der Mann ihn bemerkte.

»Sind Sie hier Hausmeister, und haben Sie einen Generalschlüssel für die Wohnungen?«, fragte Forster, zückte seinen Dienstausweis und hielt ihn dem Mann entgegen.

»Ja und nein«, war dessen Antwort, dabei nickte er erst, dann schüttelte der Hausmeister seinen Kopf. Er stellte den Motor des Mähers ab und stieg ächzend von dem kleinen Gefährt. »Schlüssel für die Wohnungen haben nur die Mieter und die Hausverwaltung. Aber Sie haben Glück. Der Hausverwalter ist gerade da und macht eine Wohnungsbesichtigung im dritten Stock.« Er wies mit der Hand zu den Fenstern auf der linken Seite. »Ich schließe Ihnen die Haustür auf, dann können Sie hochlaufen. Der Fahrstuhl wird zurzeit leider gewartet und ist außer Betrieb.«

Im dritten Stock blieb Florian vor einer offenen Wohnungstür stehen und schaute hinein. »Hallo?«

Es dauerte nicht lange, und ein älterer Mann in dunklem Anzug und einem Klemmbrett unter dem Arm trat aus der Wohnung. »Sind Sie mein nächster Termin? Sie sind etwas früh.« Der Verwalter schaute demonstrativ auf seine Armbanduhr und schüttelte bedauernd den Kopf. »Bitte haben Sie noch ein wenig Geduld, Herr …«

»Forster, Kripo Kempten«, stellte Florian sich vor. »Diese Wohnung wird neu vermietet? Wie lange steht sie schon leer?«

»Seit mehreren Wochen«, informierte ihn der Anzugträger. »In dieser Etage sind nach und nach alle vier Wohnungen saniert worden und alle bis auf diese sind inzwischen neu vermietet.«

»Aha, gut. Wir gehen bei der Kripo einem Hinweis nach und sind auf der Suche nach einem Mann, etwa in meiner Größe, vielleicht Mitte 50. Er ist schlank und scheint sportlich. Passt diese Beschreibung auf einen der neuen Mieter?«

Der Hausverwalter sah den Hauptkommissar zweifelnd an. »Was wollen Sie denn von dem Herrn Rietzler?«, wollte er wissen. »Das ist ein sehr netter Mann. Die Kaution und die Miete waren bereits eine halbe Stunde nach Unterschrift des Mietvertrages auf unserem Konto. Er wohnt seit zwei Wochen hier gleich nebenan.«

»Würden Sie mir bitte mit dem Generalschlüssel die Wohnungstür aufsperren?«

»Haben Sie denn einen Durchsuchungsbefehl?«, fragte der Verwalter streng. »Ansonsten kann ich Ihnen nicht helfen.«

»Jetzt passen Sie mal auf«, zischte Florian Forster ganz dicht am Ohr des Hausverwalters. »Es ist Gefahr in Verzug.

Dieser Notfall erlaubt mir, auch ohne Beschluss die Wohnung zu betreten. Der Mann, dem Sie die Wohnung vermietet haben, ist mit hoher Wahrscheinlichkeit ein gesuchter Serienmörder. Er hält vermutlich eine Frau gefangen, die hoffentlich noch lebt. Und wenn Sie mir nicht sofort die Tür aufschließen, dann werde ich genau diese Sätze in einer Lautstärke wiederholen, dass das ganze Haus es hört.«

Gleich darauf schob er vorsichtig die Wohnungstür auf, schaute in den langen Flur und trat langsam ein, seine Dienstwaffe in der rechten Hand noch auf den Boden gerichtet. Er hatte den Hausverwalter angewiesen, die Wohnungsinteressenten mitzunehmen, unten vor der Haustür auf die Verstärkung zu warten und niemanden außer die eintreffenden Beamten hereinzulassen.

Es war still in der Wohnung. Bis auf das monotone Brummen des Rasenmähers draußen war nichts zu hören. Auch schien die angeforderte Verstärkung bisher nicht eingetroffen zu sein. Kurz überlegte er, in welche Richtung das besagte Fenster zeigen musste, das auf dem Foto zu sehen war, und kam zu dem Schluss, dass nur der Raum am Ende des Flures infrage kam. Also kontrollierte er schnell die Räume links und rechts des Flures, hielt kurz inne, atmete tief ein und aus, stieß dann die letzte Tür auf und stürmte mit vorgehaltener Waffe in das große Zimmer.

»Polizei«, rief er, verstummte aber, als eine Frau entsetzt aufschrie. Der Knebel in ihrem Mund verhinderte kaum die immense Kraft in ihrer Stimme und erfüllte den ganzen Raum mit ihrer unendlichen Angst. Es war Paula, die ihn voller Panik anstarrte und nicht aufhören konnte zu schreien, dabei heftig an den Fesseln riss und ihre Arme und Beine dennoch nicht befreien konnte. Sie war nackt. Ihre Kleidung lag ordentlich zusammengefaltet auf einem

Stuhl neben dem Bett. Der Rest des Raumes war leer, keine Tapeten, kein Teppich.

Florian sicherte seine Waffe, schob sie zurück in das Pistolenhalfter und zog seine Jacke aus. »Paula, ich bin es, Florian«, versuchte er ihre lauten Schreie zu durchdringen und ging langsam auf sie zu. »Paula, du musst jetzt keine Angst mehr haben. Er kommt nicht zurück.«

Als er seine Jacke über ihren nackten Körper legte und begann, sie von den Fesseln um ihre Handgelenke zu befreien, verstummte sie, doch der angstvolle Ausdruck in ihren Augen blieb.

»Du bist in Sicherheit«, sagte Florian behutsam und lächelte zaghaft, was ihm bei dem schrecklichen Anblick, den sie bot, äußerst schwerfiel. Ihre komplette linke Gesichtshälfte war geschwollen und feuerrot. An der linken Augenbraue klebte getrocknetes Blut über einer zwei Zentimeter langen Platzwunde. Auch ihre Unterlippe war aufgeplatzt und ihre Nase hatte heftig geblutet. Die untere Gesichtshälfte war fast komplett mit dunklem Blut besudelt. Es sah grauenvoll aus. Und er hatte die in die Haut geritzten Kreuze gesehen, mitten auf ihrem Bauch. Drei wunde, rote Kreuze. Was hatte der Kerl ihr nur angetan? Obwohl es Florian in der Seele schmerzte – das Letzte, was Paula jetzt brauchte, war Mitleid. »Hör mir zu, Paula. Gleich kommen die Sanitäter. Tut dir was weh? Ist etwas gebrochen? Hast du Schmerzen?«

Paula schaute ihn lange an und machte den Eindruck, als sei sie ganz weit weg und sehe durch ihn hindurch. Dann traten Tränen in ihre Augen und sie blinzelte. »Jetzt nicht mehr«, flüsterte sie so leise, dass er es kaum hören konnte. Ihre Stimme zitterte. »Ich möchte mich anziehen, Florian. Und ich will duschen.«

»Das verstehe ich. Ich helfe dir mit dem Kleid. Aber duschen solltest du erst nach ... Wir brauchen ... Wir müssen noch ...«

Sie nickte und seufzte vernehmlich. »Verstehe«, sagte sie und konnte ihn nicht mehr ansehen. »Ich halte das aus. Ich hab alles ausgehalten. Doch ihr werdet nichts an mir finden. Er hat jedes Mal ein Kondom benutzt. Das Arschloch war vorsichtig. Jedes verdammte Mal. Dieser gottverdammte Hurensohn. Warum hat er das getan?«

Er hätte nicht zum Fenster gehen sollen, um hinauszusehen, aber er wollte Paula wenigstens eine winzige Spur Privatsphäre geben, als diese sich anzog. Wäre bereits eine weibliche Kollegin da gewesen, hätte er das Zimmer verlassen. Außerdem hatte Paula ihn gebeten zu bleiben. Sie hatte Angst und schluchzte fast ununterbrochen. Die sonst so taffe Freundin von Jessica war gebrochen und tief in ihrer Seele verwundet. Dagegen waren die Verletzungen auf ihrer Haut eine Kleinigkeit. Die Schnitte waren nicht tief, doch vermutlich tief genug, um sie mit grässlichen Narben ihr ganzes Leben lang an dieses schreckliche Ereignis zu erinnern. Rietzler war ein verdammt kranker Mensch und mindestens genauso grausam und soziopathisch wie Susanne. Wo – und vor allem wann – hatten die beiden sich nur kennengelernt?

Als Paulas Schniefen abrupt verstummte, erschrak Florian und fuhr im gleichen Augenblick zu ihr herum, als ihr gellender Schrei den Raum erfüllte. Er spürte ihre Panik in seinen Knochen, als wäre es seine eigene. Der heftige Schlag an seine Schläfe riss seinen Kopf zur Seite. Er verlor das Gleichgewicht, taumelte, fiel und schlug mit dem Hinterkopf gegen die Fensterbank aus schwarzem Marmor. Dann verlor er das Bewusstsein.

32

Die Schmerzen in seinem Kopf waren fast unerträglich.

Als er das erste Mal zu sich gekommen war, hatten sich gerade ein paar Sanitäter über ihn gebeugt, und er hatte seinen Kollegen Berthold gesehen, der erleichtert lächelte. Auf dem Weg ins Krankenhaus und während der Untersuchungen war sein Bewusstsein immer wieder in zeitlose Dunkelheit abgedriftet. Sie hatten ihm etwas gegen die Schmerzen gegeben, ihn in eine Röhre geschoben, hatten ihm mit einer kleinen Lampe in die Augen geleuchtet und ihm unentwegt Fragen gestellt.

Jetzt lag Florian in einem Einzelzimmer und die Schmerzmittel ließen langsam nach. Vorsichtig öffnete er die Augen und erkannte Jessica, die neben seinem Bett saß und seine Hand hielt.

»Musst du dich noch mal übergeben?«, fragte sie und sah ihn besorgt an.

»Ich hab mich übergeben?« Sein Kopf dröhnte und er hatte Mühe, seinen Blick scharf zu stellen. Alles verschwamm vor seinen Augen und ihm wurde jetzt tatsächlich übel. Er atmete konzentriert tief ein und aus.

»Du hast eine Gehirnerschütterung«, erklärte Jessica und hielt ihm hilfsbereit die kleine Edelstahlschüssel entgegen, doch er winkte dankend ab.

»Es tut mir unendlich leid, Jessy«, sagte er stattdessen und drückte sanft ihre Hand.

»Das muss dir nicht leidtun«, beruhigte sie ihn lachend. »Wenn sich Tobi übergibt, dann landet die Hälfte davon immer auf meinem Pullover. Du dagegen hast ganz artig die Schüssel getroffen.«

»Das meine ich nicht«, flüsterte er und sah sie fragend an. »Er hat Paula mitgenommen, oder?«

Jessica nickte und strich ihm eine Strähne seines dunklen Haares aus der Stirn. Die kleine Wunde an seiner Schläfe hatte zwar geblutet, musste aber nicht genäht werden. Ein großes Pflaster klebte seitlich oberhalb seiner Augenbraue. Die Verletzung an seinem Hinterkopf war nur eine riesige Beule und keine Platzwunde. Er hatte Glück gehabt.

»Ja, er hat Paula mitgenommen. Die Verstärkung traf erst ein, als er bereits weg war. Die Beamten haben das ganze Haus und die Umgebung abgesucht, diesen Rietzler und Paula aber nicht gefunden. Das alles ist jedoch nicht deine Schuld«, schloss sie ihren Bericht. »Wir werden Paula wiederfinden. Mach dir keine Gedanken. Er wird sie nicht töten, denn aus irgendeinem Grund hat Susanne Einfluss auf diesen Rietzler. Und im Moment nützt ihr Paula lebend mehr als tot. Sie wird nicht sterben, solange ich meine Schwester in der Klinik besuche.«

»Oh Gott, Jessy«, stöhnte er verzweifelt. »Es tut mir schrecklich leid!«

33

Markus Hubertus, der Braumeister und Angestellte des Baschtl-Bräu, sah elend und mitgenommen aus. Florian Forster befürchtete, dass er gar nicht in der Lage war, seine Fragen zu beantworten. Der dicke Verband um seinen Kopf war so fest und tief um seine Stirn gewickelt, dass er kaum die Augen öffnen konnte. Ansonsten allerdings schien er unverletzt.

»Himmel, Markus«, begrüßte Florian seinen alten Schulfreund und trat an das Krankenhausbett. Es war erst ein paar Tage her, da hatte er selbst in diesem Krankenhaus gelegen, sich aber nach einer Nacht auf eigene Verantwortung selbst entlassen. Er wollte Paula finden, so schnell wie möglich. Das war sein primäres Ziel. Doch der Bierleichenfall war auch noch da und es gab neue Vorkommnisse. Deshalb musste er Markus befragen.

»Was ist denn passiert?« Natürlich wusste er aus dem Polizeibericht und durch das Gespräch mit der Oberschwester dieser Station bereits, was geschehen war, aber er wollte es von dem verletzten Braumeister noch einmal persönlich hören.

»Servus, Flo.« Seine Stimme klang schwach und etwas gepresst. Vielleicht hatte er Schmerzen. »Nett, dass du mich besuchst.«

»Markus, ich bin in meiner Funktion als Hauptkommissar da und will dich zum Tathergang befragen. Wie ist das passiert?« Florian wies auf den Verband am Kopf seines Freundes. »Weißt du, wer dir das angetan hat?«

Hubertus schüttelte den Kopf, bereute es aber augenblicklich und verzog schmerzerfüllt das Gesicht. »Nein«, sagte er stattdessen. »Irgendjemand hat mir von hinten eins übergebraten. Ich habe ihn nicht kommen sehen.«

»Ihn? Es war also ein Mann?«, wollte Florian wissen und setzte sich auf den Stuhl, der neben dem Bett stand.

»Das hoffe ich doch«, sagte der Braumeister und lachte gequält. »Wenn mich eine Frau umgehauen hätte, wäre ich doch sehr in meiner männlichen Ehre gekränkt. Aber ich habe leider keine Ahnung, wer es war. Ich stand am Sudkessel und wollte eine Probe nehmen. Deshalb war das Mannloch auch offen. Plötzlich hab ich diesen Schmerz am Hinterkopf gespürt und die Lichter gingen aus.«

»Und wie ist der Täter in die Brauerei gekommen? War Lenz auch da?«

»Nein, der Chef hatte die Tagesschicht, der war schon lange im Feierabend. Weil beim Brauprozess die Innenräume immer so schrecklich aufheizen, öffne ich gern die Tür und lasse ein wenig frische Luft herein. Jeder hätte hereinkommen können.«

»Verstehe«, sagte Florian und machte sich ein paar Notizen in sein Smartphone. »Und wann genau war das?«

»In der Nachtschicht nehme ich die Probe immer etwa um Mitternacht. Ja, es war etwa kurz vor 12 Uhr. Meinst du, es war derselbe Täter? Meinst du, ich hatte nur Glück, dass ich nicht ebenfalls im Sud gelandet bin?« Sein Blick wurde verzweifelt. »Meinst du, ich hätte auch sterben sollen?«

»Darauf kann ich dir noch keine Antwort geben. Die Hauptsache ist, dass du noch lebst«, versuchte Florian seinen Freund zu beruhigen. »Wieso hat der Täter das Bier aus dem einen Tank abgelassen?« Aus dem Polizeibericht wusste Florian, dass etwa 50 Hektoliter Bier aus einem

Tank ausgelaufen waren. Die Spurensicherung hatte Reste davon großflächig auf dem Boden der Brauerei vorgefunden. Das meiste allerdings war durch die Abläufe im Boden direkt in die Kanalisation geflossen.

»Das weiß ich auch nicht. Dieses Bier war die Nachproduktion der ›Phönix aus der Asche‹-Serie. Sebastian Lenz hat mit seiner Idee wieder einmal ins Schwarze getroffen. Das Bier wurde trotz der Leiche im Sonnenwendsud und der dadurch entstandenen Rufschädigung gut angenommen und hätte die Brauerei aus der Krise geführt. Die Nachbestellungen übertrafen alle Erwartungen.«

»Dann meinst du, es wollte euch jemand schaden? Hast du eine Idee, wer das sein könnte?«

»Nein.« Markus Hubertus schüttelte zaghaft den Kopf. »Erst kürzlich hatten wir unseren jährlichen Braumeisterstammtisch. Alle Braumeister aus der Region waren da und wir haben uns ausgezeichnet verstanden. Keinem von denen würde ich das zutrauen. Wirklich nicht.«

*

Alles deutete darauf hin, dass die Anschläge auf das Baschtl-Bräu einzig und allein dem Ziel dienten, den Ruf der Brauerei zu zerstören, oder den Betrieb so zu schädigen, dass Sebastian Lenz finanziell nicht mehr auf die Füße kam. Doch auch nach der erneuten Befragung der Braumeister und Inhaber aller umliegenden alteingesessenen Brauereien konnte Florian Forster keinen einzigen Hinweis darauf finden, dass eine oder einer der Damen und Herren etwas mit dem Mord an dem Unbekannten oder dem Überfall auf Markus Hubertus zu tun hatte. Alle hatten Alibis und trugen durch den Erfolg des Baschtl-Bräus keinen nen-

nenswerten finanziellen Schaden davon. Die junge Brauerei hatte sich von Anfang an auf den Vertrieb in ganz Deutschland, der Schweiz und Österreich konzentriert. Die regionalen Kunden blieben größtenteils ihren alten Brauereien weiterhin treu.

Auch die getrennte Befragung des Ehepaares Lenz ergab nichts. Helene und Sebastian Lenz waren am fraglichen Abend in einer Gaststätte gewesen, hatten im Anschluss einen langen Spaziergang an der Iller gemacht und waren erst um etwa 1 Uhr, also weit nach Mitternacht, nach Hause gekommen. Die jeweiligen Zeitangaben stimmten bis auf zehn Minuten perfekt überein. Auch der Wirt des Lokals bestätigte den Besuch des Ehepaares. Außerdem war es der Brauereibesitzer Lenz selbst gewesen, der in den frühen Morgenstunden Polizei und Rettungsdienst informiert hatte.

»Wie ich schon sagte, ich bin etwa eine halbe Stunde nach unserer Rückkehr total erledigt ins Bett gefallen. Seit ich schwanger bin, schlafe ich erstens viel mehr als sonst und zweitens immer tief und fest«, erklärte Helene Lenz lachend und rieb sich mit der Hand liebevoll über ihren langsam runder werdenden Bauch. »Mein Mann ist mit mir schlafen gegangen. Er musste um 5 Uhr schon wieder aufstehen. Und um auf Ihre Frage zurückzukommen, Herr Hauptkommissar: Wir haben bei unserer Rückkehr zwar Licht in der Brauerei bemerkt und auch, dass die Tür offen stand, aber beides ist nichts Ungewöhnliches. Markus hatte Nachtschicht, und weil es beim Brauprozess sehr warm wird, öffnet er häufig die Tür. Hätten wir doch nur nachgesehen, ob alles in Ordnung ist.«

»Machen Sie sich keine Vorwürfe, Frau Lenz«, beruhigte Forster die junge Frau und lächelte ihr aufmunternd zu. »Markus ist bald wieder fit. Er hat zwar eine schwere Gehirnerschütterung und eine Platzwunde, die genäht werden musste, doch der Junge ist zäh. Der ist bald wieder auf den Beinen.«

34

Der ganze Fall war zum Verzweifeln. Sie hatten den Mörder des Ehepaares Guggenmoos mit höchster Wahrscheinlichkeit identifiziert, bekamen ihn aber nicht zu fassen. Josef Rietzler, jedenfalls der Rietzler, den sie suchten, war in ganz Deutschland nirgends gemeldet, nirgends angestellt, nirgends registriert.

Ihre Kollegen in der Hansestadt hatten jedoch seine Existenz mithilfe eines Hamburger Standesamtes festgestellt. Deshalb kannten Florian und seine Kollegen nun das Geburtsdatum und die ehemalige Hamburger Wohnadresse, die zu einem städtischen Kinderheim gehörte. Seine Spur verlor sich dort Ende der 1970er-Jahre. Damals war er aus dem städtischen Kinderheim verschwunden und nie wiedergefunden worden. Seine Eltern waren Jahre zuvor bei einem Verkehrsunfall gestorben, Geschwister oder andere Verwandte gab es offensichtlich nicht.

Da dieser Rietzler auf Florian einen gepflegten und kultivierten Eindruck gemacht hatte, glaubten Hauptkommissar Kern und Jessica nicht, dass er auf der Straße lebte. Folglich musste er irgendwo wohnen und arbeiten, vermutlich unter einem anderen Namen. Dann gab es mit großer Wahrscheinlichkeit Nachbarn, Kollegen und vielleicht Freunde. Vermutlich. Und er kannte Susanne, Jessicas Schwester, da waren die beiden Hauptkommissare sich ebenfalls einig.

Die Veröffentlichung seines Fotos über diverse Medien hatte bisher auch noch keine verwertbaren Hinweise gebracht. Deshalb saß Jessica ihrer Schwester ein paar Tage früher als geplant in dem kleinen Besuchszimmer der Psychiatrie erneut gegenüber.

»Schön, dass du kommst, Schwesterherz. Hast du geweint?«, fragte Susanne besorgt, doch ihre Augen strahlten zufrieden. Sie genoss die Macht, die sie über Jessica hatte, liebte es, sie zu quälen. Natürlich wusste sie schon, was mit Paula passiert war, und dass es Florian fast gelungen war, Jessicas Freundin zu befreien. Ihr Schwager war wirklich gefährlich und sie bedauerte zum wiederholten Mal, ihn nicht bereits getötet zu haben. Wenn sie ihm das nächste Mal begegnete, sei es in ein paar Wochen, Monaten oder Jahren, würde sie ihren Fehler höchstpersönlich korrigieren. »Wieso hast du geweint, du Dummerchen? Deiner Freundin geht es gut. Ich habe dir doch zugesagt, dass sie am Leben bleibt, solange du mich regelmäßig besuchst«, versprach Susanne, lächelte überheblich und lehnte sich auf ihrem Stuhl zurück, ohne Jessica aus den Augen zu lassen.

Diese verzog keine Miene, schniefte nur einmal laut vernehmlich, unterdrückte ihren Drang, sich die Augen zu reiben, und starrte angestrengt aus dem Fenster.

Susanne war verwirrt. Es war ihr noch nie schwergefallen, die Gestik ihrer Schwester zu deuten. Jessica war nicht gut darin, Gefühle zu verbergen, und man sah an ihren geröteten Augen, dass sie geweint haben musste. Ihr Gesichtsausdruck war jedoch gleichgültig, sie wirkte ruhig und kaum verzweifelt. Aber warum war sie dann so traurig? »Dein Zustand hat überhaupt nichts mit Paula zu tun, hab ich recht?«, riet Susanne und sah Jessica misstrauisch an. »Was ist passiert?«

Jessica wandte ihr Gesicht langsam ihrer Schwester zu und starrte sie bitterböse an. »Du kannst froh sein, dass sie am Eingang die Taschen nach scharfen Gegenständen absuchen, sonst hättest du jetzt ein Messer in der Kehle«, fauchte Jessica. Diese Lüge fiel ihr nicht einmal schwer, denn wenn sie an all die Dinge dachte, die Susanne in ihrem Leben bereits verbrochen hatte, hätte sie es verdient zu sterben. »Ich weiß, dass du auch bei den Morden am Ehepaar Guggenmoos deine Finger im Spiel hast«, warf sie ihr vor. »Du hast diesen Rietzler beauftragt, die Morde zu begehen. Es ist mir allerdings ein Rätsel, warum dieser Psychopath tut, was du ihm befielst. Doch das spielt jetzt für mich keine Rolle mehr. Ich werde den Fall abgeben. Ich will mit dir nichts mehr zu tun haben.«

Susanne lachte laut. »Deshalb brauchst du doch nicht zu weinen, Schätzchen.« Sie versuchte gar nicht, die Anschuldigung ihrer Schwester zu leugnen. »Finde dich einfach damit ab, dass du mir noch nie gewachsen warst. Selbst jetzt habe ich immer noch die Kontrolle über dich. Und du wirst den Teufel tun, den Fall abzugeben. Dann macht es gar keinen Spaß mehr. Denk doch bitte an Paula.«

»Warum musste Florian sterben?« Jessica spuckte die Worte mit solch einer Abscheu aus, dass Susanne erschrocken zusammenfuhr. Jessica griff nach einem Taschentuch und rieb sich die verweinten Augen. Sie konnte die Tränen nicht mehr zurückhalten.

»Florian ist tot?«, rief Susanne entsetzt. Dann wurde sie sich ihres Gemütszustandes bewusst und setzte eine ausdruckslose Gleichgültigkeit auf. »Das glaube ich nicht.« Rietzler hatte nichts dergleichen gesagt. Sie hatte ihm ausdrücklich verboten, ihrem Schwager oder ihrer Schwester auch nur ein Haar zu krümmen. Darum wollte sie sich kümmern. Später.

Eine aktuelle Tageszeitung landete direkt vor ihr auf dem Tisch.

»Du glaubst es nicht?«, schrie Jessica voller Wut. »Du glaubst es nicht?« Sie sprang auf und lief zur Tür. »Die Beerdigung ist am Freitag. Wenn ich die überstanden habe, dann mache ich dich fertig. Ich habe jetzt nichts mehr zu verlieren!«

Sie verließ das Besuchszimmer, schloss die Tür von außen und nickte ihrem Kollegen Kern zu, der am Ende des Ganges hinter einer Glastür auf sie wartete.

»Kaltes Wasser hilft«, sagte er, als sie ihn erreichte, wies mit der Hand auf ihr Gesicht und reichte ihr einen nassen Waschlappen. »Ich hoffe nur, dass diese Scharade den gewünschten Effekt hat.«

»Ich glaube, es hat geklappt«, erwiderte Jessica, rieb sich die schmerzenden Augen aus und hoffte inständig, dass das verdammte Tränengas nicht vollkommen vergebens war. Es brannte schrecklich in ihren Augen. »Ich hoffe, sie merkt nichts bezüglich der gefälschten Tageszeitung, aber ich glaube, die Kriminaltechniker haben das gut hinbekommen. Es ist trotzdem schrecklich, eine Todesanzeige zu lesen, in der Florians Name steht«, sagte Jessica, gab ihrem Kollegen Kern den Waschlappen zurück und zog eine schwarze Sonnenbrille aus ihrer Handtasche.

*

Tagelang geschah nichts.

Die zwei eingeschleusten Beamten, die als Praktikanten in der Psychiatrie immer ein Auge auf Susanne hatten, meldeten keine Vorfälle oder ungewöhnliche Kontaktaufnahmen mit anderen Insassen oder dem Personal. Im Gegenteil, Susanne Reuther verkroch sich in ihr Zimmer, kam nicht einmal zu den gewohnten Essenszeiten heraus und verweigerte sogar ihr tägliches Gespräch mit dem Therapeuten. Hatte sie ihren Plan durchschaut? Oder war ihr die Kommunikation mit Josef Rietzler im Moment nur nicht möglich?

Genau eine Woche nach der angeblichen Beerdigung allerdings meldete sich Josef Rietzler mit einem Brief und einem Foto bei Jessica. Der Umschlag wurde im Präsidium am Empfang abgegeben und war mit ihrem Namen versehen.

»Deine Schwester ist höchst beeindruckt«, stand in den handschriftlich geschriebenen Zeilen, »doch um uns auseinanderzubringen, musst du früher aufstehen. Deine zugegebenermaßen gute Idee reicht dennoch nicht an die Intelligenz und Gerissenheit deiner Schwester Susanne heran.« Das Foto, das beilag, zeigte Florian, wie er quicklebendig die Stufen vor seiner Haustür hinunterlief, und war mit dem Datum von gestern versehen. Doch es war offensichtlich, dass es nicht älter sein konnte als ein paar Tage, denn man sah deutlich die noch nicht vollständig verheilte Verletzung an Florians Schläfe. Die originale Traueranzeige aus einer nicht manipulierten Tageszeitung klebte auf der Rückseite des Fotos. Es war genau die Anzeige, die die Kriminaltechniker durch Florians Todesanzeige ersetzt hatten.

»Mist«, fluchte Jessica. »Und jetzt? Haben sich die Kollegen aus der Psychiatrie inzwischen gemeldet? Ansonsten haben wir nämlich nichts. Verdammter Mist!«

»So würde ich das nicht sehen.« Hauptkommissar Kern, der Jessica beim Öffnen des Umschlags über die Schulter gesehen hatte und jetzt zufrieden lächelte, ging zurück zu seinem Schreibtisch und ließ sich in seinen Bürostuhl fallen. »Rietzler ist immerhin nervös geworden.«

»Ach was. Der will mir mit diesem Brief nur seine Überlegenheit demonstrieren. Das Foto ist direkt vor unserer Haustür geschossen worden.« Jessica warf den Umschlag und das Bild auf ihren Schreibtisch und schüttelte den Kopf. »Wir haben gar nichts!«

»Nun«, begann Kern und nippte an seiner Tasse heißen Kakaos. »Wir haben es beinahe geschafft, die beiden zu trennen. Vermutlich war deine Schwester so wütend auf diesen Rietzler, dass dieser sich genötigt fühlte, unsere Lüge zu beweisen. Nicht nur uns, sondern auch Susanne Reuther. Es scheint ihm wichtig zu sein, ein gutes Verhältnis zu ihr zu haben, warum auch immer. Vielleicht beruht dies auf Gegenseitigkeit. Deshalb sollten wir versuchen, Susannes Vertrauen in diesen Mann so sehr zu erschüttern, dass sie ihn verrät. Ganz einfach.« Er lehnte sich zufrieden in seinem Bürosessel zurück und verschränkte die Arme vor der Brust.

Jessica nickte. »Ja, du hast vermutlich recht«, stimmte sie ihm zu und griff erneut nach dem Umschlag. »Und es muss einen Grund geben, warum Rietzler erst heute reagiert hat und nicht schon vor einer Woche. Susanne konnte ihn vorher nicht kontaktieren.«

35

»Ja, Paps. Und wir vermuten, dass Susanne diesen Rietzler seit Jahren kennt«, berichtete Jessica noch am gleichen Abend ihrem Vater am Telefon. »Kennst du den Mann vielleicht auch? … Den auf dem Foto. Ich habe es dir per Mail geschickt. … Klar, ich warte.« Sie ging im Wohnzimmer auf und ab und blieb nach einer Weile neben dem Sessel stehen, auf dem Florian saß, die Fernbedienung in der Hand und die Füße auf dem Tisch. Er schaute eine Doku über Erdmännchen, schien mit den Gedanken aber nicht bei der Sache zu sein.

»Hast du es gesehen, Paps? Und? Kennst du ihn?« Jessica hielt es kaum aus, bis ihr Vater den Rechner gestartet, das Mailprogramm geöffnet und das Foto heruntergeladen hatte. Ungeduldig setzte sie ihre Wanderung durch das Wohnzimmer fort, nicht ohne vorher die Füße ihres Freundes mit ihrem Knie unsanft vom Tisch zu fegen. »Nein? Schade. War einen Versuch wert.« Sie zuckte bedauernd mit den Schultern. »Genau das vermuten wir auch, Paps. Er muss einen anderen Namen verwendet haben, all die Jahre. Josef Rietzler ist er nur, wenn er mordet, ansonsten benutzt er eine andere Identität.«

»›Josef Rietzler ist er nur, wenn er mordet‹«, hörte sie Florian ihren eigenen Satz ehrfurchtsvoll flüsternd wiederholen. »Nur wenn er mordet. Herrgott, das ist es!« Er sprang auf und rannte aus dem Wohnzimmer, kam aber sofort wieder zurück. »Ich muss noch mal ins Präsidium. Mir ist etwas eingefallen. Deine Idee ist super. Danke.« Er gab ihr einen Kuss auf die Stirn und war wenige Sekunden später bereits die Treppe hinuntergelaufen und aus dem Haus.

*

»Wo sind die verdammten Listen, Berthold?«, fluchte er und durchsuchte hektisch den unsortierten Stapel aus dunkelgrünen Ordnern und losen Zetteln auf seinem Schreibtisch.

»Welche Listen denn, Chef?«, wollte Berthold wissen. Er war jetzt, vier Stunden nach Feierabend, in Zivil unterwegs und trug ein helles, mit Edelweiß besticktes Hemd und eine Trachtenlederhose.

»Ach, Scheiße, Berthold. Es tut mir leid«, sagte Florian bedauernd, als er zu seinem Kollegen aufsah. »Du hattest erzählt, dass du heute auf eine Geburtstagsfeier eingeladen bist. Ich hab nicht daran gedacht. Entschuldige.«

»Kein Problem, Chef. Wie kann ich helfen?«

»Sag mir nur schnell, wo die Fluglisten sind, die wir damals angefordert haben, um das Alibi von Brauereibesitzer Lenz zu überprüfen. Dann kannst du wieder verschwinden.«

Berthold Willig trat um den Schreibtisch seines Chefs herum, öffnete die Schublade, zog einen ganzen Stapel Papier heraus, blätterte ihn durch und reichte Florian einen Teil davon. »Was glaubst du, auf den Listen zu finden? Die Angaben von Lenz stimmten. Ich habe damals alles überprüft und keine Fehler gefunden.« Berthold trat ein paar Schritte zurück und lehnte sich rückwärts an die Wand neben der Tür. »Meinst du, ich habe etwas übersehen?«

»Nein, bestimmt nicht«, beruhigte ihn Florian, setzte sich auf die Kante seines Schreibtisches und blätterte die Listen durch. »An welchem Tag ist die Leiche in das Bier geworfen worden?«

»Am 21. oder 22. Juni«, sagte Berthold und verschränkte die Arme vor der Brust. »Wenn Lenz – wie du wahrscheinlich vermutest – im Laufe seines Thailandurlaubes einen kleinen Abstecher nach Deutschland gemacht hat, dann muss er kurz vor und kurz nach dem 21. oder 22. Juni auf zwei Fluglisten auftauchen. Aber das wäre uns doch sicher aufgefallen, Chef.« Er schüttelte ungläubig seinen Kopf.

»Nicht, wenn er unter anderem Namen geflogen ist«, erklärte ihm Florian grinsend. »Schauen wir mal, ob ein anderer Fluggast innerhalb von zwei Tagen von Thailand nach Deutschland und retour geflogen ist.«

Er blieb im Präsidium, schickte aber Berthold um Mitternacht endlich nach Hause, der bis dahin keine Anstalten gemacht hatte, auf die Geburtstagsfeier zurückzukehren. Im Gegenteil: Er hatte mit Feuereifer geholfen, die Fluglisten, das Internet und die polizeiinternen Datenbanken zu durchforsten, bis sie endlich einen Namen gefunden hatten.

Eine Person namens Peter Lilienthal war am 20. Juni von Phuket nach München geflogen und zwei Tage später die gleiche Strecke wieder zurück. War Peter Lilienthal Sebastian Lenz oder handelte es sich nur um einen dummen Zufall? Und warum sollte Sebastian Lenz in seiner eigenen Brauerei einen Mord begehen? Wollte Florian mit allen Mitteln die Unschuld seines alten Schulfreundes Markus beweisen? Der konnte sich seine Kopfverletzung sicher auch selbst zugefügt haben, um von sich abzulenken. Immerhin lebte Markus noch und wurde nicht, wie die bisher nicht identifizierte Leiche, ins Bier geworfen.

Den einzigen verwertbaren Hinweis, den Kommissar Berthold Willig in den sozialen Medien zum Namen Peter Lilienthal gefunden hatte, war eine Frau Mitte 30, Fiona Lilienthal, die mit einem Peter Lilienthal verheiratet war. Leider gab es keine Fotos des Paares, nur jede Menge Selfies der Ehefrau. Florian hatte sie kontaktiert und hoffte auf ihren Rückruf am Morgen.

Außerdem würde er Frau Lenz noch einmal vorladen und sie erneut zu ihrem Urlaub in Thailand befragen. Wenn ihr Ehemann für drei Tage verschwunden war, dann musste sie das schließlich bemerkt haben.

Florian verstand allerdings nach wie vor nicht, warum Sebastian Lenz sich selbst schaden sollte. Der Ruf der Brauerei wurde mit dem Leichenfund ausgerechnet während des Sommerfests dauerhaft geschädigt. Bei so vielen Zeugen konnte man auch nichts mehr vertuschen. Die Presse war sozusagen live dabei, als der Tote gefunden wurde. Oder war das die Absicht des Mörders? Größtmöglicher Schaden? Oder größtmögliche Aufmerksamkeit? Könnte man diese deutschlandweite Publicity irgendwie zum eigenen Vorteil nutzen?

Florian griff nach seinem Smartphone und durchsuchte die Telefonliste.

»Florian?« Die Stimme am anderen Ende klang heiser. »Ist etwas passiert? Wie spät ist es? Draußen ist es noch dunkel.«

»Hallo, Markus, entschuldige die Störung.« Florian überprüfte an seinem Bildschirm die Uhrzeit: kurz vor 4 Uhr in der Früh. »Hab ich dich geweckt?«, fragte er schmunzelnd, kam dann aber gleich zum Thema. »Du, sag mal, dieses ›Phönix aus der Asche‹-Bier, wie viel hat euch das eingebracht?«

»Ähm.« Markus reagierte nicht sofort.

Florian befürchtete bereits, dass der Braumeister wieder eingeschlafen war oder aufgrund des unverschämten Anrufes zu nachtschlafender Zeit aufgelegt hatte. Immerhin kurierte Markus im Krankenhaus immer noch seine Gehirnerschütterung aus. »Hallo?«

»Ja, bin noch dran, Flo«, hörte er ihn genervt flüstern. »Dir ist schon klar, dass ich in einem Krankenbett liege? Warum fragst du nicht Sebastian? Der macht bei uns die Buchhaltung.«

»Den frage ich morgen. Jetzt frage ich dich.«

»Okay, warte. Sebastian sagte, der Sud würde ihm beinahe das Doppelte einbringen wie ein normaler Sud, aber ich habe keine Ahnung, wie viel das in Euro ist. Ich bekomme am Ende des Monats mein Gehalt, mehr weiß ich nicht. Normalerweise brauen wir in der Woche vier bis sechs Sude. Vom Phönixbier haben wir insgesamt nur zwei Sude gemacht. Die Nachproduktion ist schließlich im Kanal gelandet«, erinnerte ihn Markus.

»Ja, stimmt.« Diese Tatsache war noch ein Grund, der gegen Sebastian Lenz als Mörder spricht. Sein eigenes Bier, und ausgerechnet das, was am meisten Geld bringt, zu entsorgen, wäre hirnrissig. »Danke, Markus. Jetzt solltest du schlafen. Immerhin hast du eine Gehirnerschütterung.«

*

»Papa? Was machst du denn hier? Ist etwas passiert?« Jessica hatte gehofft, dass Florian es war, der an der Haustür geklingelt hatte. Er vergaß hin und wieder seinen Schlüssel. Außerdem wartete sie seit gestern Abend auf eine Nachricht von ihm. Vor der Tür stand aber ganz unerwartet ihr Vater mit einer Reisetasche über der Schulter und lächelte sie unsicher an.

»Bist du etwa mit dem Auto gekommen?«

In der Auffahrt hinter ihrem eigenen Wagen parkte der alte VW-Golf ihrer verstorbenen Mutter. Herbert Grothe war die Strecke von Hamburg nach Kempten bisher noch nie mit dem Auto gefahren. Er nahm lieber die Bahn und vermied lange Autofahrten, wann immer er konnte.

»Darf ich reinkommen?«, fragte er und drängte sich an Jessica vorbei in den Flur. »Sind die Kinder schon in der Schule?« Er stieg die Stufen zur oberen Wohnung hinauf, ohne sich zu Jessica umzudrehen.

»Ja, und Florian ist auch nicht zu Hause«, antwortete Jessica.

»Kann er herkommen, um später auf die Kinder aufzupassen?«, wollte Herbert wissen, platzierte die Reisetasche direkt vor der oberen Treppenstufe und ging ins Wohnzimmer.

Jessica beeilte sich, ihrem Vater zu folgen. »Was ist denn passiert, Paps? Warum bist du hier?«

»Wir besuchen deine Schwester«, entschied er, ohne sie anzusehen. »Wär gut, wenn du fahren kannst. Ich bin etwas erledigt nach der langen Strecke.«

Er musste bald nach dem Telefonat gestern Abend losgefahren sein, hatte also in dieser Nacht vermutlich nicht geschlafen, überlegte Jessica. »Susanne kann warten. Die läuft uns nicht weg.« Sie griff nach dem Arm ihres Vaters und drehte ihn zu sich herum. »Du legst dich jetzt erst einmal hin. Und du weißt doch, dass Susanne dich nicht sehen will. Sie wird sich weigern, mit dir zu sprechen.«

»Das habe ich bereits geregelt«, sagte er. »Sie erwartet uns beide.«

36

Als Susanne am späten Nachmittag das Besuchszimmer der Psychiatrie betrat, ihren behandelnden Therapeuten an ihrer Seite, grinste sie übers ganze Gesicht, als sie ihren Vater sah, wandte sich dann an ihre Schwester und machte vor ihr eine tiefe Verbeugung.

»Großartig, Jessica!« Sie nickte ihr lächelnd zu und klatschte ein paarmal anerkennend in die Hände, bevor sie sich setzte. »Du hast mich kurzfristig tatsächlich ein wenig verunsichert, Schwesterherz«, sagte sie und schien ihren Vater neben Jessica komplett ausgeblendet zu haben. »Das ist dir vorher noch nie gelungen. Du lernst dazu. Wirklich großartig, aber leider hattest du auch diesmal nicht den gewünschten Erfolg!«

»Vielleicht kann ich dabei behilflich sein. Hallo, Susanne. Schön, dich zu sehen«, mischte sich Herbert Grothe ein, gab dem Therapeuten die Hand und stellte sich vor. Seine Tochter Susanne ignorierte ihn weiterhin beharrlich.

»Susanne, du weißt, wo Paula ist. Du musst mir endlich sagen, wo wir sie finden«, platzte Jessica dazwischen. Sie wusste immer noch nicht, warum ihr Vater auf diesen Besuchstermin bestand und warum Susanne sich darauf eingelassen hatte. Bisher hatte sie einen Besuch von ihm strikt verweigert. Ob ihr Therapeut deshalb dabei war? War das eine Art Familienzusammenführung?

»Ich weiß zwar viel, aber das weiß ich nicht, Schwesterherz«, trällerte Susanne und zwinkerte ihr zu. »Woher auch? Ich bin hier eingesperrt.«

»Hilf uns dabei, den Mann dingfest zu machen, der dich so schamlos ausgenutzt hat.« Die Worte kamen von Herbert Grothe.

Sowohl Jessica als auch Susanne starrten ihn ungläu big an.

Susanne fing sich als Erste wieder, schüttelte heftig den Kopf und lachte laut. »Das war witzig, alter Mann«, sagte sie und es klang fast, als meinte sie es ernst.

»Wann hast du das Tagebuch deiner Mutter gelesen?«, wollte Herbert wissen, legte seiner Tochter Jessica unter dem Tisch beruhigend die Hand auf ihren Oberschenkel und nickte ihr zu.

Diese war so verwirrt, dass sie ihn nur mit leicht geöffnetem Mund anstarrte. Was ging hier nur vor?

»Den Inhalt kenne ich, seit ich lesen kann. Verstanden habe ich ihre Worte erst viel später.« Susanne lehnte sich zurück, verschränkte die Arme vor der Brust und sah ausdruckslos zu ihrem Vater. »Warum bist du hier? Willst du, dass ich es endlich ausspreche, alter Mann? Weiß sie es?« Mit einem Ruck ihres Kopfes wies sie in Jessicas Richtung.

»Nein«, sagte ihr Vater, ohne Jessicas Bein loszulassen. »Ich habe geschwiegen, weil ich es deiner Mutter versprochen habe. Aber warum hast du die ganze Zeit nichts gesagt? Weil es dich noch mehr belasten würde?« Seine Hand auf Jessicas Bein zitterte, doch seine Stimme klang ruhig und gelassen. »Hast du deine Mutter für ihn getötet, Susanne? Steht er in deiner Schuld?«

Jessica sah, wie Susanne breit grinste. »Was geht hier vor?«, fragte sie, doch sowohl ihre Schwester Susanne als auch ihr Vater Herbert ignorierten sie, starrten sich nur gegenseitig sekundenlang an. Der Therapeut war der Einzige, der genauso verwirrt wirkte wie Jessica selbst.

»Hast du diesen Brief auch gelesen?« Herbert zog einen Zettel aus der Brusttasche seines Hemdes, faltete ihn auseinander, legte ihn vor sich auf den Tisch und strich ihn behutsam glatt. Dann drehte er ihn langsam um, sodass Susanne ihn lesen konnte – allerdings nur, wenn sie etwas näher heranrückte.

Das Papier sah alt und abgegriffen aus. Die Stellen, an denen es geknickt war, waren dünn und porös und hielten den Brief kaum noch zusammen. An den Rändern war er eingerissen und es wirkte, als wäre er vor längerer Zeit zerknüllt worden. Die Schrift auf dem Zettel erkannte Jessica sofort. Diese übertriebenen Schnörkel, diese dominant wirkende, kraftvolle Schrift war die Handschrift von Josef Rietzler.

»Ist der von meinem Vater?«, wollte Susanne wissen und beugte sich neugierig über den Tisch.

Herbert zog den Brief weg und faltete ihn wieder zusammen.

»Du glaubst also wirklich, dass Rietzler dein Vater ist, Susanne? Ich habe es befürchtet. Der Mann hat dich betrogen.«

»Na klar, Herbert.« Susanne lachte herablassend.

Jessica lief es eiskalt den Rücken hinunter. Sie fühlte sich gerade wie in einem schlechten Horrorfilm. Sie hatte keine Möglichkeit, etwas zur Handlung beizutragen, wollte nicht wissen, was als Nächstes geschehen würde, und konnte sich der Szene doch nicht entziehen. Wie gebannt beobachtete sie Susanne.

»Der Mann hat dich betrogen«, wiederholte Herbert mit einer Ruhe, die Jessica noch mehr frösteln ließ. »In seinem Brief, der übrigens an mich gerichtet war und nicht an deine Mutter«, erklärte er, steckte den Zettel zurück in seine Brusttasche und legte seine Hand darauf, »hat er mir gedroht. Eines Tages würde er dafür sorgen, dass seine Tochter ihre Mutter tötet. Für ihn, denn er habe es versäumt – damals, nachdem er sie vergewaltigt hat.«

Jessicas Blick fuhr erschrocken zu ihrem Vater herum, aber ihr fehlten die Worte. Schlagartig wurde ihr übel. War das alles gerade real?

»Tatsächlich? Dann hatte er mit seiner Drohung wohl recht.« Susannes Gelassenheit war das genaue Gegenteil von Jessicas Entsetzen.

Ihre Hände begannen zu zittern, ihr Herz raste. War es tatsächlich wahr? War Susanne Rietzlers Tochter? War ihre Mutter Rietzlers erstes Opfer, die Frau, die nicht gestorben war? Die Frau mit nur einem einzigen geritzten Kreuz auf der Haut?

Jetzt war es Herbert, der verbittert lachte. Er hatte Tränen in den Augen. »Ich hätte nicht gedacht, dass du so weit gehst, Susanne. Ich wusste immer, dass es dir schwerfällt, Mitgefühl für andere Lebewesen zu empfinden, doch ich hätte nie gedacht …« Er konnte nicht weitersprechen, schloss die Augen und konzentrierte sich auf seine Atmung.

»Es war dumm von dir, zu deiner Frau zu halten, obwohl sie das Kind eines anderen austrug. Du hast in deinem Leben viele dumme Entscheidungen getroffen, Herbert. Ihr werdet meinen Vater niemals finden, und Paula bleibt, wo sie ist. Aber ich werde mein Versprechen halten. Solange Jessica mich besucht, bleibt sie am Leben.« Die letzten Worte richtete sie an ihre Schwester, die immer noch nicht in der Lage war, zu reagieren. »Du allerdings braucht nie wiederzukommen, alter Mann!« Susanne stand auf und ging Richtung Tür. »An welchem Tag darf ich nächste Woche mit dir rechnen, Schwesterherz?«

»Er ist nicht dein Vater. Ich bin dein Vater«, fuhr Herbert Grothe dazwischen. »Und du wirst nicht gehen, bevor du uns nicht gesagt hast, wo wir Rietzler finden. Du kannst ihn nicht selbst erledigen, dafür brauchst du Hilfe. Deine Schwester wird ihn verhaften. Er hat dich betrogen.«

»Oh Gott, Herbert, hör doch auf«, kicherte Susanne, blieb aber an der Tür stehen. »Willst du, dass ich mich totlache? Du hast Mama versprochen, niemals nachzuprüfen, wer von euch beiden mein Vater ist, damit Mama und du mich als euer Kind sehen könnt. Das wäre euch schwergefallen, wenn ich erwiesenermaßen durch eine Vergewaltigung entstanden wäre. So stand es in ihrem Tagebuch. Du bist nicht mein Vater. Das ist doch offensichtlich. Ich habe nichts von dir, aber alles von ihm.« Susanne zuckte mit den Schultern und sah ihn mitleidig an. »Klammere dich nicht an Dinge, die falschen Tatsachen entsprechen.«

»Deine Mutter hat wirklich nie gewusst, ob du mein oder Rietzlers Kind bist. Ich allerdings schon«, sagte er und zog einen weiteren Zettel heraus, dieses Mal aus seiner Hosentasche. »Ja, ich habe es ihr versprochen. Doch ich habe die Ungewissheit nicht mehr ertragen, auch weil Rietzler mir diesen Brief schrieb. Du bist meine Tochter. Ich habe es testen lassen. Anonym. Ein guter Freund von mir arbeitete damals in der Kriminaltechnik, der hat meine Probe mit deiner verglichen. Ich bin dein Vater und hier ist der Beweis.« Nun stand er ebenfalls auf und wollte den Raum verlassen. »Du bist meine Tochter, und wenn du dich entschließt, der Kripo im Fall Rietzler zu helfen, dann kannst du deine Schwester kontaktieren. Vorher kommt dich hier keiner mehr besuchen.« Anstatt Susanne den Zettel direkt auszuhändigen, warf er das Papier vor ihre Füße, sah sie streng an und ging durch die Tür, ohne sich noch einmal umzusehen.

37

»Was machst du denn schon wieder hier, Berthold? Hast du überhaupt geschlafen?« Hauptkommissar Forster rieb sich die Augen, griff nach seiner Tasse, stellte aber schnell fest, dass sie leer war, und platzierte sie neben seiner Tastatur auf dem unaufgeräumten Schreibtisch.

»Mit Sicherheit habe ich mehr geschlafen als du, Chef.« Berthold betrat das Büro und setzte sich ungefragt auf den Stuhl gegenüber von Florian. »Du siehst schrecklich aus.«

»Ach, ich brauche bloß Kaffee, dann geht's gleich wieder. Könntest du mir einen Gefallen tun?«

»Klar, Chef.« Berthold sprang auf und griff nach der leeren Kaffeetasse.

»Nein, das meinte ich nicht. Kannst du bitte die Recherche zu einer Adoption übernehmen? Die Daten habe ich hier aufgeschrieben.« Florian reichte seinem Kollegen einen kleinen gelben Notizzettel und nahm ihm seine Tasse wieder ab. »Ich habe vor einer halben Stunde mit dieser Frau Lilienthal gesprochen. Sie ist seit drei Jahren geschieden. Ihr Ex-Mann kannte seine leiblichen Eltern nicht, er wurde als Baby adoptiert. Sie hat mir ein Bild zukommen lassen. Hier.« Er schob Berthold ein Foto zu und tippte mit dem Zeigefinger auf das Gesicht des Mannes. »Ohne Bart würde der doch aussehen wie unser Brauereibesitzer Lenz.«

»Könnte sein, Chef«, bestätigte Berthold und nahm den kleinen Notizzettel. »Ich kümmere mich sofort um die Infos bezüglich der Adoption. Und du solltest nach Hause fahren und ein wenig schlafen.«

»Zuerst werde ich noch einmal zum Baschtl-Bräu hinausfahren und Helene Lenz befragen«, erklärte er und gähnte laut. »Ruf mich bitte an, wenn du etwas herausfindest.«

*

Eine halbe Stunde später saß er im Wohnzimmer der schwangeren Ehefrau von Sebastian Lenz gegenüber, in deren Haus direkt neben der Brauerei, und befragte sie zu der familiären Vergangenheit ihres Mannes.

»Wie kommen Sie darauf, dass mein Mann einen Zwillingsbruder haben könnte?« Helene Lenz war das Gespräch sichtlich unangenehm. Sie rieb sich ununterbrochen über ihren Bauch und sah immer wieder zur Tür, die in den Flur führte. »Das hätte Thea uns doch erzählt. Und überhaupt hätte Thea niemals ein Kind weggegeben. So ein Schwachsinn. Was hat das eigentlich mit der Leiche zu tun? Ich verstehe das alles nicht.«

»Ist Ihr Mann gerade in der Brauerei?«, fragte Hauptkommissar Forster und ignorierte ihre Nervosität und ihre Fragen. »Ich müsste ihn nachher unbedingt auch zu dem Thema befragen.«

»Ja, aber er ist sehr beschäftigt. Im Moment ist er allein mit all der Arbeit, weil Markus noch im Krankenhaus ist, wie Sie wissen. Vielleicht könnten Sie das Gespräch auf heute Nachmittag verlegen?«

»Das geht leider nicht. Ich werde gleich –« Florians Smartphone klingelte. Er stand auf, entschuldigte sich bei Frau Lenz, trat ans Fenster und nahm das Gespräch an. Aus dem Augenwinkel sah er, dass Helene Lenz mit den Kaffeetassen beladen das Zimmer verließ.

Berthold hatte ausreichend Informationen zusammengetragen und bestätigte Florians Verdacht. Dorothea Lenz, die Mutter des Brauereibesitzers, hatte vor fast 40 Jahren Zwillinge zur Welt gebracht und nur wenige Wochen später einen der beiden Jungen zur Adoption freigegeben. Dieser war bei Adoptiveltern aufgewachsen. Die ganze Prozedur war anonym verlaufen, Mutter und verstoßener Sohn hatten also nie wieder Kontakt gehabt. Mithilfe eines Computerprogramms hatten die Kriminaltechniker inzwischen das Foto von Peter Lilienthal mit einer Fotografie von Sebastian Lenz abgeglichen und eine über 85-prozentige Übereinstimmung festgestellt. Eine beweiskräftige Bestätigung war allerdings nur durch einen DNA-Test möglich. Die genetischen Daten der Leiche aus dem Bier lagen ihnen vor – fehlte nur noch die DNA von Lenz. Deshalb bat Forster seinen Kollegen um die Beschaffung einer solchen Anordnung bei der zuständigen Staatsanwaltschaft und entschied sich, die Befragung von Sebastian Lenz zu verschieben.

»Ich habe uns noch einen Kaffee gemacht, Herr Hauptkommissar.« Helene Lenz betrat das Wohnzimmer und reichte ihm eine der Tassen. »Ich weiß, ich sollte in meinem Zustand besser auf den Genuss von zu viel Koffein verzichten, aber es fällt mir verdammt schwer. Immerhin rauche und trinke ich nicht«, lachte sie und setzte sich wieder auf das Sofa neben Florian Forster.

»Danke«, sagte dieser und nippte an der Tasse. »Eigentlich wollte ich gerade gehen. Ich habe noch einen Termin im Büro, den hätte ich fast vergessen«, log er. »Ich werde Ihren Mann später befragen, doch ich befürchte, er wird mir auf meine Fragen auch keine Antworten geben können. Vielleicht bin ich auf einer ganz falschen Spur.« Jetzt war er es, der lachte. Er beeilte sich, seine Tasse auszutrinken, und reichte sie Helene Lenz, anstatt sie auf dem Tisch abzustellen. »Ich habe heute Nacht durchgearbeitet«, entschuldigte er sich, als er ausgiebig gähnte und der Frau seine Hand entgegenstreckte. »Danke für den Kaffee und Ihre Zeit.«

»Gern. Ich bringe Sie noch zur Tür.«

Doch bis zur Tür kam er gar nicht. Als er sich vom Sofa erhob, schien sich das Zimmer um ihn herum zu drehen. Er schob es auf seine Müdigkeit, schüttelte kurz den Kopf und rieb sich mit beiden Händen über das Gesicht. Doch als seine Beine plötzlich nachgaben, er nach vorn fiel und kaum in der Lage war, seine Arme zur Abwehr des Aufpralls anzuheben, wusste er, dass irgendetwas im Kaffee gewesen sein musste. Das Letzte, was er sah, bevor es Nacht um ihn wurde, waren schwere dunkle Arbeitsschuhe direkt vor seinem Gesicht, solche, die Mitarbeiter von Brauereien trugen.

*

»Ich kann Florian nicht erreichen, Berthold. Ist er bei dir? Oder hat er das Handy auf seinem Schreibtisch liegen lassen?«

»Nein, sein Handy hat er mitgenommen«, bestätigte Kommissar Willig nach einer kurzen Pause. »Ist er denn noch nicht zu Hause? Ich habe ihn heimgeschickt. Er hat die ganze Nacht durchgearbeitet.«

»Ach so«, sagte Jessica erleichtert. »Dann wird er sicher schlafen. Ich bin gerade unterwegs«, erklärte sie Florians Kollegen, drehte sich zu ihrem Vater um, der neben ihr stand, und lächelte ihm zu. »Dann lasse ich ihn besser in Ruhe.« Sie beendete das Gespräch und schob ihr Smartphone zurück in die Jackentasche.

»Ich kann das alles immer noch nicht glauben«, begann sie und setzte ihren Weg zum Parkplatz vor der Psychiatrie fort. »Es ist grauenvoll, was Mama passiert ist. Und ich hatte immer das Gefühl, dass sie Susanne in jeder Situation vorzieht und ich ihr nichts recht machen kann.«

»Das war auch so«, bestätigte Herbert Grothe seiner Tochter und legte seinen Arm um ihre Schultern, während er neben ihr herlief. »Deine Mutter hatte solche Angst davor, Susanne wegen ihrer möglichen *Herkunft* nicht lieben zu können, dass sie alles tat, um ihr das Gefühl zu geben, sie sei ihr allergrößtes Glück. Das war der Grund, warum ich mich mehr auf dich konzentriert habe. Ich hatte das Gefühl, dass du dich sonst vernachlässigt fühlst. Wir haben alle Fehler gemacht«, schloss er und seufzte.

»Stimmt es denn wirklich, dass Rietzler nicht Susannes Vater ist, oder hast du getrickst, um mir bei meinen Ermittlungen zu helfen?«, wollte Jessica wissen. Sie hatten ihr Auto erreicht und Jessica öffnete die Zentralverriegelung.

»Das war nicht nötig. Ich habe die Wahrheit gesagt. Susanne ist – genau wie du – meine Tochter.«

»Dann hoffen wir mal, dass sie zur Vernunft kommt und uns jetzt hilft.«

Herbert Grothe schüttelte langsam den Kopf. »Zur Vernunft kommen wird sie nicht, doch ich vermute, dass sie sich an Rietzler rächen will«, sagte Herbert und öffnete die Beifahrertür. »Und dazu wird sie deine Hilfe brauchen.«

38

Seine Füße waren gefesselt, seine Hände mit einem einfachen dünnen Seil an einem schweren, meterhohen Regal aus massivem Stahl fixiert. Der etwa sechs mal drei Meter große Raum war kalt, die Wände aus nacktem Beton und der Boden mit einer dicken Staubschicht bedeckt. Überall standen Kanister mit Chemikalien und offene Kartons mit allerlei Material aus Edelstahl, Gummidichtungen und Werkzeug. Wenn sich dieser Raum in der Brauerei befand, hatte er ihn bisher nicht gesehen.

Wie viel Zeit vergangen war, seit er im Wohnzimmer des Ehepaares Lenz das Bewusstsein verloren hatte, konnte er nicht sagen. Es gab kein Tageslicht in diesem Raum, nur eine schwere Stahltür und eine etwa 50 mal 50 Zentimeter große Stahlplatte mit Scharnieren an der Wand gegenüber, hinter der vielleicht ein Fenster lag. An der Decke brannte eine Glühbirne, die mit einer einfachen Fassung ohne Lampe angebracht worden war. Der Schalter zu dieser Lichtquelle schien außerhalb zu sein, vermutlich hinter der Tür. Gab es unter der Brauerei einen Keller? Das hätte die Spurensicherung beim Fund der Leiche vor ein paar Wochen sicher festgestellt. War er eventuell ganz woanders? Er hatte keine Ahnung, ob die Chemikalien für die Reinigung einer Brauerei geeignet waren, aber diese langen Glaskolben, die im Regal standen, hatte er in den Betriebsräumen des Baschtl-Bräu schon gesehen.

Als die Tür sich langsam aufschob, erwartete Florian, den Brauereibesitzer zu sehen, doch seine Frau Helene Lenz betrat zaghaft den staubigen Raum.

»Herr Forster, Sie sind wach«, stellte sie fest und klang erschrocken.

»Frau Lenz, ich habe mich doch in Ihnen nicht so getäuscht«, redete Florian auf die junge Frau ein. »Warum helfen Sie ihm? Ich bin mir jetzt absolut sicher, dass er Ihren Mann getötet hat, dass es sich bei diesem Menschen, der behauptet, Ihr Mann zu sein, um seinen Zwillingsbruder Peter Lilienthal handelt. Bitte denken Sie nach, Frau Lenz. Sie erwarten ein Kind. Soll es im Gefängnis geboren werden? Peter Lilienthal hat Ihren Mann getötet und ist …«

»Halten Sie den Mund«, brüllte Helene Lenz dazwischen, trat ganz in den Raum hinein und schob die Tür hinter sich zu. »Glauben Sie ernsthaft, ich hätte das nicht gewusst?«

Der Hauptkommissar sah die Frau verwirrt an. Hatte er sich wirklich so in ihr getäuscht? Sie war doch keine Mörderin. »Sie haben gewusst, dass Ihr Mann einen Zwillingsbruder hat und dass die Leiche im Bier Ihr Ehemann ist? Das haben Sie gewusst?«

»Natürlich nicht«, sagte sie und rieb sich nervös den Nacken. »Ich habe es nicht einmal vermutet, bis Sie, Herr Forster, immer mehr Fragen gestellt haben.« Sie seufzte verzweifelt.

»Das ist auch gelogen«, gab sie nach einer kurzen Pause zu. »Er benahm sich plötzlich ganz anders. Mein Mann war oft mürrisch, verbrachte seine komplette Freizeit hier in der Brauerei und wollte sogar wegen dem blöden Sonnenwendsud unsere bereits lange geplante Thailandreise absagen. Ich war so wütend.«

»Wann haben Sie herausgefunden, dass nicht Ihr Mann, sondern Peter Lilienthal mit Ihnen nach Thailand geflogen ist?«, riet Hauptkommissar Forster, denn einen Beweis gab es nach wie vor nicht für diese Annahme.

»Erst als wir …«, sie hatte Tränen in den Augen. »Also …«, begann sie erneut, wischte sich mit dem Handrücken die Tränen aus dem Gesicht und starrte auf den Boden. »Mein Mann Sebastian war nie so romantisch, so leidenschaftlich, so … Herrgott, natürlich habe ich es gewusst. Sebastian hat keine Blinddarmnarbe. Doch ich wollte es nicht wahrhaben. Er hat mir so gutgetan. Endlich stimmte wieder alles.

Und ich bin schwanger«, schloss sie und öffnete die Tür. »Es tut mir unendlich leid, Herr Forster, aber das lasse ich mir nicht mehr nehmen.« Dann rief sie laut zur Tür hinaus: »Sebastian, kommst du bitte mal!«

»Sie lassen mich nicht am Leben, oder?«, fragte er, obwohl er es bereits wusste. »Können Sie es verantworten, dass ein weiterer unschuldiger Mensch sterben muss, Frau Lenz?«

Der Blick, den sie ihm zuwarf, war so hoffnungslos, dass Florian Mitleid mit ihr gehabt hätte, wenn es hier nicht um sein Leben ginge. »Sebastian, bitte komm doch mal!«, rief sie erneut und wandte sich dann an Florian. »In der Kiste dort ist Werkzeug, aber versuchen Sie nicht, die Stahltür damit aufzubekommen. So viel Zeit bleibt nicht.«

»Was ist denn, Helene?«

Florian hörte die Stimme des Brauereibesitzers und näher kommende, polternde Schritte auf einer Treppe aus Metall.

»Ich werde nicht noch einmal mit dir diskutieren. Der Polizist muss sterben. Das haben wir doch bereits besprochen.« Als er den Kellerraum betrat und sah, dass Hauptkommissar Forster bei Bewusstsein war, grinste er breit und schob Helene Lenz sanft beiseite. »Ach so, das ist das Problem.« Er ging einen Schritt auf Forster zu und sah sich dabei suchend im Raum um. »Natürlich muss es so aussehen, als wären Sie hier ungefragt eingedrungen. Da sind die Fesseln etwas fehl am Platz. Ich werde Sie von ihnen befreien müssen. Hätten Sie noch geschlafen, wäre es nicht so schmerzhaft für Sie geworden, Herr Forster.« Er griff nach einem der Metallteile, das aussah wie einer dieser Wechsel, die an den großen Tanks angebracht waren, holte aus und schlug ihm beherzt gegen die linke Schläfe.

*

Er wusste nicht, wie viel Zeit vergangen war, überlegte, ob der zweite Schlag gegen seinen erst vor Kurzem verletzten Schädel einen bleibenden Schaden hinterlassen würde, verwarf den Gedanken jedoch schnell wieder. Sie hatten das Licht angelassen, aber die Stahltür war verschlossen. Sie sah nicht so aus, als ließe sie sich leicht öffnen.

Alles drehte sich und sein Kopf schmerzte, doch bis auf eine leicht blutende Wunde konnte er keine weitere Verletzung an seinem Körper feststellen. Die Fesseln waren gelöst worden, doch es war offensichtlich, dass er hier in diesem Keller sterben sollte. Er kam nur nicht darauf, wie sie es anstellen wollten. Sein Kollege Berthold wusste, dass er zur Brauerei gefahren war. Spätestens, wenn Jessica sich zu wundern begann, wo er blieb, würden sie genau hier nach ihm suchen. Schalldicht war der Raum auch nicht. Er hatte vorhin durch die angelehnte Tür die Schritte und die Stimme vom Brauereibesitzer gehört. Wie also würden sie seinen Tod wie ein Unfall aussehen lassen? Er musste hier unbedingt raus, bevor er eine Antwort auf diese Frage bekam.

39

Das hellblaue, pulsierend aufleuchtende Licht von mindestens fünf großen Löschzügen und diversen Streifenwagen war schon von Weitem zu sehen. Auch die hohe, pechschwarze Rauchsäule, die immer noch aufstieg und sich selbst jetzt, nach 22 Uhr, vor dem dunklen Himmel abzeichnete, deutete darauf hin, dass das Feuer riesig gewesen sein musste. Die Bergkette mit dem imposant emporragenden Grünten war nicht mehr erkennbar.

Jessica parkte ihren Wagen kurz vor der Straßensperre und lief zu den Beamten, die an dem rot-weißen Absperrband dafür sorgten, dass niemand in die Nähe des Gebäudes gelangte, der dort nicht hingehörte.

»Bitte lassen Sie mich durch«, flehte sie und zog ihren Dienstausweis hervor. »Kripo Kempten. Ich muss unbedingt zu der Brauerei.«

Der junge Beamte lachte. »Da kommen Sie aber etwas spät. Von der Brauerei steht nichts mehr bis auf die Grundmauern. Das Dach ist eingestürzt. Und ich darf niemanden durchlassen.«

»Haben Sie den schrecklichen Knall auch gehört?«, fragte eine Frau neben Jessica und zupfte an ihrem Ärmel. »Ich wohne zwei Dörfer weiter in Agathazell beim Segelflugplatz. Es war so laut, als wenn in meinem eigenen Garten etwas explodiert wäre. Und dann diese schreckliche Erschütterung. Ich dachte, es ist ein Erdbeben. Herrgott, hoffentlich war niemand mehr im Gebäude.«

»Ich muss hier durch. Als diensthöhere Beamtin befehle

ich Ihnen, mich durchzulassen, verdammt noch mal.« Ohne auf eine Antwort zu warten, schlüpfte sie unter dem Absperrband hindurch und rannte auf das eingestürzte Gebäude zu.

Einer der Feuerwehrmänner kniete neben einem Löschwagen und rollte einen Schlauch auf. Die Löscharbeiten waren erledigt. Jetzt galt es, alles aufzuräumen.

»Entschuldigung«, sprach Jessica den Mann an. »Können Sie mir sagen, ob jemand im Gebäude war, als es …«, sie konnte es nicht aussprechen. Seit sie von Berthold erfahren hatte, dass Florian am Morgen zum Baschtl-Bräu gefahren war, sie ihn daraufhin seit Stunden nicht erreichen konnte, dafür aber die Nachricht erhalten hatte, dass die Brauerei brannte, befürchtete sie das Allerschlimmste.

»Meine Kollegen konnten erst jetzt in das Gebäude.« Er wies mit dem rechten Arm auf die zerstörte Brauerei. »Wenn da noch einer drin ist, hat er es nicht überlebt.« Er zuckte bedauernd mit den Schultern und setzte seine Arbeit fort.

Jessica fiel auf ihre Knie und begann am ganzen Körper zu zittern. »Bitte lass ihn nicht dort drinnen gewesen sein«, flüsterte sie und wiederholte den Satz in einem fort. »Bitte nicht.«

Eine Hand legte sich von hinten auf ihre Schulter.

»Sind Sie Jessica?«

Als sie sich umdrehte, schaute sie einem Sanitäter ins Gesicht, der sie ernst ansah.

»Haben Sie ihn gefunden? Lebt er? Geht es ihm gut?« Sie griff nach seinem Arm und hielt sich an ihm fest. »Bitte sagen Sie mir, dass Florian lebt.«

»Hauptkommissar Forster geht es den Umständen entsprechend gut. Er hat schon mehrmals nach Ihnen gefragt. Ein Kollege hat versucht, Sie auf dem Handy zu erreichen.«

»Wo ist er?« Sie rannte los, ehe der Sanitäter seinen Satz zu Ende gesprochen hatte, und lief in die Richtung, in die er zeigte. »Florian!«

»Jessy, hey, schön dich zu sehen.« Er saß auf einer niedrigen Mauer neben der geöffneten Hecktür eines Krankenwagens, eingewickelt in eine graue Wolldecke und mit einem dicken Verband um den Kopf. Sein Lächeln war das Schönste, was Jessica seit Langem gesehen hatte.

»Ihr Mann weigert sich strikt, mit uns ins Krankenhaus zu kommen«, erklärte ihr ein anderer Sanitäter, reichte Florian eine Tasse mit einem heißen Getränk und sah ihn dabei vorwurfsvoll an. »Er hat eine kleine Platzwunde an der linken Kopfseite, ist total unterkühlt und durch und durch nass. Wenn Sie ihn mit nach Hause nehmen, dann stecken Sie ihn umgehend mit einer Wärmflasche ins Bett. Er muss so schnell wie möglich aus den nassen Klamotten raus. Aber auch da stellt sich der junge Mann quer. Ist er bei Ihnen auch so ein verdammter Sturkopf?«

»Ja, allerdings«, murmelte Jessica und sah den Sanitäter dankbar an. »Ich bin froh, dass Sie ihn aus dem brennenden Gebäude gerettet haben. Danke.«

Der Sanitäter lachte schallend. »Wir haben Ihren Mann aus dem kleinen Weiher dort drüben gefischt. Wäre er in dem Gebäude gewesen, als es explodierte, wäre er jetzt tot und wir hätten ihn in Stücken von den Wänden kratzen müssen.«

»Dein Auto ist so schön warm. Viel zu eng, aber richtig schön warm.« Florian seufzte zufrieden und schloss die Augen.

»Wehe, du machst mir meinen Sitz nass. Ist die Wolldecke dicht?«, lachte Jessica. Sie war froh, dass er noch lebte, und wollte ihn so schnell wie möglich nach Hause bringen und ihm einen Tee kochen. »Wieso musstest du überhaupt schwimmen gehen um diese Jahreszeit? Ist es nicht etwas zu kalt dafür?«, zog sie ihn auf. Er schien viel zu müde, als dass er ihr ausführlich hätte berichten können, was passiert war. Inzwischen gähnte er fast ununterbrochen.

»Ich bin hineingefallen«, sagte er leise, zog die Decke enger um seinen Körper und brummte zufrieden. »Nachdem ich durch den Schacht gekrochen bin und endlich an der Oberfläche war, bin ich einfach losgelaufen, gestolpert und ins Wasser gefallen. Mein Glück, denn im selben Augenblick ist hinter mir die Brauerei in die Luft geflogen. Die Explosion habe ich unter Wasser gehört.«

»Glück gehabt«, hauchte Jessica erleichtert. »Und was ist mit dem Ehepaar Lenz? Sind sie auf der Flucht?«

Doch von Florian kam keine Antwort mehr, nur ein leises, monotones Schnarchen drang an ihr Ohr.

40

Die abgebrannte Ruine des Baschtl-Bräu sah aus, als wäre sie einem militärischen Luftangriff zum Opfer gefallen. Das Dach war eingestürzt, ebenso die komplette Front.

Die Edelstahltanks waren demoliert, teilweise umgefallen, trotz ihrer tiefen Verankerung im Fundament. Alles war über und über mit schwarzem Ruß bedeckt. Die Decke des Kellers, in dem Florian gefangen gewesen war, war unter dem Gewicht eines umgefallenen Tanks heruntergekracht und hätte ihn begraben, wenn er sich gestern nicht aus dem Raum befreit hätte. Nachdem er mit einem Schraubenzieher die Scharniere der Stahlplatte gelöst hatte, hatte er sich durch den engen Schacht ins Freie gezwängt.

Keine Sekunde zu früh.

Der Sachverständige der Sonthofener Feuerwehr, der den Tatort in der Früh untersucht hatte, war der Ansicht, dass einer der Heizkessel detoniert war und eine Kettenreaktion ausgelöst hatte. Vermutlich war die Explosion mutwillig herbeigeführt worden. Außerdem hatte er Brandbeschleuniger gefunden.

Dass es sich um einen gezielten Anschlag handelte, wusste Florian bereits. Er stand vor der Ruine des Gebäudes, das beinahe sein Grab geworden wäre, die Hände in den Taschen seiner Jeans, den Blick starr auf den zerstörten, engen Schacht gerichtet, der sein Weg nach draußen und damit seine Rettung gewesen war.

Gerade noch rechtzeitig.

»Hey, Hauptkommissar Forster«, hörte er hinter sich einen Mann rufen und sah sich um. Dann verdrehte er genervt die Augen und schüttelte den Kopf.

»Ralf Wittmann«, rief er dem Mann zu. Seine Stimme klang verächtlich. »Sie sind auch überall!«

Der Mann mit der etwas altmodisch wirkenden Cordjacke war Reporter der Allgäuer Zeitung. Inzwischen waren sie schon alte Bekannte, denn wenn irgendwo ein Verbrechen geschah, das Hauptkommissar Forster untersuchte, war Wittmann zur Stelle. »Herr Hauptkommissar, hätten Sie Zeit für ein kleines Interview?« Der Reporter blieb zwar artig hinter der Absperrung und machte keine Anstalten näher zu kommen, doch er winkte ununterbrochen mit beiden Armen. »Nur zwei oder drei klitzekleine Fragen.«

»Ganz bestimmt nicht, Wittmann«, brummte Florian, drehte sich um und ging wortlos zum Haus des Ehepaares, das einige Meter neben der Brauerei stand und durch die Explosion und die herumfliegenden Trümmerteile ordentlich etwas abbekommen hatte. Immerhin hatte das Feuer nicht auf das Wohnhaus übergegriffen, aber die Außenwände waren rußig schwarz und die Fenster auf der Seite, die zur Brauerei zeigte, allesamt zerbrochen.

Die Spurensicherung hatte das Wohnhaus auf der Suche nach Hinweisen zum Verbleib des Ehepaares Lenz bereits durchsucht, doch nichts Verwertbares gefunden. Die Fahndung lief. Eine Handyortung und die Überprüfung von Fluglisten hatte bisher ebenfalls nichts ergeben. Die beiden waren inzwischen vermutlich über alle Berge.

Als Hauptkommissar Forster gedankenverloren durch die obere Etage des Hauses schlenderte, kam ihm plötzlich eine Idee. Er lief zum Fenster, das zur Straße zeigte und noch völlig intakt war, und öffnete es.

»Hey, Wittmann! Lust auf einen Exklusivbericht?«

*

Der Artikel, der schon am nächsten Tag als Titelstory die Allgäuer Zeitung zierte, erzielte genau den Erfolg, den sich Hauptkommissar Forster erhofft hatte. Das Foto vom Babybettchen war gut getroffen. Glasscherben und ein kindskopfgroßes Trümmerteil aus der Ziegelwand der

Brauerei lagen auf dem liebevoll hergerichteten Bettchen mit bunter Bettwäsche und süßen Stofftieren. Es wirkte grauenvoll. Außerdem wurde in dem Zeitungsbericht mehrmals Florians Name erwähnt.

Wie erhofft, veranlasste der Artikel Helene Lenz dazu, einen Tag später im Polizeirevier zu erscheinen.

»Ich bin so froh, Herr Forster, dass Ihnen nichts passiert ist.« Sie klang erleichtert und beschämt zugleich. »Ich hätte nicht damit leben können, wenn Sie bei der Explosion gestorben wären.«

»Ich auch nicht«, scherzte der Hauptkommissar und zwinkerte ihr zu. Dann zog er den freien Stuhl unter dem Tisch hervor und setzte sich der Frau des Brauereibesitzers gegenüber. »Jedenfalls haben Sie die richtige Entscheidung getroffen, Frau Lenz. Gut, dass Sie gekommen sind.«

»Muss ich jetzt ins Gefängnis?«, fragte sie ängstlich und brach in Tränen aus, als Florian Forster nickte.

»Daran führt wohl kein Weg vorbei«, sagte er. »Die Überführung in die Untersuchungshaft ist bereits veranlasst. Ich kann Ihnen nur raten, sich schnellstmöglich einen Anwalt zu besorgen und der Polizei, also mir, sachdienliche Hinweise zum Aufenthaltsort von Peter Lilienthal zu geben. Immerhin hat er Ihren Mann getötet. Sie sind höchstens Mittäterin und können Ihr eigenes Strafmaß durch Ihre Mithilfe positiv beeinflussen.«

»Dann bin ich wieder draußen, bevor das Kind geboren wird?«, wollte sie wissen und sah ihn voller Hoffnung an. »Ich will das Baby nicht im Gefängnis bekommen. Können Sie nicht ein wenig zu meinen Gunsten aussagen, Herr Forster?«

»Mit Sicherheit nicht, Frau Lenz. Ich nehme Ihnen durchaus übel, dass Sie mir etwas in den Kaffee gemischt haben. Wie gesagt, helfen Sie mir mit Peter Lilienthal, dann bestätige ich dem Gericht, dass Sie mir den Fluchtweg aus der Brauerei verraten haben. Mehr kann ich nicht tun. Haben wir einen Deal?«

Nach kurzem Zögern nickte sie.

*

Doch Peter Lilienthal blieb verschwunden. Die Angaben von Frau Lenz waren zwar allesamt korrekt, aber der geplante Zugriff kam zu spät. Die Ermittlungen ergaben, dass Peter Lilienthal mit einem Mietwagen Richtung Süditalien unterwegs war. Eine Überwachungskamera am Hafen von Palermo zeigte ihn kurz vor dem Zoll. Das allerdings war vorgestern gewesen. Inzwischen konnte er überall sein. Er hatte die Fähre nach Tunis genommen und war vermutlich von dort mit einer Linienmaschine irgendwohin geflogen. Erfahrungsgemäß dauerte eine Anfrage an die tunesischen Behörden einige Tage. Erst dann würden sie Einsicht in die Flugdaten bekommen. Lilienthal wäre bis dahin untergetaucht.

»Meine Anwältin sagte, ich könne mit einer sehr kurzen Strafe oder sogar mit einer Bewährungsstrafe rechnen. Natürlich nur, wenn Sie Ihr Versprechen halten und zu meinen Gunsten aussagen.« Helene Lenz strahlte glücklich, als Hauptkommissar Forster sie zu einer weiteren Befragung einige Tage später in der JVA besuchte. Auf die Teilnahme eines Anwaltes zu diesem Verhör hatte sie verzichtet.

Florian Forster setzte sich, legte beide Arme auf den Tisch und beugte sich vor. »Ich habe allerdings erst noch ein paar Fragen an Sie, Frau Lenz.« Er lächelte freundlich, doch seine Augen beobachteten jede noch so kleine

Regung in ihrem Gesicht. »Ich würde zum Beispiel gern von Ihnen wissen, wann Sie Peter Lilienthal das letzte Mal gesehen haben?«

Helene Lenz lachte. »Das habe ich Ihnen doch schon gesagt, Herr Hauptkommissar. Wir waren in einem Hotel in Südtirol, als ich mich entschloss, ihn zu verlassen und mich der Polizei zu stellen.«

»In dem Hotel hat man aber nur Sie und nicht Herrn Lilienthal gesehen«, warf er ihr vor und wartete auf ihre Reaktion.

»Natürlich hat man das«, sagte sie gelassen. »Sebastian, oder Peter, wollte nicht, dass ihn jemand sieht, deshalb hat er sich nach meiner Anmeldung heimlich reingeschlichen. Wir waren auf der Flucht, verstehen Sie?«

»Das verstehe ich, Frau Lenz. Und das passt auch zu Ihren Angaben, wann Sie die Onlineausgabe der Allgäuer Zeitung gelesen haben und dass Sie von dort sofort losgefahren sind, um vier Stunden später bei mir auf der Wache zu sitzen«, bestätigte er nüchtern und nickte.

»Sehen Sie, Herr Forster. Es ist alles korrekt.« Sie lehnte sich zurück und legte ihre Hände auf den Bauch. »Mein Sohn und ich werden ohne diesen Mörder ein viel besseres Leben haben. Gott sei Dank erbt der Kleine das Haus seiner Großmutter, jetzt, da mein Mann leider tot ist. Und unser Haus auf dem Gelände der Brauerei muss noch renoviert werden. Habe ich Ihnen schon gesagt, dass es ein Junge wird? Ich werde ihn Sebastian nennen, nach meinem verstorbenen Mann.«

»Ich freue mich, dass Sie so zuversichtlich sind, aber die Brauerei war hoch verschuldet und die Versicherung wird nichts zahlen, wenn Ihnen nachgewiesen wird, dass Sie etwas mit der Explosion zu tun haben.«

»Ich habe nichts damit zu tun. Und die Schulden sind bereits getilgt. Haben Sie noch weitere Fragen?« Sie lächelte wieder, doch ihre Hand rieb nicht mehr liebevoll, sondern mechanisch über ihren Bauch. Sie schien beunruhigt.

»Die Schulden sind getilgt? Wie?«, wollte Florian wissen. »Wie haben Sie in nur einem einzigen Jahr und mit der schlechten Publicity einer Leiche in Ihrem Bier die Brauerei so schnell schuldenfrei bekommen?«

Sie zuckte mit den Schultern und starrte ihn an.

»Zum Zeitpunkt Ihres Eintreffens im Präsidium war Peter Lilienthal bereits seit mehreren Stunden in Tunesien«, sagte er ihr jetzt auf den Kopf zu, als er begriff, dass sie ihm zur Finanzsituation der Brauerei keine weiteren Fragen beantworten würde. »Sie sind in Südtirol erst losgefahren, als er vermutlich schon in einem Flugzeug saß.«

»Ich bin losgefahren, als ich die Schlagzeile in der Zeitung gelesen habe. Mir ist klar geworden, dass ich mit dieser Schuld nicht leben kann. Deshalb habe ich mich gestellt«, wiederholte sie ungehalten. »Wo Peter Lilienthal zu dem Zeitpunkt war, weiß ich nicht. Das ist mir auch egal. Er hat meinen Mann getötet.«

»Wo kam der Mietwagen her, den Lilienthal benutzt hat?«

»Keine Ahnung!«

»Wieso ist er schon am Abend zuvor losgefahren? Da wussten Sie doch noch gar nicht, dass Sie ihn verlassen würden!«

»Ich weiß es nicht!«, brüllte Helene Lenz. »War es denn so? Ich habe Ihnen gesagt, wie es abgelaufen ist. Mehr weiß ich nicht.«

»Sie wären auch gekommen, wenn kein Artikel in der Zeitung erschienen wäre, Frau Lenz. Der Bericht kam

Ihnen einfach nur gelegen. Liege ich mit meiner Vermutung richtig?«

Sie starrte ihn ausdruckslos an und schüttelte nach kurzem Zögern den Kopf.

Und plötzlich begriff Florian, was gespielt wurde. »Sie haben es von Anfang an gewusst, Frau Lenz.« Hauptkommissar Forster stand auf, ging im Zimmer auf und ab und rieb sich mit beiden Händen den Nacken. »Herrgott, war ich blöd.«

Die junge Frau des Brauereibesitzers sagte nichts, beobachtete aber jeden seiner Schritte.

»Nicht Lilienthal hat Sie und Ihren Mann gefunden, sondern Lenz hat nach seinem Bruder gesucht. So war es doch, oder? Um ihn kennenzulernen?«

Sie schwieg. Ihr Blick fiel für den Bruchteil einer Sekunde auf ihren runden Bauch.

»Ihr Mann war zeugungsunfähig«, behauptete er. Der Hauptkommissar hatte die Unterlagen und das Infomaterial zu einer Auslandsadoption im Haus der Familie Lenz gesehen. »Sollte sein Bruder ihm helfen, Sie endlich schwanger zu bekommen?«

»Ich habe niemals bestritten, dass Peter Lilienthal der Vater dieses Kindes sein könnte«, fauchte sie.

Der Hauptkommissar blieb stehen, platzierte seine Hände auf der Tischplatte und beugte sich zu Helene Lenz hinunter. »Aber das Kind ist nicht in Thailand gezeugt worden. Sie waren schon vorher schwanger.«

»Woher soll ich das wissen? Ich habe keine Ahnung, ab wann Lilienthal die Rolle meines Mannes eingenommen hat.«

»Doch«, riet er und versuchte, die Frau weiter zu provozieren. »Wenn das Kind nicht von Ihrem Mann, sondern von Peter Lilienthal ist, dann erbt Ihr Sohn gar nichts. Ihr Mann Sebastian Lenz ist dann vor seiner Mutter gestorben. Peter Lilienthal ist rechtlich nicht mehr mit seiner leiblichen Mutter verwandt und hat keinen Erbanspruch. Das Kind geht somit leer aus.«

Sie dachte angestrengt nach, atmete hektisch und wippte nervös mit dem rechten Bein.

»Außerdem haben Sie die Ermittlungen behindert und Peter Lilienthal die Flucht erst ermöglicht. Die Fährüberfahrt ist bereits Wochen vor Ihrem Abgang gebucht gewesen, allerdings nur für eine Person. Das wird Ihren Gefängnisaufenthalt um unbestimmte Zeit verlängern. Ihr Sohn wird in einer Pflegefamilie aufwachsen.«

»Dann hatte Lilienthal halt nie vor, mich mitzunehmen«, stammelte sie unsicher. »Vielleicht wollte er mich in dem Hotelzimmer in Südtirol zurücklassen. Und außerdem«, Helene Lenz wurde ganz ruhig, setzte sich aufrecht hin und atmete tief durch, »können Sie mir gar nichts, Herr Forster. Das Gericht wird mir glauben, auch ohne Ihre Hilfe, und niemand wird jemals feststellen können, wer der Vater meines Kindes ist und welcher der Brüder im Sudkessel ums Leben gekommen ist! Sebastian und Peter waren eineiige Zwillinge, genetisch völlig identisch. Wie wollen Sie beweisen, ob mein Ehemann oder mein Schwager mich geschwängert hat?«

41

»Du meinst, das war alles von langer Hand geplant, Chef?« Berthold sah ihn ungläubig an.

»Ich meine sogar, dass die Leiche im Bier nicht der Brauereibesitzer, sondern der Bruder, Peter Lilienthal, ist. Aber das können wir nicht beweisen.« Florian ließ den ungeordneten Stapel aus Ordnern und losen Zetteln in seiner Schreibtischschublade verschwinden, schloss sie und lehnte sich zufrieden zurück. Das Wochenende konnte kommen, sein Schreibtisch war aufgeräumt. »Jetzt müssen wir nur noch herausbekommen, wo sich Sebastian Lenz aufhält und wo das Geld hergekommen ist, mit dem die Schulden der Brauerei komplett getilgt wurden. Wie kann man so schnell so viel Geld verdienen?«

»Ich habe keine Ahnung, Chef«, sagte Berthold und schüttelte den Kopf. »Ich habe mich ausgiebig mit der Buchhaltung der Brauerei beschäftigt und es ist mir ein absolutes Rätsel, wie man bei den Preisen von Hopfen und Malz überhaupt Gewinne erzielen kann. Wenn eine Kiste Bier zwischen 10 und 15 Euro kostet, erscheint das dem Endkunden recht viel, doch die Brauerei muss Personal und Reinigungen bezahlen, von den Energiekosten, der Werbung und der Anschaffung der Maschinen, Glasflaschen und Fässern ganz zu schweigen.«

Kommissar Berthold Willig schien sich ausführlich mit der Materie beschäftigt zu haben, stellte Florian beeindruckt fest. »Und dieser Phönix-Sud? Hat der zum Schuldenabbau beigetragen?«, wollte er wissen.

»Das habe ich auch ausgerechnet, Chef«, erklärte Berthold aufgeregt. »Der Verkauf dieses Bieres hat den Gewinn im entsprechenden Monat um sieben oder acht Prozent gesteigert. Okay, das wäre eventuell so weitergegangen. Nachbestellungen gab es genug, aber ein kompletter Sud gelangte schließlich nicht in den Verkauf, weil er im Kanal gelandet ist. Das waren wiederum derbe Verluste.«

»Vielleicht kommt das Geld von der Mutter, Dorothea Lenz«, mutmaßte Florian. »Wenn die alte Frau in ihrem Haus Bargeld aufbewahrte, hatten Sohn und Schwiegertochter Zugriff darauf, weil sie im Heim war.«

»Frau Dorothea Lenz hat ihrem Sohn bereits die halbe neue Brauerei bezahlt. Aus dem Verkauf eines Mehrfamilienhauses, das seiner Mutter gehörte, bekam er vor zwei Jahren gute 500.000 Euro. Sonst hätte er wahrscheinlich den Kredit bei der Bank gar nicht bekommen.«

»Vermutlich nicht«, stellte Florian fest, griff nach seinem Handy, als es läutete. Bevor er das Gespräch annahm, sagte er zu Berthold: »Rechne doch mal für mich aus, wie viel eine Kiste Bier kosten müsste, damit man in kürzester Zeit, sagen wir mal, 300.000 Euro aus ein paar wenigen Suden zusammenbekommt.«

Die Aufgabe war eigentlich scherzhaft gemeint, aber Berthold nickte vorsichtig, brummte irgendetwas von zu vielen Parametern und zu ungenauen Angaben und verließ kopfschüttelnd das Büro.

*

»Ich werde nicht zu Ihnen kommen, Herr Hildebrandt. Ich kann nicht.« Florian verabschiedete sich schnell, beendete das Gespräch und legte sein Smartphone vor sich auf den Küchentisch.

Herbert und Jessica sahen ihn ungläubig an. Jessicas Vater kannte Herrn Hildebrandt nicht, war aber irritiert über den rüden Ton in Florians Stimme.

Jessica dagegen ärgerte mehr der Inhalt seiner Worte. »Du musst zu ihm fahren, wenn er dich darum bittet, Florian. Der Mann ist verzweifelt«, beschwor sie ihren Freund, schob ihren Teller beiseite, legte ihre Unterarme auf den Tisch und beugte sich vor. »Wenn ich das richtig verstanden habe, geht es mit seiner Frau zu Ende. Du musst ihm helfen. Fahr hin und unterstütze ihn.«

Florian schüttelte heftig seinen Kopf.

»Ist sie krank?«, fragte Herbert unnötigerweise. Eine Antwort schien er nicht zu erwarten, denn er fuhr direkt fort: »Manche Hausärzte leisten Sterbehilfe. Wenn der Patient den Medikamentencocktail eigenständig zu sich nimmt, dann ist es nicht einmal strafbar.«

Florian seufzte. »Ich weiß«, sagte er und rieb sich mit der flachen Hand über seine Stirn. »Doch dazu ist sie nicht mehr in der Lage. Ihr Ehemann will ihr jetzt helfen.«

»Das ist eine äußerst bedrückende, aber moralisch absolut vertretbare Entscheidung«, mischte sich Jessica erneut ein. »Du musst ihn dabei unterstützen und ihn nicht damit allein lassen. Würdest du denn nicht genauso handeln, wenn es um mich gehen würde?«

Sein Blick verriet, dass er darüber gar nicht nachdenken wollte. Schließlich nickte er. »Genau deshalb fahre ich nicht hin.«

»Das darfst du auch auf gar keinen Fall tun.« Herbert stimmte ihm zu, doch Jessica wollte erneut protestieren.

Als ihr Vater ihr die Hand auf den Arm legte, verstummte sie augenblicklich.

»Er kann nicht hinfahren, Jessica. Das weißt du«, belehrte er seine Tochter und sah sie streng an. »Wenn er fährt, müsste er es mit allen Mitteln verhindern. Dann müsste er das Leben der Frau retten, auch wenn es nur noch für ein paar Tage oder Stunden wäre. Er als Polizeibeamter darf Sterbehilfe nicht zulassen. Indem er nicht hinfährt, hilft er diesem Hildebrandt und seiner Frau am meisten, verstehst du das?«

Jessica stand wortlos vom Tisch auf und räumte das Geschirr ab. Die Kinder schauten seit einer halben Stunde im Zimmer nebenan zusammen mit Florians Mutter Maria einen Zeichentrickfilm.

»Hat das K11 etwas herausgefunden?« Jessica wollte das Thema wechseln. Der bevorstehende Tod der armen Frau Hildebrandt erinnerte sie mit immenser Heftigkeit an Paula, die immer noch unauffindbar war. Susanne hatte bisher nichts unternommen, um ihnen dabei zu helfen, Paula endlich zu finden. Anders, als ihr Vater es vorausgesagt hatte. Er hatte sich geirrt. Jessica wusste nicht, wo sie nach ihrer Freundin und dem Vergewaltiger ihrer Mutter suchen sollte. »Das K11 ist die Abteilung für Cybercrime«, erklärte sie ihrem Vater.

Der lachte daraufhin schallend. »Zu meiner Zeit gab es das zwar noch nicht, aber ich bin durchaus auf dem Laufenden. Internetkriminalität ist inzwischen ein riesiges Problem geworden. Was soll das K11 für dich recherchieren? Ich dachte, in deinem aktuellen Fall geht es um eine Leiche im Bier.«

»Berthold hat mich vorgestern auf eine Idee gebracht«, begann Florian. »Er hat tatsächlich – auf meinen scherzhaft gemeinten Auftrag hin – den Wert einer einzelnen Bierflasche berechnet, wenn man von einer produzierten Menge von 60 bis 80 Hektolitern ausgeht und einen Gewinn von 342.000 Euro erzielen will.«

»Das ist doch unmöglich zu berechnen«, fuhr Jessica lachend dazwischen. »Da muss man sämtliche Werte wie Energiekosten, Material, Anschaffung und Abschreibung der Maschinen, Gehälter und Steuern und so weiter einbeziehen. Und Herrgott, dann müsste jede einzelne Flasche Hunderte Euro kosten. Wer bezahlt das denn bitte für simples Bier?«

»Genau das hat Berthold auch gesagt und außerdem die Bemerkung fallen lassen, dass Gold oder Edelsteine in den Flaschen sein müssten, damit annähernd eine solche Summe herauskommt. Und das wiederum hat mich auf meine Idee gebracht.«

»Warum sollte man Goldnuggets in Bierflaschen packen? Da ist es doch einfacher, sie direkt zu verkaufen«, warf Herbert ein und sah Florian fragend an.

»Nicht Gold, sondern Knochen. Menschliche Knochensplitter«, erklärte Florian. »Das Ganze dann im Darknet an irgendwelche kranken Hirne verkaufen und damit reich werden. Das war meine Idee, und ich hatte recht«, rückte er jetzt endlich heraus. »Jemand – wir konnten den Verkäufer noch nicht identifizieren – hat Bier mit Leiche verkauft.«

»Himmel, wirklich?« Jessica musste sich setzen. »Wer kauft denn so etwas? Das ist ja abartig. Und damit wurden die Schulden der Brauerei getilgt? Über 300.000 Euro?«

Florian schüttelte den Kopf.

»Nein. Durch den Verkauf der Flaschen sind etwas mehr als 35.000 Euro zusammengekommen. Das Konto des Verkäufers wurde inzwischen auf Anordnung der Staatsanwaltschaft gesperrt. Es gab vorher jedoch keine Abbuchung durch den unbekannten Anbieter des Leichenbieres.«

»Und wie sind dann die Schulden bezahlt worden?«, fragte Herbert.

»Wir wissen nur, dass Sebastian Lenz oder sein Zwillingsbruder Peter Lilienthal vor sechs Wochen eine Bareinzahlung getätigt hat, aber nicht, woher das Geld kam.«

»Interessant«, sinnierte Herbert, lehnte sich auf dem Küchenstuhl zurück und starrte nachdenklich an die Decke. »Vielleicht hatte der Brauereibesitzer noch irgendwo eine Spardose mit ein wenig Geld drin«, lachte er. »Ich zum Beispiel habe Wochen nach dem Tod meiner Frau in unserer Küche eine alte Kaffeedose entdeckt. In der Dose waren über 100 Euro.« Als er zu Florian sah, war dieser wie erstarrt. Dann erhob er sich plötzlich, griff mit beiden Händen in sein Haar, fuhr mit den Fingern hindurch und verschränkte diese schließlich im Nacken.

»Die Mehldose«, flüsterte er ehrfurchtsvoll. »Die alte Lenz wollte mir vielleicht doch einen Hinweis geben mit der Mehldose.« Dann drehte er sich auf dem Absatz herum und verließ mit großen Schritten die Küche. Jessica und ihr Vater sahen sich ratlos an.

*

Die Eingangstür des schwer beschädigten Hauses vom Ehepaar Lenz war verriegelt. Auf die Schnelle – und vor allem jetzt am Wochenende – wäre Florian nicht an den Schlüssel und nicht an eine erneute Erlaubnis der Staatsanwaltschaft gekommen, das Haus zu betreten. Also sah er sich die kaputten Fenster an, schob einen großen, leeren Blumenkübel an die Hauswand und drehte ihn um. Dann stieg er hinauf, griff mit der Hand durch ein Loch in der Scheibe und drehte den Fensterriegel.

Es war etwas mühsam, sich am Sims hinaufzuziehen und durch das geöffnete Fenster zu klettern, doch nach einer Weile hatte er es geschafft, stand im stockdunklen Wohnzimmer und schaltete die mitgebrachte Taschenlampe ein. Die Küche war gleich nebenan. Er stieg über allerlei Gerümpel, Mauerstücke, die bei der Explosion durch die Scheibe geflogen waren, und bahnte sich seinen Weg durch die Verbindungstür. Die Spurensicherung hatte zwar nach Hinweisen zu dem Aufenthaltsort des Flüchtigen gesucht, doch mit Sicherheit nicht in irgendeiner Zucker- oder Mehldose. Jetzt würde sich zeigen, ob sein Instinkt ihn auf den richtigen Weg gebracht hatte oder ob diese Aktion genauso hirnverbrannt war wie der Verkauf von Leichenbier.

Immerhin hatten sie mithilfe der Cybercrime-Abteilung endlich die fehlenden Knochen aufgespürt. Die genetische Untersuchung stand noch aus, aber das K11 hatte schnell einige Käufer ermittelt und vereinzelte Bierflaschen sichergestellt. Den Rest musste das Labor erledigen. Für Florian bestand kein Zweifel, dass die Knochen zu der skelettierten Leiche im Bier passten.

Was er nun in der Küche im Haus der Lenzens finden wollte, wusste er eigentlich auch nicht. Sollten hier einmal Dinge von Wert gehortet worden sein, dann waren sie jetzt nicht mehr da. Doch er glaubte, dass Dorothea Lenz nicht Geld gemeint hatte, als sie ihm von der Mehldose berichtete. Sie hatte von einem Schlüssel gesprochen. Und vermutlich nicht von ihrer, sondern von der Mehldose im Haus ihres Sohnes.

Vielleicht interpretierte er zu viel in ihre Worte. Immerhin hatte die alte Frau unter fortgeschrittener Demenz gelitten und vielleicht nicht mehr gewusst, was sie redete.

In einem der Hängeschränke direkt über der Spüle fand er ein Keramikgefäß mit Deckel, auf dem mit großen goldenen Buchstaben das Wort »Mehl« stand. Er griff danach, öffnete es und schüttete den Inhalt auf die Arbeitsfläche neben der Spüle. Eine weiße Mehlstaubwolke verbreitete sich in der Küche und legte sich auf die Möbel, seine Kleidung und seine Haare. Er grub die Finger in das staubige Weiß, musste mehrmals niesen und fand endlich, was er gesucht hatte.

Mitten in dem weißen Puder lag er – ein kleiner silberner Schlüssel.

42

Florian brauchte drei Tage, um das passende Schloss zu dem kleinen Schlüssel zu ermitteln, und einen weiteren, um einen Beschluss zu besorgen, der ihm erlaubte, bei der Kemptener Sparkassenfiliale das Schließfach zu öffnen, das Dorothea Lenz gehört hatte.

Jetzt saß er zusammen mit seinem Kollegen Berthold im Büro am Schreibtisch und suchte in den zahlreichen Unterlagen, Notizbüchern und Briefen nach dem entscheidenden Hinweis, den Dorothea Lenz ihm hatte geben wollen. Es stand für ihn inzwischen außer Frage: Die alte Lenz wollte, dass er den Schlüssel und das Schließfach fand, ohne ihrem Sohn und ihrer Schwiegertochter etwas davon zu verraten. Doch warum? Was konnte in ein paar Briefen stehen, das so wichtig war, ihm bei der Aufklärung eines Mordes zu helfen? Immerhin war Dorothea Lenz schon mehrere Wochen vor dem Mord ins Pflegeheim gekommen. Und die meisten der Briefe waren nur Erinnerungen an ihre Jugend – Zeilen an ihre beste Freundin, Liebesbriefe eines Mannes an sie und handgeschriebene Kochrezepte. All das, was man aus Gründen der Nostalgie vielleicht bis an sein Lebensende aufbewahrt. Aber nichts von wahrem Wert.

»Das hier ist eine Art Tagebuch«, sagte Berthold, tippte auf den ledernen Einband eines kleinen Buches und gähnte. »Entschuldige, um diese Zeit schlafe ich normalerweise schon seit ein paar Stunden.«

Der Blick auf sein Smartphone verriet Florian, dass es bereits weit nach Mitternacht war. »Oh verdammt, Berthold, mir tut es leid«, bedauerte Florian. »Lass gut sein und fahr nach Hause. Wir machen morgen weiter.«

Berthold verabschiedete sich in den verdienten Feierabend, doch Florian blieb. Er quälte sich durch über 100 eng beschriebene Seiten des Tagebuchs, erfuhr einiges aus der Vergangenheit – vor allem aus der frühen Jugend – der verstorbenen Frau Lenz. Doch nichts davon war ein verwertbarer Hinweis. Die Einträge endeten etwa ein halbes Jahr, nachdem Dorothea Lenz einen ihrer Söhne auf Druck ihrer Eltern zur Adoption freigegeben hatte. Ihren letzten Zeilen entnahm Florian, dass sie schwer unter Depressionen gelitten hatte und kaum mit dem Verlust eines ihrer Kinder fertig geworden war. Aber sie gab scheinbar nicht ihren Eltern, sondern dem Vater der Zwillinge die Schuld. Über ihn gab das Tagebuch allerdings nicht viel preis, nur dass er wesentlich älter, zu der Zeit bereits mehrere Jahre verheiratet und nur auf ein Abenteuer mit der jungen Dorothea aus gewesen war. Keinen Namen. Enttäuscht legte er das kleine Buch vor sich auf den Schreibtisch, rieb sich mit beiden Händen über das Gesicht und sah erneut auf die Uhr. Es war 2.30 Uhr. Er hatte zu Hause nicht Bescheid gegeben, dass er länger im Büro blieb. Das würde mit Sicherheit Ärger geben. Jetzt noch anzurufen, war auch keine Lösung.

Wo war nur der verdammte Hinweis? Dorothea Lenz hatte ihn zu diesem Schließfach geführt, aber was in Gottes Namen wollte sie ihm sagen? Das hier konnte doch alles kein Zufall sein!

Er griff erneut nach dem Tagebuch und löste den Lederumschlag von dem schlichten Notizbuch.

Und da war er endlich, der ersehnte Hinweis.

Noch bevor er den gefalteten Brief nahm und ihn las, wusste er, dass er endlich fündig geworden war. Die Schrift auf dem Zettel war dominanter, selbstbewusster und doch der Schrift der jungen Dorothea Lenz so ähnlich, dass es keinen Zweifel gab.

Wer diese Zeilen liest, auf den ist meine Wahl gefallen. Meine Wahl eines würdigen Menschen, dem ich mich anvertrauen kann. Mein Sohn Sebastian ist unehrlich und manipulativ. Ich befürchte das Schlimmste …

Florian erfuhr aus dieser Notiz, dass Dorothea Lenz vor über 30 Jahren eine große Abfindung vom Vater ihrer Zwillinge als Schweigegeld bekommen hatte. Dieses Geld hatte sie gewinnbringend angelegt und niemals angerührt. Im Laufe der Jahre kamen so mehrere Hunderttausend

Euro zusammen, von denen sie etwa die Hälfte ihrem Sohn Sebastian für seine Brauerei überlassen hatte. Die zweite Hälfte sollte an ihren Sohn Michael gehen, der jetzt Peter Lilienthal hieß. Also hatte sie Sebastian die Sünden ihrer Jugend gestanden und ihn gebeten, den verschollenen Sohn für sie zu suchen.

Ich weiß nicht, wozu er noch imstande ist. Er hat das Geld aus meinem Tresor genommen und wollte mir einreden, dass ich nicht mehr bei Sinnen sei. Ich fürchte mich vor ihm, er ist böse geworden. Deshalb tue ich, was er sagt, und ziehe um in ein Pflegeheim. Dort bin ich sicher. Meine Unterlagen, Briefe und mein Tagebuch habe ich in ein Schließfach gebracht und den Schlüssel in Sebastians Haus versteckt. In meinem Haus wäre er nicht sicher, Sebastian verkauft es bestimmt. Und hier im Pflegeheim kann ich ihn auch nicht aufbewahren. Doch was wird aus meinem Michael? Ich hätte ihn gern noch einmal gesehen und mich bei ihm entschuldigt. Sebastian wird das aber nicht zulassen. Das weiß ich. Mein Vater hat mich immer gewarnt. Die schlimme Kopfverletzung des Jungen, als er zehn war, hat sein Gehirn krank gemacht. Er hatte recht. Mein Vater hatte immer recht. Der Junge war böse seit dem …

»Schädelbasisbruch?«, rief Florian, legte den Brief behutsam auf die Tischplatte vor sich und seine Hände auf das Papier. »Verdammt noch mal. Das ist es. Ein Schädelbasisbruch. Jetzt weiß ich, wer von den Zwillingen im Sudkessel lag und wer sich ins Ausland abgesetzt hat.«

*

»Oh, gut, dass jemand aufmacht. Ich dachte schon, dass ich auch bei diesem Haus kein Glück habe.« Die junge Frau, die die Treppe hinaufgeeilt war, lächelte dankbar und blieb direkt vor seiner Wohnungstür stehen. »Um diese Zeit scheinen alle bei der Arbeit zu sein.«

»Ich bin eigentlich der Einzige, der in diesem Haus berufstätig ist. In den anderen Wohnungen leben nur Rentner. Sie haben Glück, dass ich heute erst zur Spätschicht muss«, lachte er, lehnte sich lässig an den Rahmen der weit geöffneten Wohnungstür und betrachtete die Frau ungeniert von oben bis unten. Sie sah gut aus, war nicht groß, aber schlank und, soweit er das unterhalb ihres Kurzmantels erkennen konnte, sehr gut gebaut, mit genug Hintern und Brust, um fraulich und sexy zu wirken. Ihre Haare waren lang und schimmerten in einem glänzenden Rot, mit dem sie auch ihre Lippen geschminkt hatte. Trotz ihrer Eleganz schien sie fahrig und nervös.

»Dann bin ich überaus dankbar für Ihre Spätschicht.« Sie zwinkerte ihm kess zu, doch der Tonfall ihrer Stimme klang monoton. »Würden Sie kurz mitkommen und mir helfen? Ich bin am Ende der Straße mit meinem Auto liegengeblieben. Kennen Sie sich mit Autos aus?«

»Überhaupt nicht«, lachte er schallend und schüttelte heftig seinen Kopf. »Da sind Sie bei mir völlig falsch. Rufen Sie am besten eine Werkstatt an.«

»Würden Sie trotzdem mitkommen? Das Auto steht mitten auf der Straße. Vielleicht könnten Sie mir helfen, es auf den Gehweg zu schieben.« Sie klimperte neckisch mit ihren Augenlidern und sah ihn flehend an. Ihre rechte Hand rieb dabei nervös über den Mantelstoff an ihrem linken Unterarm.

Er nickte ergeben und seufzte. »Klar. Ich vermute, dass es an einem Mittwoch in der Innenstadt von Hamburg in einer Straße mit diversen Einkaufsmöglichkeiten und einem kleinen Park mit Spielplatz keinen einzigen Menschen gibt, der Ihnen helfen könnte.« Er winkte lachend ab, als sie dazu ansetzte, sich für ihre Bitte zu entschuldigen, griff nach seiner Jacke, die neben der Tür an einer Garderobe hing, und folgte der jungen Frau durch das Treppenhaus nach draußen.

Sie lief mit großen Schritten voraus und er hatte Mühe, mit ihr Schritt zu halten.

»Es ist der kleine rote Fiat dort hinten.«

Bei ihren Worten blieb er abrupt stehen. »Der Wagen steht nicht auf der Straße«, bemerkte er trocken.

Als sie sich umdrehte, ihn mitleidig ansah und langsam zustimmend nickte, begriff er, dass etwas nicht stimmte. Er sah sich hektisch um und trat ein paar Schritte zurück, darum bemüht, die rothaarige Frau nicht aus den Augen zu lassen.

Diese stand reglos auf dem schmalen Gehweg vor ihm. Sie wirkte traurig und verzweifelt. »Es tut mir leid«, flüsterte sie. »Ich musste es tun.«

»Was mussten Sie tun? Was geht hier vor?«

Eine Hand legte sich von hinten auf seine Schulter. Erschrocken fuhr er herum.

»Sie kann wirklich nichts dafür, Herr Hauptkommissar Lübke.«

Rietzler, der Mann, den er von den Fahndungsfotos kannte und dessen Gesicht er nie mehr vergessen würde, stand vor ihm und lächelte Malte Lübke freundlich an. In seiner rechten Hand sah der Polizeibeamte eine kleine Pistole.

»Dann sind Sie Paula, Jessicas Freundin?«, rief er, ohne sich zu der jungen Frau umzudrehen. Stattdessen starrte er auf die Waffe in Rietzlers Hand und überlegte fieberhaft, ob er sie dem Mann abnehmen konnte, ohne sich oder Paula dabei zu verletzen.

»Das haben Sie gut erkannt, Herr Lübke«, lobte ihn Rietzler. »Ja, das ist Paula. Sie war mir eine große Hilfe. Nicht ganz freiwillig, aber sie hat ihre Sache gut gemacht. Danke, Schätzchen.« Er hob winkend seine freie Hand und schenkte ihr über Lübkes Schulter hinweg ein anerkennendes Lächeln.

»Was wollen Sie, Rietzler? Was wollen Sie ausgerechnet von mir?« Malte Lübke sah ihm direkt in die Augen. Wenn er dem Mann die Waffe entriss und einen Bauchschuss riskierte, konnte er Paula im Anschluss nicht mehr helfen. Doch die Waffe war winzig, das Kaliber klein – die Verletzung würde ihn sicher nicht töten.

»Ich sehe, Sie denken angestrengt nach, Herr Hauptkommissar«, bemerkte Rietzler. »Das ist überhaupt nicht nötig. Wollen Sie die Pistole haben? Sie ist nicht geladen.« Er hielt sie dem Hauptkommissar entgegen, zielte dabei aber weiterhin auf seine Brust. »Steigen Sie in das Auto, Lübke. Wir machen einen Ausflug.«

»Warum sollte ich das tun?«

»Um jemandem zu helfen. Nicht sich selbst, auch nicht Paula oder ihrer Freundin Jessica«, zählte Lübke auf und strahlte dabei eine innere Ruhe aus, die beeindruckend und erschreckend zugleich war. »Tun Sie es für Silke. Haben Sie Silke in den letzten Tagen telefonisch erreicht? Meinen Sie, es geht ihr in diesem Augenblick gut? Oder ist es möglich, dass demnächst viele blutige Kreuze ihre reine weiße Haut zieren?« Rietzler konnte sich beim Anblick des fahlen, hasserfüllten Gesichts des Hauptkommissars ein müdes Lächeln nicht verkneifen. »Steigen Sie in den Wagen, Lübke. Wir fahren ins Allgäu.«

43

In seinem aktuellen Fall war alles klar. Die jüngsten Ermittlungen bestätigten die schriftliche Aussage der verstorbenen Frau Dorothea Lenz. Ihr Sohn Sebastian hatte als Kind einen Schädelbasisbruch erlitten. Die Leiche im Sudkessel wies keine Verletzung dieser Art auf. Somit war definitiv klar, dass der Tote Peter Lilienthal war und sein Zwillingsbruder Sebastian Lenz sich über Sizilien und Tunesien ins Ausland abgesetzt hatte. Ohne seine Frau, dafür mit mehreren Tausend Euro, die nach Schuldentilgung der inzwischen abgebrannten Brauerei von dem hohen Geldbetrag übrig geblieben waren, den Lenz seiner Mutter gestohlen hatte. Helene Lenz saß in Untersuchungshaft und alle Beweise sprachen dafür, dass sie an dem Mordkomplott, an dem Diebstahl und an dem Verkauf des Leichenbieres im Darknet beteiligt gewesen war.

»Frau Lenz«, begann Hauptkommissar Forster, legte einen grünen Pappordner vor sich auf den Tisch in dem kleinen, schlichten Verhörzimmer der JVA und reichte der Anwältin seiner Hauptverdächtigen die Hand. Dann setzte er sich. »Der Fall ist lückenlos aufgeklärt«, kam er gleich auf den Punkt. »Jetzt fehlt mir nur noch der Aufenthaltsort Ihres Mannes.«

Als Helene Lenz ihm ein überhebliches Lächeln schenkte und sich anschickte, etwas zu erwidern, unterbrach er sie. »Ich erkläre es Ihnen jetzt noch einmal ausführlich, Frau Lenz. Bitte hören Sie gut zu, beraten Sie sich im Anschluss mit Ihrer Anwältin und entscheiden dann selbst, ob Sie nach drei Jahren oder nach 15 Jahren aus der Haft entlassen werden wollen.«

Jetzt starrte sie ihn wütend an.

»Also gut. Bei der Leiche im Sud Ihres Sommerfestbieres handelt es sich eindeutig um Peter Lilienthal. Ihr Ehemann Sebastian Lenz ist demnach unter dem Pseudonym seines Zwillingsbruders kurz vor und kurz nach dem Mord die Strecke München–Phuket geflogen, weil es der tote Peter Lilienthal schließlich nicht sein konnte. Den hohen Geldbetrag, den Ihr Mann seiner Mutter gestohlen hat«, fuhr er fort, schlug den Ordner auf und reichte Helene Lenz ein Dokument, »konnten wir ebenfalls verifizieren. Es sind noch gute 80.000 Euro davon übrig, die sich jetzt vermutlich zusammen mit Ihrem Mann im Ausland befinden.«

»Und? Was hab ich damit zu tun?«, warf Frau Lenz gespielt gelassen ein. »Ich wusste nichts von dem Geld.«

Hauptkommissar Forster lächelte bedauernd. »Gut, das kann ich Ihnen nicht nachweisen. Doch die IP-Adresse der Transaktion im Darknet, bei der Sie und Lenz das Leichenbier verkauft haben, ist Ihren Eltern zuzuordnen. Das konnten wir dank der Hilfe unserer Cybercrime-Einheit kürzlich ermitteln. Ich vermute, Ihre Mutter und Ihr Vater wussten nicht, dass Sie von dort aus die Angebote ins Netz gestellt haben. Jedenfalls ließ mein gestriges Telefonat mit den beiden diese Vermutung zu. Der Zeitpunkt der Angebotseinstellung des Knochenbieres passt exakt zum Kurzurlaub bei Ihren Eltern im Bayerischen Wald vor ein paar Wochen.«

Als Helene Lenz nicht reagierte, sondern starr an Florian vorbei das Fenster in seinem Rücken fixierte, rückte er mit seinem letzten Argument heraus, von dem er absolut sicher war, dass es seinen Fall endlich zu einem perfekten Abschluss führen würde.

»Wir werden durch die Aussage des Facharztes, der die Zeugungsunfähigkeit Ihres Ehemannes diagnostizierte, in ein paar Wochen vor Gericht ebenfalls feststellen können, dass Peter Lilienthal der Vater Ihres ungeborenen Kindes sein muss. Ihrem Sohn steht dann kein Erbe Ihrer verstorbenen Schwiegermutter zu, Sie selbst haben keinen Anspruch auf Geld aus der Versicherung, da Sie an der mutwilligen Zerstörung der Brauerei eine Mitschuld tragen. Und das stark beschädigte Wohnhaus ist unbewohnbar. Ihr Plan geht nicht auf, Frau Lenz. Das wollten Sie doch, oder? Versicherung und Erbe kassieren und anschließend Ihrem Mann nachreisen. Habe ich recht?«

Sie schüttelte zaghaft den Kopf und sah dann fragend zu ihrer Anwältin hinüber, die nur stumm nickte.

»Der Arzt steht unter Schweigepflicht. Das Kind ist von Sebastian. Ich weiß das, ich bin schließlich seine Frau«, versuchte es die Schwangere ein letztes Mal.

»Verstehe«, sagte der Hauptkommissar. »Sie wollen also lebenslänglich ins Gefängnis? Sie wollen, dass Ihr Sohn in einer Pflegefamilie aufwächst, und Sie hoffen, dass Ihr Mann über 15 Jahre auf Sie wartet? Das wollen Sie wirklich?«

Wieder schüttelte sie ihren Kopf, dieses Mal energischer.

»Ich vermute, Ihr Mann ist in Thailand«, mutmaßte Hauptkommissar Forster. »Einen Auslieferungsantrag an die Regierung von Thailand zu stellen, ist – und das gehört vermutlich auch zum Plan – sinnlos. Deshalb überlegen Sie jetzt gut. Ihnen ist unter diesen Umständen eine lebenslange Haftstrafe so gut wie sicher. Der Chemikalienvertreter Jürgen Hildebrandt wird über das unverschämte

Angebot Ihres Mannes, seine Tochter zu kaufen, sicher gern berichten. Noch dazu wissen Ihre Eltern von Ihrem Wunsch, notfalls ein Kind zu adoptieren, weil Sebastian Lenz zeugungsunfähig ist. Sie könnten das problemlos bestätigen. Unter Eid werden sie das bestimmt aussagen. Und sei es nur, um Ihre Haftstrafe zu verkürzen. Werden Sie uns also helfen, Ihren Mann unter einem Vorwand zurück nach Deutschland zu locken?«

*

»Ja, das habe ich gut verstanden. Sie haben es schließlich mehrmals wiederholt.« Jessica brach das Gespräch auf ihrem Smartphone ab und versuchte durch Schließen ihrer Augen und mehrmaliges konzentriertes Ein- und Ausatmen ihren heftigen Pulsschlag wieder unter Kontrolle zu bekommen. Die Hand, die das Smartphone hielt, zitterte. Mit der anderen Hand rieb sie sich die Stirn.

Florian, der gerade das Wohnzimmer betrat, fand sie in genau diesem Zustand vor. »Ist alles in Ordnung?«, fragte er, stellte die Bierflasche und das Glas auf den niedrigen Couchtisch und ließ sich auf den Sessel fallen. »Hast du Kopfschmerzen?«

Es dauerte einige Sekunden, bis sie sich fasste und ihn schließlich verzweifelt ansah. »Entweder unser Plan hat funktioniert«, brachte sie heraus, »oder wir laufen geradewegs in die Hölle, wenn wir uns auf sie einlassen. Ich habe keine Ahnung, wie sie dieses Mal tickt, und ob sie ...« Jessica verstummte und seufzte laut vernehmlich.

»Susanne?«, fragte Florian, sprang auf, ging um den Tisch herum und nahm Jessica in seine Arme. »Was will sie?«

»Kern und ich hatten die Verdächtigen beim Personal der Klinik bereits auf vier Personen eingegrenzt. Diese vier hatten zu den fraglichen Zeitpunkten sowohl Kontakt zu Susanne als auch die Möglichkeit, Informationen und Briefe aus und in die Abteilung zu schmuggeln, in der meine Schwester behandelt wird«, erklärte sie Florian, konzentrierte sich wieder auf ihre Atmung und befreite sich dann aus seinen Armen. »Eine Pflegerin, die auch auf unserer Liste steht, hat sich gerade bei mir gemeldet und mir berichtet, dass Susanne bereit ist, uns Rietzler zu liefern, allerdings zu Susannes Bedingungen.«

»Okay, das war klar.« Florian nickte. Er kannte die Schwester seiner Freundin gut genug, um zu wissen, dass sie immer einen Hintergedanken hatte und auf ihren eigenen Vorteil aus war. »Was verlangt sie? Wir müssen uns darauf einlassen. Nur so haben wir eine Chance, Paula endlich zu finden. Im Moment haben wir keine einzige Spur, die uns zu ihr führt. Sie könnte überall sein. Überall und nirgends.«

»Rita Fleischer, die Pflegerin, die mich kontaktiert hat, hat mir einen Treffpunkt genannt. Dort bekommen wir weitere Anweisungen.« Jessica hatte Tränen in den Augen. »Sie wird mir diesen Rietzler nicht einfach überlassen, Florian. Susanne plant doch etwas.«

»Vermutlich.« Sein Blick war ernst, aber entschlossen. Er fühlte die Angst auch, die seine Freundin quälte. Sie beide waren bereits in Susannes Fänge geraten und fast gestorben. »Sie wird nicht gewinnen, und wir werden alles tun, um ihren perfiden Machenschaften ein für alle Mal ein Ende zu setzen.«

44

Entgegen den Anweisungen dieser Pflegerin Rita Fleischer bestand Florian darauf, in der Nähe des Treffpunktes eine Sondereinheit der Polizei warten zu lassen, die im Notfall eingreifen konnte. Die zehn Mann starke Einheit in drei Einsatzfahrzeugen hielt sich etwa fünf Kilometer entfernt in einer Seitenstraße eines 300-Seelen-Dorfes auf. Susanne hatte den endgültigen Treffpunkt gut gewählt, die Koordinaten lagen mitten auf einem Feldweg, der durch einen kleinen Wald führte. Die überschaubare Baumgruppe war von allen Seiten umgeben von flachen Feldern und Wiesen. Die Verstärkung musste weit zurückbleiben, um nicht bemerkt zu werden, denn vom Waldrand aus konnte man kilometerweit sehen.

»Mein Handy funktioniert hier nicht«, flüsterte Jessica, obwohl es nicht nötig war. Sie saßen nach wie vor in Florians Auto und beobachteten die Umgebung. Jessica ließ das Fenster an der Beifahrerseite hinunter und streckte den Arm hinaus, schwenkte das Smartphone in ihrer Hand hin und her und schaute erneut auf das Display.

»Was machst du denn da?«, fragte Florian belustigt. »Sieht aus, als würdest du Insekten verscheuchen.«

»Ich habe keinen Empfang. Wie sollen wir die Kollegen informieren, wenn wir Hilfe brauchen?«

Jetzt schaute auch Florian auf sein Handy, zuckte mit den Schultern und schob es zurück in die Jackentasche. »Wir haben ja noch das GPS-Signal am Auto«, versuchte er sie zu beruhigen und hoffte, sie würde nicht darüber nachdenken, dass ein GPS-Signal nichts nutzte, wenn man Hilfe anfordern wollte. Vermutlich war es außerdem ebenso ausgefallen wie das Handy. Ob ihr Problem durch ein Funkloch oder einen mit Absicht angebrachten Störsender verursacht wurde, machte keinen Unterschied. Sie konnten die Kollegen nicht kontaktieren, außer sie fuhren aus dem Wald hinaus.

»Klar, GPS ist da echt hilfreich«, bemerkte Jessica sarkastisch. »Susanne ist wieder einmal viel besser vorbereitet als wir. Verdammter Mist«, fluchte sie. »Sie schafft es immer wieder, dass ich mich klein und hilflos fühle. Selbst wenn sie gar nicht da ist.«

»Das hier ist unsere Chance, nicht nur Rietzler zu verhaften, sondern auch Paula zu befreien. Da ist es zweitrangig, wie wir uns fühlen. Paula ist in jedem Fall schlechter dran als wir. Hörst du? Wir werden sie retten, Jessy. Deshalb sind wir hier. Deine Schwester und ihre Spielchen sind mir dabei völlig egal.« Er hatte seine Hand auf ihr Bein gelegt und sah sie ernst an. Laut ihren bisherigen Informationen hatte Susanne Josef Rietzler beauftragt, seine Geisel Paula ihnen beiden zu übergeben. Sie hatte außerdem ausrichten lassen, dass der seit Jahren gesuchte Geiselnehmer und mehrfache Mörder Rietzler zwar tun würde, was Susanne von ihm verlangte, aber sicher nicht bedingungslos. Wenn Jessica und Florian also nicht kooperierten, könnte Paulas Leben weiterhin in Gefahr sein. Rietzler hatte sich bestimmt abgesichert, um nach der Übergabe zu fliehen, doch Florian nahm sich vor, alles zu tun, um das zu verhindern. Paulas Rettung war jedoch erst einmal vorrangig.

Jessica nickte mechanisch. »Ja, du hast recht. Wir sind für Paula hier. Hoffen wir, dass es nicht zu spät ist.«

Die Fahrertür des Krankenwagens schlug mit einem lauten Knall zu. Der Mann, der gerade ausgestiegen war, hielt den Kopf gesenkt. Er trug eine Baseballkappe, die sein Gesicht halb verdeckte, und war wie ein Sanitäter gekleidet. Florian meinte, hinter der Windschutzscheibe auf der Beifahrerseite des Einsatzfahrzeuges zwei weitere Personen zu erkennen. War das Paula zusammen mit Rietzler? Hatte Rietzler den Krankenwagen entführt und bedrohte jetzt den Sanitäter? Und waren nicht immer mindestens zwei Einsatzkräfte im Fahrzeug? Wo war der zweite Sanitäter?

Es war verabredet, dass Jessica und Florian keine Waffe dabei hatten und mit erhobenen Händen das Fahrzeug verließen, sobald Rietzler eintraf. Ansonsten musste ein Unbeteiligter sterben, hatte Susanne gedroht. Florian und Jessica hielten sich an die Anweisung. Sie trugen zwar beide schusssichere Westen, doch es kostete trotzdem einiges an Überwindung, sich diesem Mörder derart auszuliefern.

Als Florian seine Autotür öffnete und ausstieg, zog der Mann mit der Baseballkappe blitzschnell eine Waffe hinter seinem Rücken hervor und zielte abwechselnd auf ihn und den dunkelblauen Kombi, der etwa zehn Meter vor dem geparkten Krankenwagen stand. Mit der freien Hand riss er sich die Kappe vom Kopf und warf sie arglos auf den Boden.

»Freut mich, Sie wiederzusehen, Herr Hauptkommissar. Was macht Ihr Kopf?« Josef Rietzler wies mit dem Lauf seiner Waffe kurz auf seine eigene Stirn und tippte sich an die Schläfe, genau an die Stelle, an der er Florian vor ein paar Wochen bei dem Befreiungsversuch von Paula in der leer stehenden Wohnung verletzt hatte.

»Wo ist Paula?« Der Hauptkommissar ignorierte Rietzlers Frage, hielt aber seine Hände nach wie vor in die Höhe. Jessica, die inzwischen auch ausgestiegen war, tat es ihm gleich. »Ist sie im Wagen?« Florian erkannte die Gesichter der zwei Personen hinter der Windschutzscheibe noch immer nicht. Er sah nur verschwommene Konturen. Das einfallende Licht der Sonne, die jetzt am späten Vormittag direkt über der Schotterstraße stand und durch die hohen Bäume fiel, blendete erheblich.

»Vielleicht ist sie im Wagen, vielleicht aber auch nicht«, sagte Rietzler gelangweilt. »Guten Tag, Jessica Grothe«, begrüßte er Florians Freundin. »Schön, dass Sie auch gekommen sind. Wenn ich mir die Bemerkung erlauben darf: Sie stehen Ihrer Mutter und Ihrer Schwester an Schönheit in nichts nach.«

»Geht es Paula gut?« Der ernste Ausdruck auf Jessicas Gesicht verriet, wie angespannt und nervös sie war. Florian sah, wie sie versuchte, hinter der Windschutzscheibe jemanden zu erkennen. Seit gestern Abend, seit dem Anruf der Pflegerin, hatte Jessica versucht, sich selbst einzureden, dass Susanne diesen Rietzler bedingungslos im Griff hatte. Sie war überzeugt, dass Rietzler sie oder Florian nicht tötete, weil Susanne das diesem Mann niemals erlauben würde. Sie selbst wollte das übernehmen, wenn es ihr irgendwann gelang, aus ihrem Gefängnis zu fliehen. Sie würde sich die Freude an Jessicas und Florians Tod nicht nehmen lassen. Noch dazu, weil sie bei diversen Versuchen, ihnen das Leben zu nehmen, bisher keinen Erfolg gehabt hatte. Jetzt konnte Jessica nur hoffen, dass Rietzler sich an diese Vereinbarung hielt.

»Die Hände bleiben oben«, brüllte Rietzler, wurde dann ruhig und lächelte zufrieden, seine Waffe direkt auf den Hauptkommissar gerichtet. »Wie war deine Frage, Jessica? Ach ja, du wolltest wissen, ob es Paula gut geht.« Er zuckte gelangweilt mit den Schultern.

»Wenn sie noch lebt, dann geht es ihr gut. Wenn sie tot ist, geht es ihr besser.« Diese Worte kamen nicht von Rietzler, sondern von Susanne, die zur Überraschung aller auf der Beifahrerseite des Krankenwagens ausstieg und selbstbewusst in die entsetzten Gesichter Jessicas und Florians grinste.

Wie konnte das sein?

Wie konnte sie aus der Klinik fliehen, ohne dass die Kripo sofort informiert worden war? Susanne ging zu Florian hinüber und suchte ihn nach Waffen ab. Sie fand seine Dienstwaffe in seinem Hosenbund am Rücken. Dann wandte sie sich Jessica zu.

»Hallo, Schwesterherz. Magst du mir deine Waffe freiwillig geben, oder muss ich dich erst erschießen?« Sie trat dicht an sie heran und hielt Florians Dienstwaffe an Jessicas linke Schläfe, kam ihrem Gesicht dabei ganz nah und grinste breit. »Gib mir deine Waffe«, flüsterte sie. »Bitte.«

Jessica zog vorsichtig ihre Dienstwaffe aus dem Halfter unter ihrer Jacke und ließ sie auf den Boden fallen. Dann trat sie schwungvoll dagegen. Die Pistole schlitterte über den sandigen Boden und blieb am Wegrand im hohen Gras etwa zwei Meter entfernt liegen.

»Gut«, lobte Susanne und nickte anerkennend. Sie suchte Jessica nach weiteren Waffen ab und fand ein Messer in ihrer Hosentasche und ein Pfefferspray in der Innentasche ihrer Jacke. Beides landete neben der Dienstwaffe. Nun drehte sie sich zu Florian.

»Geh da rüber.« Mit der Waffe in der Hand wies sie ihn an, zur gegenüberliegenden Straßenseite zu gehen. »Und dann knie dich hin.«

»Warum?«, fragte Florian, setzte sich aber in Bewegung, als Susanne seine Dienstwaffe wieder an die Schläfe seiner Freundin hielt.

»Darum«, sagte sie triumphierend.

»Das möchte ich nicht sehen.« Eine Frau war aus dem Krankenwagen gestiegen und fuchtelte wild mit den Armen. »Ihr wollt doch nicht wirklich jemanden erschießen, oder? Ich habe dir bei der Flucht geholfen, Susanne, damit du deinen Vater sehen kannst. Jetzt möchte ich gehen. Mit Mord will ich nichts zu tun haben.« Die Frau kehrte dem Krankenwagen den Rücken und ging vorsichtig an den Personen vorbei, die sich mit Waffen bedrohten. Sie musste die Pflegerin Rita Fleischer sein. Unsicher schaute sie erst zu Rietzler, dann zu Susanne. Als diese freundlich lächelte und schließlich nickte, bekreuzigte sich Rita Fleischer und sah dankbar gen Himmel. »Ich werde nichts verraten. Danke, Susanne.«

»Gern, Rita. Ich weiß, dass du niemals etwas verraten wirst.«

Ohne zu zögern und mit nur einem einzigen gezielten Schuss direkt zwischen die Augen, streckte Susanne die Pflegerin mit Florians Dienstwaffe nieder und hielt einen Sekundenbruchteil später die Waffe wieder an Jessicas Schläfe. Der leblose Körper der Frau sackte einfach in sich zusammen und plumpste dumpf und unwirklich verrenkt auf den Boden.

»Kniest du dich jetzt bitte hin, mein lieber Schwager?« Als Florian sich auf die Knie fallen ließ, wandte sie sich an Rietzler. »Bitte, Papa, er gehört ganz allein dir. Wie ich es versprochen habe.«

Josef Rietzler lächelte zufrieden. »Das ist meine Tochter«, triumphierte er und lief mit großen Schritten auf den knienden Hauptkommissar zu. »Meine Tochter Susanne und ich teilen eine große Leidenschaft«, verriet er Florian, zielte mit der Waffe auf seinen Kopf und sah ihm von oben herab in die Augen. »Wir lieben es, Menschen zu quälen und zu töten. Es ist faszinierend, wenn das Leben einen Körper verlässt. Man kann es an den Augen sehen. In diesem letzten bewussten Moment eines Sterbenden verändern sich die Pupillen, weiten sich, und der Gesichtsausdruck verwandelt sich von Angst und Panik in strahlende Zufriedenheit. Es ist großartig, diesen Moment zu erleben.« Er seufzte beseelt.

Florians Atemzüge wurden kürzer und hektischer. Er sah zu Jessica hinüber, die ihn voller Panik anstarrte. Er fühlte den Druck des eiskalten Pistolenlaufs an seiner Stirn.

So, wie es lief, war es nicht richtig. Susanne wusste doch, dass Rietzler nicht ihr Vater war. Josef Rietzler allerdings schien das immer noch zu glauben. Aber würde Susannes krankes Hirn Rietzler erlauben, ihn, Florian, zu töten? Sie wünschte sich seit Langem nichts sehnlicher, als ihm höchstpersönlich das Leben zu nehmen.

Wie kopflos Jessica und er an die ganze Sache herangegangen waren, wurde ihm plötzlich mit voller Wucht bewusst. Er hatte sich wirklich eingebildet, Susanne würde Rietzler ausliefern, weil sie rachsüchtig war und selbst nicht an ihn herankam, solange sie in der Anstalt saß. In Wirklichkeit arbeiteten die beiden zusammen. Den Tod der Pflegerin, die keine drei Meter neben ihm auf dem Boden lag, hätte er verhindern müssen. Jetzt konnte er nur noch hoffen, dass die Verstärkung bald anrückte, weil sie die Verbindung zu ihm und Jessica verloren hatte.

»Bitte, Susanne. Du darfst das nicht zulassen«, flehte Jessica, wagte aber nicht, sich zu bewegen. »Er ist doch gar nicht dein …«

»Halt deinen Mund«, brüllte Susanne und schlug Jessica mit der linken Faust so heftig ins Gesicht, dass diese erst aufschrie und dann taumelnd zu Boden fiel. Auf allen vieren kniend griff sie sich an die verletzte Nase und wischte das herausströmende Blut mit dem Jackenärmel ab. Ihre rechte Wange verfärbte sich dunkelrot und aus ihrer Nase tropfte ununterbrochen Blut auf den staubigen Schotter vor ihren Händen.

»Lass dir nicht zu lange Zeit, Papa«, rief Susanne Josef Rietzler zu. »Du weißt, dass in der Nähe die Verstärkung wartet. Die wird irgendwann ungeduldig und ich habe keine Lust, es mit noch mehr Polizeibeamten aufzunehmen. Beeile dich, bitte.«

»Ist gut, Susanne. Dann muss es eben diesmal etwas schneller gehen. Eigentlich schade«, bedauerte Rietzler, presste die Waffe noch fester an Florians Stirn, lächelte zufrieden und drückte den Abzug durch.

45

Nichts passierte, außer, dass es in der absoluten Stille des Waldes leise klickte.

Florian jaulte verzweifelt auf. Er hatte mit dem Leben bereits abgeschlossen, sprang jetzt auf seine Füße, fiel dabei rückwärts um, schob sich auf dem Rücken liegend etwa einen halben Meter von Rietzler weg und atmete voller Panik tief ein und aus. Er sollte ihn angreifen. Er sollte Rietzler die nutzlose Waffe abringen, ihn überwältigen, doch daran dachte er in seiner Todesangst nicht. Stattdessen suchte er Jessicas Blick und erschrak, als er ihr blutiges Gesicht sah.

»Was soll das, Susanne?«, schimpfte Josef Rietzler. »Die Waffe ist nicht geladen. Ist das ein dummer Scherz gewesen? Warum gibst du mir eine nutzlose Waffe? Ich dachte, du wolltest, dass der Polizist stirbt. Du hast die ganze Autofahrt hierher von nichts anderem gesprochen.«

»Eigentlich«, begann Susanne und hatte einen äußerst zufriedenen Ausdruck auf ihrem Gesicht, »eigentlich wollte ich ihm vor allem das Leben retten. Ist eine Ehrensache für mich, denn ich verdanke ihm schließlich auch mein Leben. Jetzt sind wir quitt, Florian, oder?« Sie schaute nur kurz zum Freund ihrer Schwester. Gleich darauf vergewisserte sie sich, dass Jessica immer noch auf dem Boden neben ihr kniete.

Jessica war sichtlich bemüht, nicht das Bewusstsein zu verlieren, während sie verzweifelt versuchte, die Blutung in ihrer Nase zu stoppen.

»Gut, der erste Punkt wäre abgehakt«, fuhr Susanne gelassen fort. »Kommen wir zu meinem Versprechen. Ich liefere dich der Polizei aus, Josef.«

Rietzler lachte nervös. »Das ist ein Scherz, oder? Du bist meine Tochter, Susanne. Verarsche mich nicht. Wir sind ein Team.«

Susanne stimmte in sein Lachen ein. »Natürlich ist das ein Scherz, Josef. Ich werde dich nicht ausliefern. Das kann ich nicht. Zumindest nicht lebendig. Die Polizei wird dich nur für die vielen Morde an den armen Frauen belangen, nicht aber für die Lügen, die du mir aufgetischt hast. Du bist nicht mein Vater und ich nehme dir durchaus übel, dass ich im falschen Glauben an dich meine Mutter getötet habe. Obwohl ihr Tod auch irgendwie seinen Zweck erfüllt hat. Vater hat sehr gelitten, und das hat mir wiederum gut gefallen.«

Susanne klang so gleichgültig, dass Jessica augenblicklich übel wurde. Ihre Schwester war ein Monster ohne jeden Skrupel, ohne Moral und Empathie. Ohne Seele.

In diesem Moment erfasste Rietzler die ganze Tragweite der psychischen Erkrankung Susannes und begriff, dass sie um Längen grausamer war als er. Er hatte niemals wahllos getötet, seine Opfer mussten Rituale durchlaufen, einen Zweck erfüllen, ihn selbst und seine Lust, zu töten, befriedigen. Das geschah immer bewusst und berechnend, niemals wahllos. Doch Susanne war es egal, wen sie tötete oder wie sie es tat – Hauptsache, sie hatte davon einen persönlichen Vorteil. Oder sie tötete aus purer Rachsucht. Er hätte seine inzwischen verstorbenen Eltern niemals angerührt, Eltern sind heilig. Sie haben ihm das Leben geschenkt. Susanne machte keinen Unterschied, ob es Freunde, Kollegen oder gar Verwandte waren, die sie niederstreckte.

Als seine Gedanken schließlich diesen Punkt erreichten, rannte er los, rannte um sein Leben, hörte den lauten Knall, spürte den Schmerz in seinem Oberschenkel. Seine Beine gaben nach, er strauchelte, fiel und schlug der Länge nach auf dem steinigen Boden auf.

»Wo willst du denn hin, Josef?«, fragte Susanne scheinheilig, schlug ihrer Schwester Jessica mit dem Griff der Waffe brutal gegen die Stirn und ging dann zu dem am Boden liegenden Rietzler, den Lauf der Waffe dabei auf Florian gerichtet, der aufgesprungen war, als Jessica bewusstlos zu Boden fiel.

Rietzler lag ächzend auf dem Feldweg unweit von Florians dunkelblauen Kombi. Sein Bein blutete heftig und er stöhnte vor Schmerz.

»Ich muss es schnell erledigen, Josef«, verkündete Susanne gelassen, als sie den blutenden Mann erreichte. »Der Hauptkommissar macht sonst Dummheiten.« Sie zielte weiterhin in Florians Richtung. »Grüß meine geliebte Mutter von mir, wenn du ihr in der Hölle begegnest.« Sie richtete die Waffe auf sein rechtes Auge und drückte, ohne zu zögern, ab. Blut, Gehirnmasse und Knochensplitter spritzten aus dem aufgeplatzten Loch in seinem Hinterkopf und verteilten sich auf dem Schotter der Straße, besudelten den Wagen in Rietzlers Rücken und rissen schlagartig jegliches Leben aus ihm heraus.

Susanne lächelte zufrieden.

»Und was mache ich jetzt mit euch beiden?«

Florian war zu Jessica hinübergelaufen und hielt sie in den Armen. Er wischte das Blut, so gut es ging, aus ihrem Gesicht. Die Nase war nicht gebrochen, doch an ihrer Stirn prangte eine dicke, dunkelrote Schwellung vom Schlag mit der Pistole. Sie kam langsam zu sich, blinzelte und stöhnte verzweifelt.

»Ich konnte Rietzler nicht ausliefern. Das versteht ihr bestimmt, oder?« Susanne baute sich vor den beiden auf, legte den Kopf schräg und sah zu ihnen hinunter. »Da waren es nur noch vier«, scherzte sie und kratzte sich mit dem Lauf der Waffe an ihrer Schläfe. »Nehmen wir mal an, ich benötige für meine Flucht die eine oder andere Geisel – wen soll ich dafür auswählen? Wen soll ich laufen lassen? Oder ist es besser, euch alle vier zu töten?«

»Vier? Wieso vier?«, krächzte Jessica nasal, hustete und wischte einen frischen Schwall Blut mit dem Jackenärmel aus ihrem Gesicht. Ihr war schwindelig und sie wagte nicht, aufzustehen. Neben ihr erhob sich Florian.

Sofort richtete Susanne die Waffe auf ihn. »Rietzler hat mir vor seinem tragischen Tod noch einen Gefallen getan«, erklärte sie und wirkte erfreut. »Meine Schwester fühlt sich gerade nicht so wohl. Würdest du deshalb bitte die Heckklappe des Krankenwagens öffnen und meine zwei Geiseln herausholen, geliebter Schwager? Du bist noch viel besser zu Fuß als Jessica.« Sie lachte schallend, zielte auf Florians Kopf und zwang ihn, sich in Gang zu setzten.

Hinter der großen Doppeltür am Heck des Krankenwagens vermutete Florian zwei Sanitäter. Er ging davon aus, dass Susanne einen medizinischen Notfall vorgetäuscht hatte, um in Begleitung der Pflegerin Rita Fleischer in ein Krankenhaus gebracht zu werden. Auf der Strecke hatte sie die Sanitäter überwältigt und gefesselt und Rietzler einsteigen lassen. Aber wäre es nicht schnell aufgefallen, dass der Krankenwagen nicht in der Klinik eintraf? Wie viel Zeit war seit der Abholung der Patientin Susanne vergangen? Außerdem müsste der Krankenwagen mit GPS und Funk ausgestattet sein.

Er öffnete die Hecktür und erschrak, als er keine Sanitäter, sondern Paula und Malte Lübke, den Hamburger Hauptkommissar, auf dem Boden zwischen den Einbauschränken liegen sah. Dort, wo eigentlich die Transportliege hingehörte. Beiden waren die Hände auf dem Rücken und die Beine mit weißem Klebeband gefesselt. Ein dicker Knebel steckte in ihren Mündern, ebenfalls fixiert mit Klebeband. Paula riss die Augen auf, als sie Florian sah, versuchte zu schreien, hustete aber nur krampfartig und rang verzweifelt nach Luft.

»Die Hände bleiben gefesselt«, rief Susanne, trat um die geöffnete Tür herum und beobachtete Florian, der im Wagen versuchte, Paula in Ermangelung einer Schere oder eines Messers mit seinen bloßen Händen von ihrem Knebel zu befreien.

»Jetzt steigen bitte alle aus und stellen sich mit dem Rücken an die Seite des Krankenwagens«, befahl sie, vergewisserte sich, dass Jessica noch an der Stelle war, an der sie sie zurückgelassen hatte, und beobachtete voller Genugtuung, wie Florian erst Paula, dann den Hamburger Hauptkommissar von den Fußfesseln befreite.

»Verdammter Mist. Ich habe gesagt, du sollst bleiben, wo du bist, Jessica!«, hörte Florian Susanne plötzlich rufen. Er sah Susanne etwa zwei Meter hinter der Heckklappe stehen, die Waffe mit beiden ausgestreckten Armen haltend und auf ein Ziel irgendwo vor dem Krankenwagen zielend.

»Bleib sofort stehen, Jessica!«, brüllte sie. Noch bevor Florian es schaffte, über die Körper der zwei am Boden Liegenden zu springen und das Heck des Wagens zu erreichen, fiel der Schuss. Er zerriss die Stille des Waldes und verhallte unter den Rufen eines aufgeschreckten Vogels. Florian erstarrte. Aber nur bis zu der Sekunde, als er den dumpfen Aufprall vernahm, der sich anhörte, als schlüge ein Körper auf dem Boden auf. Kein Schrei, kein einziger Laut, nur dieses kurze, dumpfe Geräusch.

Er sprang.

Er sprang aus dem Heck des Wagens, erwischte Susannes Schulter, riss sie zu Boden und begrub ihren Körper unter seinem. Etwas traf ihn hart an der Schläfe. Der Schmerz schlug in seinen Kopf ein, breitete sich blitzschnell aus und ließ ihn für den Bruchteil einer Sekunde das Bewusstsein verlieren. Als er wieder klar wurde und sich aufrichten wollte, hatte sich Susanne bereits von seinem Gewicht befreit. Sie trat beherzt gegen seinen Kopf, sodass er der Länge nach rücklings auf dem Boden aufschlug.

»Du bist so ein Trottel, Florian«, amüsierte sich Susanne etwas außer Atem. »Ich habe extra auf die Weste gezielt, um meine Schwester nicht zu verletzen. Siehst du? So!« Sie beugte sich zu ihm hinunter, presste den Lauf der Waffe gegen seine Weste und drückte, ohne zu zögern, ab.

Die Wucht der einschlagenden Kugel raubte ihm den Atem, der Schmerz an seiner rechten Körperseite war kaum zu ertragen. Für einen Schrei reichte seine Luft nicht, deshalb brachte er nur ein leises, ächzendes Stöhnen heraus, das in einem heftigen Hustenanfall endete. Mindestens eine seiner Rippen war gebrochen oder bestenfalls geprellt.

»Wage es nicht, Lübke«, rief sie dem Hamburger Kriminalbeamten zu, der, befreit von seinen Fußfesseln und dem Knebel, jetzt ebenfalls aus dem Heck des Krankenwagens sprang. »Denk daran, du hast keine Schutzweste an!«

Florian bekam noch immer sehr schlecht Luft. Der Schmerz lähmte ihn zusätzlich. Er sah, dass Jessica, die etwa zehn Meter von ihm entfernt auf dem Boden lag, sich langsam aufraffte. Sie brauchten hier dringend die Verstärkung. Warum kamen die Streifenwagen nicht endlich? Solange Susanne seine Dienstwaffe in den Händen hielt, hatten sie keine Chance. Er war schwer angeschlagen, Jessica sah schrecklich aus und hielt sich nur mit großer Mühe auf den Beinen. Paula saß im Krankenwagen, zitterte am ganzen Körper und starrte wie paralysiert durch die geöffnete Doppeltür in den Wald. Malte Lübke schien der Einzige zu sein, der nicht verletzt war, allerdings waren seine Hände nach wie vor auf dem Rücken gefesselt.

»Was hast du jetzt vor, Susanne?« Jessica stand etwas wacklig auf ihren Beinen. Sie hatte die Arme um ihren Brustkorb geschlungen, den Rücken leicht gebeugt und den Oberkörper nach vorn geneigt. Ihr Gesicht verriet, dass sie ebenfalls große Schmerzen hatte. Gepaart mit dem teilweise getrockneten, teilweise feucht glänzenden Blut, das inzwischen ihr gesamtes Gesicht bedeckte und nur die Stirn mit der dunklen, geschwollenen Beule frei ließ, sah sie erbärmlich aus. »Willst du uns alle erschießen?«

»Das entscheidest du, Schwesterherz«, erwiderte Susanne, ging ein paar Schritte auf Jessica zu und lächelte triumphierend. Sie hatte einen Entschluss gefasst, der erstens ihre Probleme löste, zweitens ihre Flucht sicherte und drittens auch noch jede Menge Spaß machte. »Sag du es mir, Jessy. Einer der drei darf gehen. Ich werde ihn oder sie freilassen. Du hast mein Ehrenwort. Einen werde ich als Geisel mitnehmen und einer muss sterben. Einfache Entscheidung, oder? Du hast eine Minute.« Susanne schaute auf ihre Armbanduhr – ein Geschenk ihrer verstorbenen Mutter zum bestandenen Ersten Staatsexamen vor etwa sechs Jahren – und tippte mit dem Zeigefinger der Hand, die die Waffe hielt, auf das Glas über dem Zifferblatt. »Noch 50 Sekunden. Ach ja, und wenn du dich nicht entscheidest, werde ich alle drei erschießen und dich als Geisel mitnehmen. 45 Sekunden.«

Jessica wusste nicht, was sie tun sollte. Diese von ihrer Schwester verlangte Entscheidung konnte sie nicht treffen. Das Einzige, was sie mit Sicherheit wusste, war, dass Susanne ihre Drohung wahr machen würde, aber auch, dass man sich nicht auf Susannes Wort verlassen konnte. Wenn ihr jetzt nichts einfiel, würden sie alle sterben.

»35 Sekunden. Beeile dich lieber, Jessy. Ich werde übrigens mit Paula anfangen. Sie ist recht nutzlos. Außerdem war sie Rietzlers Spielzeug, nicht meines. Florian, sei doch so lieb und bitte Paula aus dem Wagen. Und dann stellt euch endlich mit dem Rücken an die Seite des Krankenwagens, wie ich es euch vorhin schon befohlen habe. 25 Sekunden.«

»Lass Paula in Frieden. Sie hat genug durchgemacht.« Jessica klang verzweifelt, vielleicht auch wegen der Schmerzen, die ihr bei jedem Atemzug wie Messerstiche in den Brustkorb fuhren.

»Ach, Jessy. Dieses Mal kannst du sie nicht alle retten. Entscheide dich, dann überleben vorerst zumindest zwei der drei. Hast du einen Favoriten?«, wollte sie wissen, und sah wieder auf ihre Armbanduhr. »Noch 15 Sekunden.«

»Ich kann das nicht entscheiden. Das ist krank, Susanne.« Die Tränen, die Jessica über die Wangen liefen, wuschen in kleinen Rinnsalen etwas von dem Blut weg. Sie sammelten sich an ihrem Kinn und tropften hinunter. Jessica schluchzte inzwischen herzzerreißend.

»Herrgottchen, Schwesterherz. Du warst doch sonst nicht so wehleidig«, beschied ihr Susanne, und reichte ihr ein Taschentuch aus ihrer Hosentasche. Als Jessica es nicht annahm, zuckte sie mit den Schultern und ließ es auf den Boden fallen. »Sieh es einfach so: Alle tot oder einen retten. Du kannst ein Leben retten. Ist das nicht großartig? Noch fünf Sekunden. Vier. Drei. Zwei –«

»Malte!«, schrie Jessica gequält auf. »Lass Malte laufen.«

Warum Malte? Warum nicht Florian oder Paula? Susanne schien verwundert, nickte aber zustimmend. »Okay. Und wer soll als Geisel herhalten?«

»Zuerst lässt du Malte frei und dann will ich noch einmal eine Minute, um mich zu entscheiden«, bestimmte Jessica und sah ihre Schwester voller Abscheu an. »Lass ihn frei. Du hast es versprochen.«

Susanne wies Florian an, Malte Lübkes Fesseln zu lösen, der seinerseits Mühe hatte, sich aufrecht zu halten, und zielte dann mit dem Lauf der Waffe auf Paula. »Also willst du, dass ich Paula töte? Ich habe eigentlich gedacht, du könntest am ehesten auf den Hamburger verzichten. Oder lief da doch was zwischen dir und dem anderen Hauptkommissar?«

»Gib mir eine Minute«, fuhr Jessica verzweifelt dazwischen. »Und Malte ist auch noch nicht weg.«

»Du hast 15 Sekunden«, entschied Susanne, nahm dann Malte Lübke ins Visier, senkte die Waffe und schoss auf den Boden vor seinen Füßen. »Verschwinde. Und zwar so schnell du kannst!« Der Hamburger Hauptkommissar drehte sich auf dem Absatz um und rannte in den Wald hinter dem Krankenwagen. »Noch fünf Sekunden, Jessy.«

Tief im Wald, bestimmt 50 Meter entfernt, hörten sie etwas gegen einen Baum schlagen, dann rutschte jemand durchs Laub. Susanne lachte schallend. »Wenn du gehofft hast, dieser Knilch würde dich retten, hast du dich geirrt. Der hat das Weite gesucht, weil er seine kleine Schwester Silke retten muss. Du bist ihm egal, Jessy. Wusstest du, dass er eine Schwester hat? Rietzler hat es herausgefunden.«

»Die Zeit ist längst abgelaufen, Susanne«, rief Florian und ging ein paar Schritte auf sie zu. »Lass auch Paula frei, nimm Jessica als Geisel und erschieße mich.«

»Ich glaube, Jessica entscheidet sich anders. Oder, Schwesterherz?« Susanne drehte sich zu Jessica um und ging dabei langsam auf Paula zu, die sich neben dem linken Hinterreifen des Krankenwagens auf dem Boden zusammengekauert hatte und ununterbrochen leise schluchzte.

»Sie wird dich nicht opfern, Florian. Und wenn ich ehrlich bin, würde ich lieber dich mitnehmen als Paula.«

»Nein«, rief Jessica laut. »Du nimmst Paula mit, nicht Florian!«

»Du opferst den Mann, den du liebst?«, fragte Susanne schmunzelnd. »Oder hast du den Mann, den du liebst, eben gerettet und entledigst dich jetzt deiner Altlasten? Faszinierend. Schade, dass ich nie erfahren werde, was dich zu dieser Entscheidung veranlasst hat, denn du bist die Nächste in der Reihe und wirst gleich nach Florian sterben.«

46

Florian überlegte fieberhaft, was er tun konnte, um das Leben aller Anwesenden zu retten. Er war zu weit von Susanne entfernt, als dass er sie überraschen und überwältigen konnte. Jessicas Schwester stand außerdem inzwischen keine zwei Meter neben Paula, und Florian wollte sie durch einen unbedachten Versuch, Susanne niederzuringen und ihr die Waffe abzunehmen, nicht in Gefahr bringen. Er hatte die vielen Verletzungen, die tiefen, inzwischen verheilten Schnitte auf ihrer Haut gesehen, als er ihre Fesseln gelöst hatte. Es waren so viel mehr als damals in der

Wohnung. Paula hatte genug gelitten. Er durfte nichts riskieren. Oder doch?

Und wo war dieser verdammte Lübke? Er hielt den Hamburger Hauptkommissar für einen überheblichen Angeber, aber Jessica mochte ihn, vertraute ihm und hatte mit der Wahl, Malte laufen zu lassen, die beste Entscheidung getroffen, die sie in dieser Situation hatte treffen können. Malte Lübke war der Einzige, der nicht verletzt war, folglich war er die beste Waffe im Kampf gegen Susanne.

»Ich hab es mir anders überlegt, Leute«, verkündete Susanne mit gerunzelter Stirn. Sie fuhr sich mit der freien Hand durchs blonde Haar und rieb sich den Nacken. »Ich brauche keine Geisel. Und ich habe nicht mehr viel Zeit für Spielchen. Du weißt, Schwesterherz, wie sehr es mich immer erfreut, einen von euch beiden leiden zu sehen.« Sie wies mit dem Lauf der Pistole zuerst auf Jessica und dann auf Florian. »Aber du weißt auch, wie sehr es mich wurmt, dass ihr beide einfach nicht totzukriegen seid.« Nach einer theatralischen Pause und einem gequälten Seufzer fuhr sie fort: »Ich vermute, das liegt an meinem überschwänglichen Spieltrieb. Ich will immer mehr, als mir guttut.« Sie zuckte mit den Schultern und lachte schallend. »Lasst es uns zu Ende bringen! Und dann verschwinde ich hier. Es wird wirklich Zeit.«

Florian sprang auf und rannte los. Der Schmerz in seiner Brust war fast unerträglich, doch der Gedanke daran, dass Susanne keine fünf Sekunden brauchte, um sie alle nacheinander zu erschießen, ließ ihn die Qual verdrängen und durchhalten. Susanne war eine gute Schützin. Sie hatte die Pflegerin aus gut zehn Meter Entfernung exakt zwischen die Augen getroffen. Paula dagegen war keine zwei Meter von ihr entfernt. Sie hatte sich neben dem linken Hinterreifen des Krankenwagens ganz klein zusammengerollt, zitterte am ganzen Körper und schrie jetzt aus Leibeskräften.

Noch bevor Florian Susanne erreichte, war Jessica bei ihrer Schwester. Doch Susanne hatte ihren Angriff kommen sehen, drehte sich blitzschnell zur Seite, griff nach Jessicas Arm und nutzte ihren Schwung aus. Sie riss sie von den Beinen, warf sie auf den Boden und trat ihr gegen den Hinterkopf. Jessica blieb reglos liegen.

»Unter das Auto, Paula!«, rief Florian und stürzte sich auf Susanne, gerade in dem Augenblick, als sie die Waffe gegen Jessicas Kopf hielt.

Ein Schuss löste sich und der linke Außenspiegel des Krankenwagens zerbarst in tausend Stücke.

Florian schaffte es nicht, ihr die Dienstwaffe abzuringen, hatte außerdem sichtlich Mühe, Susanne überhaupt auf dem Boden zu halten. Das lag nicht nur an den verdammten Schmerzen in seiner Brust, sondern auch daran, dass Susanne ihm die Finger ihrer freien Hand direkt unter seinem Kinn um den Hals legte und mit aller Kraft zudrückte. Er bekam ohnehin schlecht Luft, doch jetzt war es unmöglich zu atmen.

»Ich hätte dich damals in der alten Hütte oder später im Krankenhaus sofort töten sollen, Florian.« Trotz der immensen Anstrengung, die Susanne der Würgegriff kostete, klang sie gelassen. »Aber Fehler kann man ja wiedergutmachen, nicht wahr?«

Wie er es schaffte, seine Hand an die Waffe zu legen, wusste er nicht, ihm wurde langsam schwarz vor Augen. Er musste sich aus dem Griff ihrer Finger an seinem Hals befreien. Wenn er das Bewusstsein verlor, war das ihr aller Todesurteil.

Er musste sich blitzschnell wegdrehen und Susanne kurz loslassen. Dann hätte er beide Hände frei und könnte ihr die Waffe abnehmen, und das hoffentlich, bevor sie jemanden erschoss.

Dazu kam es aber nicht.

Zuerst hörte er einen ohrenbetäubenden Knall direkt neben seinem Körper, dann trat der Schmerz ein.

Blitzartig.

Unheilvoll.

Zerstörerisch.

Es fühlte sich an, als hätte ihm jemand einen glühenden Schürhaken in die Seite gerammt. Atmen war immer noch unmöglich und er rang verzweifelt nach Luft.

Florian spürte nicht, wie Susanne sich von seinem Gewicht befreite. Er fühlte die Kälte und den heftigen Druck des Waffenlaufes nicht an seiner schweißnassen Stirn. All sein Denken und Fühlen drehte sich nur noch darum, Sauerstoff in seine Lunge zu bekommen.

Als es ihm endlich gelang, unter Schmerzen einzuatmen, war ihr gottverdammtes Gesicht und ihr fratzenhaftes Grinsen das Erste, das er wahrnahm.

»Gib dir keine Mühe, Florian. Atmen wird oft überbewertet. Du bist doch sowieso gleich tot.«

Der Schuss hallte dröhnend durch den Wald und wurde von einem gellenden Schrei abgelöst, der nicht enden wollte, immer lauter wurde und schließlich verstummte.

Dann sah er es.

Er sah ihr Gesicht im Augenblick des Todes.

Ihre Augen blickten friedlich und sanft.

Ihr Kopf schlug nur Sekunden später auf dem Boden auf, Blut lief pulsierend aus ihrem aufgerissenen Hals und sickerte in den Sand der Straße unter ihrem Körper.

Dann hörte ihr Herz auf zu schlagen.
Sie hörte auf zu leben.
Susanne war tot.

47

Ein paar Wochen später …

»Ach, du bist es.« Florian klang nicht begeistert, trat dann aber einen Schritt in den Flur zurück und bat Malte Lübke hinein. Auch drei Wochen nach seinem mehrfachen Rippenbruch litt Florian noch immer unter Schmerzen. Selbst das Treppensteigen tat weh, obwohl sein Oberkörper bei dieser Bewegung kaum involviert war. Nach ein paar Tagen im Krankenhaus waren Jessica und er entlassen worden und heilten ihre Verletzungen seitdem zu Hause aus.

»Hallo, Florian. Ich hoffe, den Knochen geht es besser. Was macht dein Bierleichen-Fall? Ist der Brauereibesitzer auf euren Trick hereingefallen?«, wollte der blonde Hamburger wissen, trat zögerlich ein und sah unsicher die Treppe hinauf. Der Besuch schien ihm zwar ein großes Bedürfnis zu sein, ihn aber auch immense Überwindung zu kosten.

Doch Florian ignorierte seine Unsicherheit, denn für ihn gab es dafür keinen Grund. Der norddeutsche Polizist hatte ihnen allen das Leben gerettet. Ob er ihn nun mochte, oder nicht – dafür war Florian ihm auf ewig dankbar.

»Nein, wir konnten Sebastian Lenz nicht überlisten«, berichtete er Malte. »Er ließ dem Präsidium jedoch einen Brief zukommen, indem er die Schuld für den Tod seines Zwillingsbruders auf sich nimmt. Mehr könne er für seine Frau nicht tun, schrieb er, und dass er keinen einzigen Fuß mehr auf deutschen Boden setze.«

»Und was passiert jetzt mit der Ehefrau?« Malte entledigte sich seiner Jacke und hängte sie an die Garderobe neben der Eingangstür. »Die ist doch schwanger, oder?«

»Ja, das Kind kommt in zwei oder drei Monaten«, bestätigte Florian. »Es wird bei den Eltern von Frau Lenz aufwachsen müssen, denn Helene Lenz bekommt, wenn sie Pech hat, lebenslänglich. Ich schätze, zehn bis zwölf Jahre wird es definitiv geben, aber ich bin kein Staatsanwalt oder Richter. Willst du einen Kaffee? Sag es mir bitte jetzt, solange ich noch im Erdgeschoss bin, nicht erst, wenn ich mich wieder nach oben gequält habe.«

»Ja, Kaffee wäre super. Ich bin von Hamburg ohne Pause durchgefahren und etwas erledigt. Soll ich dir helfen?«, bot der norddeutsche Hauptkommissar an. Florian verneinte, schickte ihn hinauf zu Jessica in seine Wohnung im Obergeschoss und verschwand in der Küche.

Malte Lübke fand Jessica im Wohnzimmer. Sie saß auf dem Sofa, ein großes Kissen im Rücken und die Beine auf dem niedrigen Couchtisch.

»Malte? Was machst du denn hier? Ist etwas passiert?«,

wollte sie wissen, machte aber keine Anstalten aufzustehen. »Ist mit meinem Vater alles okay?«

Der Tod seiner Tochter Susanne hatte Herbert Grothe sehr getroffen. Tagelang hatte er mit niemandem reden wollen, sich im Gästezimmer von Florians Haus verbarrikadiert, kaum etwas gegessen und stumm gelitten. Als Jessica und Florian endlich aus dem Krankenhaus entlassen wurden, hatte er sich aufopfernd um die zwei Verletzten gekümmert, nebenbei die Überführung der Leiche seiner Tochter von der Rechtsmedizin zu einem Beerdigungsunternehmen in Kempten organisiert, die Einäscherung veranlasst und die Urne nach Hamburg schaffen lassen. Gestern war die Beisetzung. Susanne wurde neben ihrer Mutter begraben. Jessica war entsetzt über die Entscheidung ihres Vaters. Sie wollte Susanne anonym beerdigen, aber auf gar keinen Fall neben Susannes verstorbenem Mann oder neben ihrer Mutter, denn beide hatten durch sie ihr Leben viel zu früh verloren.

»Er hält sich tapfer. Ich habe ihn gestern bei der Trauerfeier gesehen«, berichtete Lübke. Er war im Türrahmen stehengeblieben und sah Jessica unsicher an. »Den Kindern geht es auch gut«, fügte er hinzu und seine Stimme wurde bei jedem Wort leiser.

»Du warst auf der Beerdigung? Warum?« Jessica hatte sich geweigert und Susannes Kindern Svenja und Tobias die Teilnahme an diesem traurigen Ereignis nur widerwillig erlaubt, weil der Polizeipsychologe ihr in langen Gesprächen immer wieder dazu geraten hatte. Außerdem glaubte sie, dass es ihrem Vater guttun würde, die beiden um sich zu haben. Dann hatte er wenigstens eine Aufgabe und konnte sich nicht so sehr verkriechen. Sie hoffte allerdings inständig, dass dieses traumatische Erlebnis keinen bleibenden Schaden bei den zwei kleinen Menschen hinterließ. Der Psychologe jedenfalls meinte, der Prozess sei zwar sehr schmerzhaft, aber unbedingt notwendig, um langfristig damit zurechtzukommen.

»Jessica, bist du mir eigentlich böse?« Malte ignorierte vorerst ihre Frage nach seiner Anwesenheit auf der Beerdigung.

Er sah so verzweifelt aus, dass Jessica erschrocken den Kopf schüttelte und sich nun doch erhob.

»Ich konnte nichts anderes tun«, flüsterte er und seufzte leise. »Sie hätte Florian getötet. Ich habe sie dumm erwischt, weil ich Angst hatte, ihn zu treffen. Ansonsten hätte ich in ihre Schulter oder –«

»Malte«, unterbrach ihn Jessica, »bitte mach dir keine Gedanken. Ich werfe dir nichts vor und stehe auf ewig in deiner Schuld.« Sie nahm ihn in den Arm und rieb aufmunternd mit ihren Händen über seinen Rücken. »Du hast Florians und auch mein Leben gerettet. Und das von Paula.«

»Aber sie war deine Schwester«, stammelte Malte verzweifelt. »Es tut mir unendlich leid. Deshalb musste ich auch zu der Beerdigung gehen. Ich habe vorher noch nie einen Menschen getötet. Es tut mir wirklich leid.«

»Ja, und das zeigt mir, dass du ein guter Mensch bist, Malte.« Jessica nahm sein Gesicht zwischen ihre Hände und sah ihm tief in die Augen. »Und ja«, fuhr sie fort, »ich konnte anfangs nicht weinen, weil die Person, die in dem Wald gestorben ist, nicht die Schwester war, die ich kannte, sondern ein Mensch, den ich gefürchtet und gehasst habe. Inzwischen habe ich aber viele Tränen vergossen und um sie geweint. Ihr Tod war sinnlos, doch Susanne allein ist schuld daran, dass es so gekommen ist. Trotz allem werde ich sie vermissen – den Teil von ihr, der herzensgut, humorvoll und eine Zeit lang mein bester Kumpel war, die Schwester, die ich über alles geliebt habe.«

»Wie geht es Paula? Kommt sie zurecht?«, fragte Malte, ließ Jessica aber nicht los. Die Umarmung tat ihm gut, er wagte nicht, sich aus ihr zu lösen.

»Paula hat sich selbst in eine psychiatrische Klinik einweisen lassen. Ich telefoniere oft mit ihr. Es geht ihr langsam besser, aber ich befürchte, sie wird so schnell nicht wieder die alte Paula.« Jessica seufzte. »Sie hat zu viele schlimme Dinge erlebt. Doch ich bin vor allem auch dankbar, dass deine Schwester Silke wohlauf ist. Gott sei Dank.«

»Ja. Dieser Rietzler hat nur geblufft, als er sagte, sie sei in seiner Gewalt. Oh, Jessy, ich bin so froh, dass du mir nicht böse bist.«

»Das darf nicht wahr sein. Da lässt man euch zwei nur für ein paar Minuten allein und findet euch gleich in inniger Umarmung vor.« Florian drängelte sich mit dem Tablett, das er aus dem unteren Stockwerk mühsam und unter Schmerzen nach oben getragen hatte, an Malte und Jessica vorbei und grummelte grimmig. »Falls du es noch nicht begriffen hast, Lübke. Diese Frau gehört zu mir. Ich hoffe inständig, dass deine Besuche im Allgäu sich jetzt, da euer gemeinsamer Fall aufgeklärt ist, auf ein absolut notwendiges Minimum reduzieren. Das siehst du doch ähnlich?« Er stellte das Tablett mit den Kaffeetassen und der Thermoskanne auf dem niedrigen Couchtisch ab und konnte ein schmerzhaftes Stöhnen nicht unterdrücken.

»Ich mag Jessica sehr«, begann der blonde Hamburger, kam aber nicht weiter.

»Ja, das habe ich begriffen, Lübke«, polterte Florian. »Und deshalb kann ich dir nicht oft genug sagen, dass Jessy zu mir gehört.«

»Sehr schade«, bedauerte Malte und schmunzelte. Er war erleichtert, dass Jessica ihm vergeben hatte und dieser Besuch, der ihm so sehr bevorstand, bisher gar nicht so schlimm verlaufen war, wie er befürchtet hatte. »Dabei war ich eigentlich nie ausschließlich wegen Jessica hier.«

Florians fragenden Gesichtsausdruck quittierte der junge Hamburger Hauptkommissar mit einem schallenden Lachen.

»Du begreifst es immer noch nicht. Oder, Florian?« Es war seine Freundin, die sich jetzt einmischte und dabei breit grinste.

»Was begreife ich nicht? Klärt mich bitte mal jemand auf?« Er wirkte ungehalten, baute sich vor Malte Lübke auf und verschränkte die Arme vor seiner Brust.

»Mit dem allergrößten Vergnügen!« Malte griff nach Florians Schultern, zog ihn zu sich und küsste ihn spontan auf den Mund. Sekundenlang. Dann ließ er ihn wieder frei und trat einen Schritt zurück.

Florian war völlig perplex, rührte sich nicht und starrte Malte ungläubig an.

Schließlich erwachte er aus seiner Schockstarre, sah zuerst zu Jessica, dann zu Lübke.

»Gar itt so schlecht«, sagte er und zuckte gelassen mit den Schultern. »Aber rasiera hättsch di scho dürfa.«